LE JOUEUR A LA GUERRE

MAX BALLY

LE JOUEUR A LA GUERRE

DE LA COUPE DAVIS
AUX CANONS DE NAVARONE

ÉDITIONS FRANCE-EMPIRE
68, rue J.-J. Rousseau 75001 Paris

Vous intéresse-t-il d'être tenu au courant des livres publiés par l'éditeur de cet ouvrage?

Envoyez simplement votre carte de visite aux
EDITIONS FRANCE-EMPIRE
Service « Vient de paraître »
68, rue J.-J.-Rousseau, 75001 Paris,

et vous recevrez, régulièrement et sans engagement de votre part, nos bulletins d'information qui présentent nos différentes collections, que vous trouverez chez votre libraire.

IMPRIMÉ EN FRANCE

« On se croit mort en écrivant,
et l'on veut au contraire être
vivant après sa mort ».
Le Prince de Ligne.

PRÉFACE

Mon très cher ami Max Bally m'a demandé d'écrire pour son livre, une préface dont il n'a pas besoin. J'ai cédé pour le plaisir de dire le bien que j'en pense. Il suffit d'ouvrir son volume et de commencer à le lire, on ne peut plus le refermer. Après chaque histoire on reste rêveur et on n'a qu'une envie, continuer.

J'en ai essayé l'effet après qu'il m'eut conté quelques-uns de ses souvenirs. Lorsque je les ai racontés plus ou moins bien à mon tour, l'effet fut le même. On me demandait sans cesse de nouvelles histoires. Pardon Max Bally de t'avoir plagié, je te dois bien des succès.

Je crois maintenant que si je devais gagner ma vie, je pourrais le faire en contant tes aventures. Elles passionnent parce qu'elles sont la vie, et... quelle vie!!! Je vais la résumer en quelques lignes, ce que tu n'oseras jamais faire. Quelle vie que la tienne, pleine et riche d'actions, d'où tant de réflexions se dégagent.

D'une famille d'origine russe venue vers le XIXe siècle du Caucase, Max Bally naît en Égypte et passe sa jeunesse à Alexandrie dans cette ville, riche, raffinée et cosmopolite, porte qui s'ouvrit d'un côté sur l'Orient et de l'autre sur l'Europe et où l'influence française dominait ce que l'on appelait alors « la Société ».

Aux environs de 20 ans, il perd ses parents, doit gagner sa vie et s'enrôle sportivement dans la colonie hellénique de la ville d'Alexandrie, une importante colonie. Il joue dans l'équipe grecque de football et fait même éventuellement partie de l'équipe nationale grecque de Coupe Davis; il parcourt le monde dans les tournois internationaux, notamment à Roland-Garros et à Wimbledon.

Il est un joueur international classé.

1938, la guerre est là, menaçante. Il ne veut pas rester à l'écart du conflit et de passage à Wimbledon, s'engage dans l'armée anglaise.

Parlant l'anglais, le français, l'italien, l'allemand, le grec et l'arabe, il est une acquisition précieuse.

Il est employé d'abord dans les services de renseignements, puis la nécessité aidant, dans les troupes d'assaut. Il finira la guerre comme lieutenant-colonel de parachutistes après avoir guerroyé surtout dans le secteur oriental de la méditerranée qu'il connaît bien, sur le continent grec et dans les îles, en Égypte, en Lybie, en Italie.

Quand vient la paix, il retourne vivre en Égypte où il prend la direction d'une compagnie de navigation.

Puis arrive à nouveau le temps du changement : expulsé d'Égypte à cause de la crise de Suez, il passe en Angleterre et après quelques annécs, il va habiter à Madrid où vit sa sœur qui a épousé un Grand d'Espagne.

J'ajoute qu'en fin de compte, il est à mon avis essentiellement français. Il l'est d'esprit, de cœur, de formation, d'éducation, de goût et de culture, comme le lecteur pourra en juger. Je crois que je peux dire : Ouf!

Je le connais depuis plus de 50 ans, un demi-siècle d'amitié, mon cher Max, cela commence à compter. Mes cousins Georges et Pierre Grandguillot, qui habitaient alors l'Égypte et dont c'était le camarade de sport, de jeux et de classe, l'amenaient fréquemment avec eux lorsqu'ils venaient passer l'été dans leur propriété familiale du Jura, où nous nous retrouvions toute une bande de la même génération. Troupe amicale et joyeuse où est venu figurer quelques années Alexandre Sanguinetti, dont la famille habitait l'Égypte.

Nous devions tous nous retrouver du même côté pendant la guerre. La guerre bien sûr sépara ceux qui étaient en France et de l'aute côté de la Méditerranée, mais des passages dans la clandestinité se produisaient parfois de l'un et de l'autre côté.

Quand nous nous sommes revus, nous avons échangé nos souvenirs et nos réflexions.

Ébloui par la richesse des aventures dc Max Bally et sa verve à les raconter, j'insistais vivement pour qu'il en rédige le récit, de façon à en fixer les détails et à les conserver. Et une fois que ces souvenirs furent rédigés, je découvris que son talent de conteur se retrouvait dans sa rédaction. Il savait non seulement raconter une aventure, une bataille, un événement politique, mais créer l'atmosphère qui la rendait vivante au lecteur pris par le récit et qui croyait assister à l'événement et y participait. Je pense à des récits comme « la valise », « le Père Noël », « la bataille de Crète », les « Canons de Navarone ».

Sa langue est toujours d'une simplicité parfaite, l'adjectif jamais surabondant et le verbe court pour animer le récit comme le nerf sous la peau.

Ce n'est pas seulement un récit qui emporte dans son élan. Le livre est riche non pas seulement par les récits de l'auteur, mais aussi par les réflexions qu'il suscite et les leçons qu'il dégage.

La première c'est le courage tout simplement, il faut bien prononcer ce mot : « Je n'ai pas eu un sentiment de peur », dit-il, dans son récit de la bataille de Crète, seulement une vive curiosité. « Je me sentais spectateur, je ne voulais rien perdre. » C'était son premier engagement. C'est le Fabrice de Stendhal, à Waterloo. Mais Fabrice reste étranger à l'action; il s'y trouve mêlé, il n'y participe pas. Ici l'auteur est volontairement dans l'action. Il veut combattre un ennemi dont il connaît les crimes et le péril qu'il représente pour la civilisation. Il combat, il est un combattant qui sent le danger et cependant l'affronte. Le courage c'est cela; faire ce qu'il y a à faire, quel que soit le danger en conservant sa force d'esprit.

Car la seconde leçon qui se dégage, c'est cette présence d'esprit, j'allais dire calme d'esprit, que conserve notre combattant. Il sait qu'il doit l'avoir, car il est un chef, ce sang-froid qu'il garde et qui lui permet d'agir quand on s'affole autour de lui. C'est cela sa marque. Il garde sa tête quand ses supérieurs la perdent un peu devant la tournure des événements qu'ils n'ont pas prévus.

On notera, dans le retour des Iles, devant l'offensive allemande plus forte qu'on ne le pensait, cette phrase innocente et caractéristique : « Le Général attend vos ordres. »

Je songe aux vers de Kipling qui enchantaient et exaltaient notre jeunesse commune : « si tu peux conserver ton courage et ta tête, quand les autres les perdent »!... Ces vers là, il les a sûrement médités car tout le long du récit on le voit réfléchir à ce qu'il faut faire dans une situation quasi désespérée, pour sauver l'essentiel.

La troisième leçon c'est celle de l'Histoire. Leçon qu'il a vécue et qu'il donne au lecteur. La plus haute et la plus impitoyable leçon de l'histoire, si dure, qui par les grands desseins écrase les hommes. On la trouvera dans le « Père Noël » où il raconte l'entrevue entre le ministre britannique des affaires étrangères, Sir Anthony Eden, et les ministres et généraux grecs. Tout y est dit simplement mais clairement : il faut gagner du temps et au besoin sacrifier les hommes, le sort du monde en dépend. C'est le portrait réaliste de l'homme d'état : « si tu peux supporter victoire après défaite et recevoir ces deux menteurs d'un même front », chantait Kipling dans le même poème que je citais plus haut. C'est aussi de l'histoire d'ailleurs que celle des parachutistes allemands lancés imprudemment dans la bataille de Crète, qui sont tirés comme des perdreaux par les soldats australiens sous les yeux de Max Bally, dont l'ordonnance écossaise ne peut résister à l'appel des cornemuses et se lance au combat à la baïonnette.

Après cet échec Hitler n'a jamais recommencé l'opération. Et cette autre grande leçon de l'Histoire, que celle de l'officier allemand, qu'il fait prisonnier et qui lui dit : « capitaine, vous êtes bien trop chevaleresque (ritterlich) pour gagner la guerre ».

Et la quatrième leçon, c'est celle de tout le livre de cet homme qui a su déployer ténacité et persévérance comme le joueur de tennis qu'il a été et qui a appris qu'une victoire ne se gagne qu'en arrachant balle après balle. Et je termine, toujours par Kipling, qui fut décidément le grand maître de notre jeunesse : « si tu peux voir détruit l'ouvrage de la vie et sans dire un seul mot te mettre à rebâtir »!!... et la conclusion du poème après tant de « Si » : « tu seras un homme mon fils »!

Oui, c'est le livre d'un homme que ce livre.
Et c'est l'honneur de l'homme que ce récit.
Merci Max Bally.

Maurice ROLLAND
18 Février 1982.

A Mon Ami Max Bally,

L'Équipe des Mousquetaires du Tennis, (Brugnon, Borotra, Cochet et Lacoste) ayant remporté en 1927 la fameuse « Coupe Davis » en battant à Philadelphie l'équipe des États-Unis tenants de l'épreuve, la Fédération Française de Tennis, se devait d'avoir son grand stade de tennis.

C'est ainsi qu'en 1928, le nouveau stade Roland-Garros était inauguré par les Championnats Internationaux de France.

Et c'est à ces championnats de 1928, que je fis connaissance de Max Bally. Nous avons disputé l'un contre l'autre un match de double hommes, lui, faisant équipe avec Zerlendi pour la Grèce et moi avec de Buzelet pour la France.

Notre amitié s'est soudée au cours de ce match, elle ne devait jamais se ternir. Depuis cette première rencontre, nous ne nous sommes jamais perdus de vue; c'était à Wimbledon, à Paris, en Égypte, en Inde etc. où bien souvent le hasard nous procurait grâce à nos raquettes, le plaisir de nous retrouver dans les clubs.

Pour la présentation de Max Bally, je préfère m'en remettre à ses mémoires véritables reflets de sa vie très exceptionnelle, qui commence par des études élargies par le don des langues (il en parle cinq ou six), qui continue par le sport comme international de football et champion de tennis, les affaires, l'amour, et surtout la guerre affrontée si diversement et si audacieusement. Le tout en a fait un globe-trotter qui ne manque jamais de faire les détours nécessaires pour retrouver ses amis.

C'est pour cela que j'ai accepté en toute amitié de préfacer son livre.

Henri COCHET.

AVANT-PROPOS

Ma vie s'est déroulée sous le signe de la contradiction. Elle a été une suite de ratages qui ont bien tournés et de réussites qui ont mal fini. J'ai accompli médiocrement ce qui m'a permis de survivre et je n'ai pas tiré profit des meilleurs de mes talents, qui ont toujours été employés avec un désintéressement navrant pour mes moyens d'existence. Et cependant, c'est à mon insouciance du bénéfice et du lendemain que je dois mes meilleurs moments, ma joie de vivre!

Sans revenir sur les métiers que j'ai exercés, je peux dire en toute conscience que j'aurais fait une bonne carrière comme acteur, diplomate, footballeur, joueur de tennis, officier.

Le cycle des contradictions a commencé dès ma naissance, je suis né d'un père russe et d'une mère britannique. J'ai perdu ma nationalité russe avec l'avènement du bolchevisme, et j'ai été expulsé d'Égypte comme Anglais après Suez. Qui dit mieux? Me voilà donc parti pour être orthodoxe. Eh bien non! En contradiction avec les accords matrimoniaux établis lors du mariage de mes parents, ma mère s'empressa de me faire baptiser selon le rite catholique. Russe et catholique, j'étais déjà un objet rare!

Je suis né sous le signe du Sagittaire, croyez-vous aux astres? Non? Tant pis! Quant à moi, si je crois fermement aux astres, cela ne m'empêche pas d'avoir la foi et d'être de plus, fort superstitieux. Je prie avec la même ferveur la Nouvelle Lune que le bon Saint Antoine et je ne passe jamais sous une échelle.

Si un Sagittaire lit ces lignes, qu'il sache qu'il doit s'inquiéter si les choses vont trop bien et ne pas s'en faire si cela va mal.

Pour le Sagittaire, le meilleur tremplin pour sauter vers les étoiles, c'est de toucher le fond.

PREMIÈRE PARTIE

LE SAGITTAIRE

1

JEUNESSE

Je suis né un 19 décembre à Alexandrie le troisième d'une famille de quatre enfants : deux garçons et deux filles. Mon frère et ma sœur aînés étient très doués, beaux et d'une intelligence au-dessus de la moyenne. Ma jeune sœur et moi restions dans leur ombre, trop jeunes pour avoir encore une personnalité bien définie. Je crois que, dans leur sillage, notre métamorphose fut plutôt lente.

J'étais un petit bonhomme qui professait le culte des héros de légende et celui du muscle! Je considérais Napoléon, Jeanne d'Arc et Mohamed Ali comme des parents éloignés. Je disposais d'une certaine facilité pour les études, largement compensée par une paresse dont je ne me suis jamais départi qu'à regret. Mon père, Jean Bally avait décidé qu'un jour je serais militaire. Depuis l'âge de six ans, il m'appelait affectueusement « le colonel ». Hélas, il ne vécut pas assez longtemps pour voir sa prophétie se réaliser!

A l'âge de sept ans on m'inscrivit comme demi-pensionnaire au collège Saint-François Xavier. Je conserve un excellent souvenir de mes années passées chez les Jésuites. Les révérends Pères m'ont incontestablement marqué du sceau de leur éducation. Ce sont de véritables seigneurs. Ils considèrent que leur mission sur cette terre consiste à former des cardinaux, des présidents, des écrivains. Ils apprennent à leurs élèves les belles manières, à manier les phrases avec élégance et à se préparer à des hautes charges, mais ne leur demandez pas de perdre leur temps à fabriquer des commerçants. Mes dispositions naturelles ne pouvaient être à meilleure école!

Chez les Jésuites, si je n'étais pas le premier de ma classe, j'étais le capitaine incontesté de l'équipe de football de ma division. Je jouais également au tennis de façon prometteuse. Mon enthousiasme pour le sport enchantait mon père, d'autant plus que les autres membres de la famille se montraient moins disposés à passer leur temps sur les courts ou sur les pelouses.

Jean Bally était lui-même un excellent sportif. Finaliste aux championnats de tennis aux jeux olympiques d'Athènes en 1906, il était aussi un superbe cavalier et un très bon fusil et j'ai sûrement hérité de lui cette facilité qu'il avait pour les sports. Le jeudi après-midi, mon père se sacrifiait pour m'enseigner le tennis sur le court qu'il avait fait construire dans notre propriété de Schutz-Ramleh. Il avait cinquante ans lors de sa mort, j'en avais seize et je n'ai jamais pu lui enlever un seul set!

Je me souviens de mon enfance comme d'une période d'une douceur exceptionnelle. Bien sûr, nous avons connu les hauts et les bas de la fortune. Nous avons été riches, puis presque ruinés par un procès inique et à nouveau dans une situation financière favorable. Mais tout cela ne m'a jamais affecté, car je le vivais sous le ciel toujours bleu d'Alexandrie.

Alexandrie! Qui n'a pas connu Alexandrie sous le protectorat anglais, ne connaît pas la douceur de vivre. J'étais amoureux de cette ville immaculée, écrasée sous le soleil, de ce paradis bâti sur un volcan!

Lorsque je suis né, Alexandrie était un havre de paix où toutes les races et toutes les religions vivaient en bonne harmonie. Un climat merveilleux, la vie facile, l'accueil chaleureux enchantaient l'Européen venu en visiteur et le faisait souvent s'installer en Égypte.

Alexandrie constituait en fait une société blanche, puisque sur un total de 250 000 habitants, près de 200 000 étaient anglais, français, italiens ou grecs. Il y avait aussi une élite turque, qui se tenait à l'écart des Égyptiens. Au cœur de cette société multinationale, les israélites ne le cédaient en rien aux meilleures familles.

Dans la hiérarchie sociale, les Anglais et les Français occupaient les degrés les plus élevés : les Français dominaient la culture, les arts, la mode, les spectacles et la cuisine. Les Anglais dominaient l'agriculture, l'import-export, la finance et une grande partie du commerce de coton. L'administration de la ville était entièrement aux mains des Anglais : le directeur général de la municipalité, celui de la centrale électrique étaient britanniques, tout comme le chef de la police.

Géographiquement, la ville était séparée en deux parties distinctes : la ville arabe et la ville européenne. De création plus récente, la ville européenne est dotée de rues droites, larges et solidement pavées, tandis que la ville arabe serpente autour de ruelles étroites et sinueuses, où les étalages des boutiquiers et des commerçants se déploient sans vergogne. Cette tolérance entrave la viabilité et incommode le passant soumis à des odeurs nauséabondes de friture de poissons avariés. La ville arabe ne s'est jamais améliorée, je l'ai toujours vu continuer à végéter dans les mêmes vices de forme. Par contre, la ville européenne n'a jamais cessé de progresser. Les quartiers européens avaient été en partie conquis sur la mer, aussi les indigènes les nommaient-ils Menchieh, « ce qui est nouveau ». A la nuit tombante, Alexandrie présente un spectacle enchanteur : un à un, les lampadaires alimentés au gaz s'allument, et le phare projette ses rayons à plus de dix kilomètres de distance pour aider les bateaux à entrer dans son port.

Chaque année, à la période des grandes chaleurs, le haut gratin cairote fuit le climat étouffant de la capitale pour envahir Alexandrie, où la brise de mer maintient une température modérée. Alexandrie devient alors la résidence habituelle de la Cour, des ministres et des seizes consuls généraux.

Les étés se passaient à la mer. Les deux plus belles plages étaient celles de « Stanley Bay » et de « Glymenopoulo »; mais à une vingtaine de kilomètres d'Alexandrie, se trouvait une des plus belles plages du monde : Agami. Son sable fin et doré, ses eaux transparentes et limpides comme du cristal valaient le voyage. Pendant les grandes chaleurs, ma mère dormait mal en ville et mon père avait acheté un « House-Boat » ancré dans le port. Il y avait fait installer l'eau courante et le téléphone. Ma mère se plaisait à y recevoir des amis pour le thé ou pour des parties de bridge. Quant à moi, je n'aimais guère passer mes vacances sur le « House-Boat », parce que chaque fois que je voulais me rendre en ville, je devais trouver quelqu'un qui veuille bien m'accompagner en voiture. J'étais jeune et une fois à bord, je ne pouvais que pêcher ou me baigner.

Sur notre « House-Boat » flottait orgueilleusement le drapeau de la Russie impériale, et il continua à flotter courageusement, après l'avènement du bolchevisme. Les rites et leurs accessoires avaient alors beaucoup plus d'importance que de nos jours.

Alexandrie possède une très belle corniche qui longe la mer presque depuis le palais de Ras-el-Tin jusqu'au palais de Montaza; à quelques kilomètres de la baie d'Aboukir c'est là que se réunissait l'élite de la société alexandrine. Le long de cette corniche, on trouvait le club de « Chasse et de Pêche » sur le port-est, et le « Royal Yacht Club » et « Royal Automobile Club » à Sidibishr. De mon temps ces clubs se nommaient le « Royal Club de Tir », le Royal Yatcht Club et le « Royal Automobile Club ».

A l'avènement de la république, ces clubs ont perdu leur titres de noblesse. Parallèlement à la corniche, sur la route dite « Rue d'Aboukir », il y a « l'Alexandrie Sporting-Club » et à peu de distance de ce merveilleux club omnisport, un autre très beau club le « Smouha Club ».

Les quartiers indigènes étaient relégués sur les limites de la ville blanche. Dans ce décor, la vie coulait pour nous des jours légers, faciles et peu propices à l'effort. Son secret avait un nom, le « Crédit ». Formés dans cette atmosphère où tout semblait facile, les jeunes croyaient que c'était la vie : Alexandrie, Capitale de l'Été et de la Facilité!

Un jour, le volcan se réveilla et nous balaya, nous et notre belle Époque.

Pour moi, les jours dorés avaient pris fin bien avant. Exactement le jour de la mort de mon père. Je venais d'avoir seize ans.

La disparition de Jean Bally désarticula toute la famille. Ma mère devait le suivre un peu plus tard et il nous sembla que le ciel s'était effondré sur nous.

Nous n'étions pas prêts à prendre sa succession. Je ne veux pas m'étendre ici sur les raisons et les responsabilités qui causèrent nos ennuis financiers après la mort de nos parents.

Les uns étaient trop inexpérimentés, l'autre trop insouciant, les circonstances se chargèrent de faire le reste. La crise nous frappa durement et finit par éparpiller une famille qui avait été unie dans les jours heureux. On dut vendre maison, terrains, chevaux, autos, meubles. On paya les dettes et on s'installa dans la médiocrité. On se sépara; les liens étaient rompus!

Mes sœurs quittèrent les premières un foyer qui n'était plus le nôtre. Mon frère, né sous les meilleurs auspices, disparut à son tour quelques années plus tard, à l'âge de trente ans, miné par la vie.

J'ai passé aussi vite que possible sur des événements qui couvrirent presque une décennie, car j'éprouve toujours une profonde tristesse rien que d'y penser.

A dix-sept ans, je me retrouve donc seul. Le lendemain du jour où je passai la deuxième partie du baccalauréat, j'entrai comme apprenti dans le bureau fondé par mon père, aux appointements de cinq cents piastres égyptiennes par mois. Ces appointements devaient être plutôt académiques : mon frère, prenant la place de mon père comme associé, se devait de subvenir aux besoins de la famille. Malheureusement, l'affaire mal gérée et tiraillée par des intérêts contraires, périclita. Des difficultés, des brouilles s'ensuivirent et je me trouvai bientôt dans l'impossibilité de continuer à partager la vie et l'appartement de mon frère. Je les quittai tous les deux pour vivre dans une chambre meublée, chez une dame grecque, Mme Axiotakis.

Cette chambre, avec une tasse de thé pour petit déjeuner, coûtait trois cent cinquante piastres par mois. Il me restait donc, pour tout potage – c'est bien le cas de le dire-cent cinquante piastres qui devaient suffire à me nourrir, me vêtir et me transporter.

J'ai fait connaissance du jour au lendemain avec cette grande éducatrice : la faim! La vie se simplifie étrangement lorsque la partie la plus importante de notre personne est le tube digestif. J'imagine que mon ancêtre, le primate, devait penser chaque jour comme moi : « quand est-ce que je vais manger »? Une phrase qui ne remplit pas l'estomac, mais qui revient comme un radis, à longueur de journée.

Que d'acrobaties j'ai dû réaliser pour avoir le minimum nécessaire durant les deux années qui suivirent! Je n'ai pas fait de dettes, parce que je n'avais pas le crédit nécessaire. Je n'ai pas volé, parce que l'occasion ne s'est pas présentée. Heureusement, à cette époque, on ne mourait pas de faim en Égypte. Je déjeunais le plus souvent d'une demi-bière pour la somme de deux piastres, car les brasseries populaires agrémentaient la bière d'un « mézé » c'est-à-dire d'une feuille de salade, d'un bout de hareng, d'une pomme de terre et d'un minuscule bout de pain. Ainsi lesté, je partais faire du sport.

J'étais membre de l'Alexandrie Sporting Club situé sur la rue d'Aboukir, parallèle à la corniche, dont mon père avait été le Vice-Président. Mais la subvention annuelle me posait toujours un problème et je ne sais vraiment pas comment je suis arrivé à la payer durant ces années difficiles. Je me souviens avoir vendu pour huit livres égyptiennes un fusil « Lancaster Coronation », qui en valait bien cinquante. Pour cette raison j'ai été obligé de sacrifier le tennis, sport coûteux : raquettes, balles, tenues, souliers, etc. pour me consacrer au football, considéré alors un peu comme un sport de mécréants, mais qui coûtait moins que rien!

J'avais appris à jouer au football dans les cours aristocratiques du collège Saint-François Xavier. Ce fut une bonne école : s'emparer du ballon et le conserver envers et contre tous dans un espace restreint, surpeuplé de joueurs qui ne se gênaient pas pour employer tous les coups défendus, sous l'œil bénévole du Père Duranton! De la cour des grands du Collège sont sortis trois internationaux : Marcel Domergue, capitaine de l'équipe de France qui battit l'Angleterre pour la première fois; Ettore Fabri, international italien et Max Bally qui a représenté l'Égypte une dizaine de fois en matches internationaux.

De nationalité, j'étais toujours russe, mais il n'y avait pas d'équipe russe à Alexandrie. J'ai donc dû opter pour l'un des deux clubs de race blanche de la ville : le club grec.

Plus tard, je fus sélectionné pour la ville d'Alexandrie et puis pour l'équipe nationale. J'étais certainement plutôt léger, soixante kilos et je compensais mon manque de poids par une rapidité et un dribble au-dessus de la moyenne. De plus, je frappais fort des deux pieds et je pouvais jouer dans n'importe quelle position de la triplette centrale.

J'ai marqué des buts contre la Hongrie, la Yougoslavie et la Turquie. J'ai été le premier buteur de la ligue d'Alexandrie durant trois années, avec 24, 21 et 26 buts. Dans un match interville, contre le Caire, j'ai marqué cinq buts dans une seule mi-temps. Mais surtout j'avais du style. Le style en sport, c'est le geste dans l'effort. J'ai peut-être manqué d'efficacité en plusieurs occasions, mais je n'ai jamais péché par manque de style, sur les terrains de football comme sur les courts de tennis. Il n'en fallait pas plus pour que je devienne un favori du public en général, mais surtout de la colonie héllène de ma ville. Je devins alors « O Ballis ». Ne nous y trompons pas, « O » en grec veut dire « le » et n'a rien d'exclamatif. J'avais été adopté, et pour helléniser mon nom, il avait fallu ô ironie, remplacer l'y par is!

A la même époque, je croyais aussi avoir l'étoffe d'un futur champion du monde de boxe. Je trouvais le moyen, dans un ring de banlieue, d'échanger des coups, le jeudi, avec ceux qui me ciraient les chaussures les autres jours de la semaine. Ce qui me gênait, c'était moins d'encaisser des coups, que l'odeur que dégagaient mes adversaires. J'ai toujours eu l'odorat très sélectif. J'adore les parfums; la mauvaise odeur me suffoque. Or en boxe, on ne peut pas toujours éviter le corps à corps. Je ne sais plus si ce sont les effluves de mes « sparing-partners » qui m'ont influencé, mais un jour je décidais que j'en avais assez. Je commençais à m'intéresser plus sérieusement à l'autre sexe et ces dames m'avaient prévenu qu'elles ne trouvaient aucun charme à un nez écrasé et à des oreilles en choux-fleurs.

Auguste Zerlendi est alors entré dans ma vie. Auguste a été un des meilleurs joueurs de tennis du monde durant les années 1920-1940. Ce fut, en outre, une personnalité inoubliable, sur les courts et hors des courts. J'ai eu en lui en partenaire et un ami. Grâce au football j'étais devenu grec d'adoption. Ceci décida Auguste Zerlendi à me faire jouer au tennis pour la Grèce; il n'avait pas de partenaire pour les compétitions internationales dans son pays. J'avais alors vingt-quatre ans. Huit années de football m'avaient nourri de chocs douloureux dont une lésion au rein droit avec hémorragie qui avait duré trois longs jours. Je sautai sur l'occasion que m'offrait Auguste. Je ne l'ai jamais regretté.

2

FLITA ET LA COUPE DAVIS

Le 20 avril 1927 j'embarquais pour le Pirée avec mes raquettes et bien peu de bagages.

Tout n'était pas dit. Il s'agissait pour moi de gagner les épreuves éliminatoires, auxquelles participaient les joueurs locaux. L'opposition n'était ni forte ni nombreuse. Je battis sans difficulté aucune les joueurs athéniens. Mais la véritable épreuve était celle du tournoi international d'Athènes. Au troisième tour, j'écrasais Colombo le numéro un italien en baisse de forme, par le score de 6/3, 6/1, 6/0. Au quatrième tour je battais le roumain Poulieff et je perdais en demi-finale par le score honorable de 6/4, 7/5 contre le colosse tchécoslovaque Roderich Menzel qui s'adjugeait la finale contre Mateyka. Au second tour, j'avais rencontré un jeune Allemand, qui faisait très bien dans le décor; il était beau comme un jeune dieu grec. Je gagnai en deux sets, mais je lui prédis un bel avenir. Mon adversaire était le baron Gotfried Von Cramm.

Me voilà donc sélectionné, à la grande joie d'Auguste Zerlendi et à la mienne. Pour son premier tour en Coupe Davis, la Grèce avait tiré un adversaire de choix : l'Allemagne. Le match devait se jouer à Munich. A cette époque, on ne voyageait pas par avion. Nous prîmes l'Orient-Express. L'expédition comprenait le président Ketseas, mesdames Léna Scaramanca et Bibitsa Lenos et naturellement Auguste et moi. Premier arrêt à Budapest, pour jouer un match amical contre la Hongrie. Je perds mon simple contre Kirchmayer, mais je gagne le mixte avec Bibitsa Lenos contre Von Kerling et Mme Schroeder.

Et en route pour Munich.

Le match à Munich constituait le clou de l'inauguration du nouveau *Sport Stadium*. Le court central pouvait contenir dix mille spectateurs, un record pour l'époque.

Nous fûmes reçus en gare de Munich par une délégation de la Fédération allemande. Fleurs et discours de bienvenue. Mais en voyant notre équipe, on nous fit remarquer que, n'ayant que deux représentants, le match serait à la merci d'un malaise de l'un de nous, au grand dam des cérémonies d'inauguration. L'équipe allemande était à l'abri de toute éventualité et comptait quatre équipiers : Otto von Froitzheim, Dr A. Buss, Heinrich Kleinschrot et Erik Bergman.

Fort heureusement, le grand jour arriva sans incident. Les Allemands font fort bien les choses : le stade était plein, les drapeaux claquaient au vent, des airs militaires encadraient les allocutions. Lorsque le maire de Munich termina son discours-fleuve par le slogan « Munich peut quand Munich veut », ce fut le délire.

On était venu aussi pour jouer au tennis. En début d'après-midi, Auguste Zerlendi perdit en quatre sets contre le Dr Buss. Très ému, j'entrai à mon tour dans l'arène pour affronter l'ex-champion du monde, Otto von Froitzeim, jadis vainqueur du grand Wilding. Les haut-parleurs commentèrent notre entrée : Froitzheim fut présenté avec une kyrielle de titres, tous très applaudis. Par contre j'eus droit à une présentation laconique : Max Ballis, joueur grec numéro deux!

A ce moment, j'éprouvais le contre-coup de cette guerre des nerfs. Il me parut évident que je n'avais rien à perdre et j'attaquai d'emblée sur chaque balle. Tous les risques payèrent. A la stupéfaction générale, dont la mienne, j'enlevai le premier set par 6/3. Une telle réussite ne pouvait continuer; vieux renard des courts, Froitzheim changea de tactique et se mit à renvoyer inlassablement la balle. Je perdis le second set 6/4, et le troisième 6/3 à la nuit tombante. Il fut alors décidé de renvoyer la suite au lendemain.

Quelle mauvaise nuit on passe lorsqu'on joue en Coupe Davis pour la première fois et qu'on est mené par deux sets à un. Le lendemain je menai tout au long d'un set interminable : 5/4, 6/5, 7/6, 8/7 mais ma nervosité me joua des tours. Je repris une balle « out » qui m'aurait donné 30/0 et je finis par perdre le set 10/8.

Après avoir serré la main de mon heureux rival, je quittai le court aussi vite que possible car je voulais être seul et j'avais une grande envie de pleurer. A mi-chemin des vestiaires, la triste solitude du vaincu fut violée par une voix féminine.

– Un moment s'il vous plaît. Photo. Sans penser, je répondis sèchement :

– Ah non! allez photographier l'autre, c'est lui le gagnant. Le bruit d'un déclic m'apprit que l'on s'était passé de ma permission. Tandis que je m'enfuyais j'entendis une petite voix un peu ironique :

– Merci monsieur.

Je me crus alors l'homme le plus malheureux du monde. Je perdais sur tous les tableaux : joueur malheureux et mauvais perdant, devant une jeune femme qui m'avait donné une leçon de politesse. Le soir même, alors que je dînais au club de tennis, on m'appela au téléphone. Or je ne connaissais personne à Munich. Très intrigué, j'entendis une voix féminine qui me dit :

– Bonsoir, êtes-vous de meilleure humeur?

C'était ma photographe. Je lui présentais mes excuses pour mon attitude peu aimable de l'après-midi.

– Dans ce cas me dit-elle, je vais vous envoyer chercher.

L'auto arriva une demi-heure plus tard. Le château de ma photographe se trouvait à Elizabotstrass assez loin du club.

J'anticipais la possibilité d'une aventure facile, lorsque je pénétrai dans le grand vestibule. Un superbe escalier de marbre menait au premier étage, où se tenait une vision en or et blanc qui me regardait en souriant; la jeune femme était drapée dans un châle espagnol blanc. Ses cheveux d'un blond clair encadraient un ovale très pur et de grands yeux bleus. Tandis que plein d'espoirs inavouables, je montais vers elle, la vision prévint tout malentendu et me dit :

– Mes parents nous attendent dans le salon.

Cette phrase me fit l'effet d'une douche froide en plein hiver. Si j'avais su qu'il y avait un comité de réception, je me serais abstenu de répondre si vite à l'invitation. Mais ayant déjà à me faire pardonner, je décidai de mériter cette fois tout ce que mes parents avaient dépensé pour mon éducation.

Dans le salon, le comte et la comtesse zu Eulenberg [1] nous

1. Appartenant à la famille du conseiller intime du Kaiser qui fut impliqué dans le scandale des « Chevaliers de la Table ronde ».

attendaient et les propos qui suivirent furent une suite de lieux communs, le tout agrémenté d'un petit verre de vin du Rhin.

Je remarquai que Flita, c'était son nom, semblait assez amusée du tour qu'elle m'avait joué. Enfin, elle me demanda si je voulais visiter le château, mais mon enthousiasme était tombé avec mes espoirs et je lui répondis que devant jouer le lendemain, je ne pouvais retarder mon retour à l'hôtel.

– Dans ce cas me dit-elle, je ne vous montrerai que mon studio-atelier.

Son studio était une grande chambre qui donnait sur le parc, assez vide, avec un grand piano à queue et une table sur laquelle étaient amoncelées des feuilles de papier à dessin et quelques planches de bois. Flita dessinait et faisait de la pyrogravure.

Il n'y avait aux murs qu'un tableau. Il attira mon attention. Le fond de ce tableau était un paysage de forêt dont les arbres semblaient sortis d'un brouillard matinal. Au premier plan il n'y avait que deux cercles en mouvement rotatoire, l'un bleu et l'autre rose. Ces deux cercles étaient déjà engagés l'un dans l'autre comme pour une éclipse partielle... le bleu commençant à couvrir le rose! Le tableau paraissait très ancien. Tandis que je l'examinais, Flita s'était approchée de moi. Elle me demanda :

– D'après vous quel message a voulu donner l'auteur de ce tableau?

Sans prendre le temps de réfléchir, je m'entendis répondre :

– C'est le début d'un grand amour.

Elle demeura longtemps silencieuse, ses grands yeux avaient perdu leur gaieté.

– J'en étais sûre dit-elle, comme en se parlant à elle-même. Nous nous sommes connus il y a trois cents ans, l'âge de ce tableau. Mais ne vous effrayez pas. Je sais que vous ne pouvez pas encore comprendre. D'ailleurs cette fois ne sera que le premier retour. Bientôt nous nous retrouverons, pour nous reperdre jusqu'à la troisième rencontre.

Elle parlait avec les accents d'une personne sous une influence hypnotique. Sa voix même avait changé. Je commençais à croire que j'avais affaire à une folle, mais je n'éprouvais aucune inquiétude. C'était une folie douce.

L'auto me ramena à mon hôtel et dans le feu de nos parties de cette Coupe Davis, je n'accordai pas d'importance à ma visite au château de Flita zu Eulenberg.

Durant mon séjour à Munich, je la revis souvent mais elle ne me rappela plus la scène du tableau. Le jour de mon départ elle fit une prophétie :

– Je vous reverrai dans deux ans, mais pas en Allemagne.

A ce moment-là, je ne soupçonnais pas le rôle que Flita allait jouer un jour dans ma vie.

Deux ans plus tard, je la rencontrai à Dubrovnik. Puis nous nous rencontrâmes à Rome. Nous étions dans des camps opposés et il y avait la guerre.

Quelque temps avant la guerre, j'eus un accident. L'hélice d'un petit avion piloté par mon ami Helmut Lindeman me frappa à plat dans le dos, faisant éclater les chairs, mais ne cassant aucun os. Deux jours plus tard, je reçus des fleurs avec ses vœux. A des milliers de kilomètres, elle avait senti ce qui m'était arrivé.

Son dernier cadeau avait été une de ses gravures. Elle représentait le globe terrestre qui avait craqué par son milieu. Entre nos frontières il y avait une profonde crevasse. D'un côté de cette crevasse, il y avait une femme effondrée qui tendait les bras, comme pour un suprême adieu, vers un homme, debout lui, de l'autre côté.

Après la guerre j'appris que Flita avait péri dans un bombardement à Berlin où elle servait comme infirmière.

J'étais trop jeune pour apprécier ce qu'elle représentait pour moi. Depuis, je pense quelquefois à ses prophéties. Je voudrais retrouver notre tableau.

3

LA DÉESSE TENNIS

Dans le département de l'Olympe réservé au tennis, le sort des parties ne dépend pas d'un dieu, mais bien d'une déesse. Ses réactions sont typiquement féminines. Ses sautes d'humeur, ses sympathies et ses antipathies provoquent ce que les humains, dans leur ignorance, appellent la grande incertitude du sport. Son arme, son passe-temps favori, est la fatidique, l'insaisissable « balle de match ».

La Déesse m'a aimé et elle m'a aussi trompé. J'ai perdu sur ses instigations des matchs que je devais gagner et j'ai été vainqueur quand tout espoir était perdu... J'ai même gagné des matchs qui n'étaient pas terminés!

Je jouais une finale contre l'excellent joueur génois E. Balbi, champion d'Italie. Cela se passait sur ce paradis des lacs italiens, Villa d'Este.

J'avais perdu le premier set et Balbi menait facilement par 4/2 au second, quand il eut une de ces crises de mauvaise humeur qui l'ont rendu célèbre. Il s'avança vers moi et me dit :

– Mes félicitations, tu as gagné, je m'en vais.

Et il quitta le court, avant que le public, qui avait payé sa place pour voir une finale et... moi-même, ayons compris ce qui se passait. Le soir même Balbi m'expliquait que le tennis commençait à l'ennuyer considérablement. Bientôt, toujours champion d'Italie, il cessa de jouer.

Une autre fois, je jouai sans arbitre contre le champion de la Marine Royale britannique, le capitaine Philip Glover R.N. Je m'adjugeai le premier set et je gagnai un jeu au second, qui portait le score à 5/4 en ma faveur, quand Philip Glover décida que la partie était terminée par le score de 6/3. Tous mes efforts et ceux du public furent vains pour convaincre Philip Glover. Il est très difficile, même sur terre... battue, de contredire un capitaine de la Marine Royale!

Vous devez commencer à croire que les seules parties que j'ai gagnées, furent celles durant lesquelles mes adversaires étaient atteints d'amnésie mentale ou sous l'empire d'une crise de neurasthénie. Mais ces spécialités ne m'étaient pas toutes réservées. Je ne fus que le spectateur d'un cas qui me parut le plus drôle du genre. Cela se passait sur les courts du « Country Club » de Monte-Carlo où Rudy Salm jouait la finale contre le baron de Morpurgo.

Rudy avait admonesté à plusieurs reprises le ramasseur de balles, pour sa façon trop vigoureuse de lui passer la balle... Notre ramasseur n'en continua pas moins et, sur une balle plus particulièrement appuyée, Rudy Salm se précipita sur le garçon, raquette haute, pour lui administrer une raclée. Ce que voyant, le gosse prit ses jambes à son cou poursuivi par Salm. Après un tour de piste à bonne allure, la poursuite continua hors du club et on ne revit plus Salm de l'après-midi, laissant Morpurgo solitaire et vainqueur... par abandon!

De tournois internationaux, en tournois internationaux, j'ai fini par considérer le tennis comme un spectacle fort divertissant, dont la scène embrasse l'univers tout entier.

J'ai pu observer les individus les plus excentriques, les situations les plus extravagantes. Les vedettes du tennis international de l'entre-deux guerres étaient, tout comme aujourd'hui, des enfants terribles, et les côtoyer fut pour moi un régal de chaque instant.

Une des personnalités qui m'a le plus frappé, est celle de Roderick Menzel. Depuis que je m'efforce de ne juger personne sans connaître les causes et les raisons de ses actes, je ne fais pas partie de ses nombreux – je pourrais dire de ses innombrables – détracteurs.

Certes, ses manières étaient déplorables, son caractère était impossible et il a été un speaker de la radio nazie de Berlin débitant toutes les horreurs que la propagande allemande déversait quotidiennement sur les Alliés... mais il était spectaculaire et surtout sincère et plus que tout son propre ennemi!

Ses sentiments pro-allemands qui coïncidaient avec l'existence du nazisme, étaient nés du fait qu'il était sudète, ne parlait pas le tchèque et qu'il avait été particulièrement maltraité par ses compatriotes durant son service militaire en Tchécoslovaquie. Il m'en avait parlé comme étant la période la plus malheureuse de sa vie.

Menzel était un grand, un très grand joueur. Le manque de contrôle de sa spontanéité naturelle était cause de son impopularité avec le public et les dirigeants même dans son propre pays... et il le savait.

A Rome, en finale contre Palmieri, furieux de l'attitude du public italien qui ne pèche pas toujours par excès d'impartialité, il quitta le court alors qu'il avait gagné les deux premiers sets et menait 5/3 au troisième.

Le comité organisateur refusa de lui rembourser ses frais, ne lui donna ni prix, ni la moindre compensation... et il dut emprunter à son consul, le prix de son retour en troisième classe.

Son franc-parler et ses boutades le rendaient aussi impopulaire auprès des dirigeants que recherché par la presse.

En Australie, un reporter lui ayant demandé de commenter sa dernière partie, il répondit, faisant allusion au mauvais état des courts :

– Demanderiez-vous à Paderewski comment il a joué sur un piano cassé?

Durant la même tournée, dans son discours à Sydney, au dîner officiel qui clôturait les championnats d'Australie, il dit :

– J'ai été si bien reçu par la fédération australienne que je voudrais, en gage de ma reconnaissance, donner un bon conseil aux Australiens. J'ai appris qu'il y a une invasion de sauterelles dans le pays; je proposerai un remède infaillible au ministre de l'agriculture : dirigez ces sauterelles vers les courts en gazon du Tennis Club de Sydney, elles y périront toutes de faim!

Ce champion de l'impopularité me demanda d'être son partenaire aux championnats d'Alexandrie. Je commençai par refuser, en lui disant que malgré le grand honneur qu'il me faisait, je ne voulais pas faire partie de l'équipe la plus impopulaire du tournoi.

– Ah! mais me dit-il, j'ai beaucoup changé depuis que j'ai pris quelqu'un de très bien comme modèle.

– Qui donc? lui demandai-je.
– Jésus-Christ, me répondit-il.

Nous jouâmes ce tournoi ensemble. Chaque fois que le grand Menzel manifestait des vélléités de reprendre son naturel frondeur contre l'arbitre, les juges de ligne ou le public, je n'avais qu'à lui dire « Jésus-Christ »... et il se calmait immédiatement.

Quelle belle époque fut celle du tennis d'avant-guerre! Durant ces années, j'ai fait le tour de l'Europe, reçu par la meilleure et la plus aimble société de chaque pays. J'ai lié des amitiés qui ont résisté à la guerre, à la différence d'intérêts et à l'usure du temps.

Oh! je ne prétends pas que l'on avait toujours affaire à des enfants de chœur. Les clans ennemis, les jalousies, les antipathies sévissaient comme partout ailleurs et j'en ai subi les désagréables effets.

Un jeune Grec dont je tairai le nom car il n'est plus là pour me répondre, avait eu quelques succès dans les tournois de la Côte d'Azur. Ces tournois, que les grands joueurs patronnent pour profiter de la « dolce-vita » de la Côte et oublier la tension des grandes épreuves, se disputent dans une ambiance de détente fort différente des matchs de renom.

La Fédération hellénique s'était émue des performances, dont une victoire sur Toto Brugnon, et l'avait convoqué à Athènes.

Imbu de sa nouvelle importance, le jeune Hellène accepta de participer aux épreuves nationales.

A son arrivée, il fut reçu comme un héros. Nous nous rencontrâmes au second tour. Je le battis très facilement comme l'indique le score de 6/1, 6/3, 6/0. Porté aux nues au départ, il fut jeté aux orties après cette partie et il en conçut pour moi une vive antipathie me considérant responsable de sa déchéance. Dans un autre tournoi, il demanda à m'être opposé. Je gagnai à nouveau, tout aussi facilement, et son antipathie prit des proportions démesurées.

Le temps passa sans changer les sentiments de mon adversaire malheureux.

En 1935, je ne pus me rendre en Grèce pour participer aux épreuves de classification, mes moyens ne me le permettant pas. Mais quelques mois plus tard, une rentrée d'argent me permit de faire un voyage en Europe avec mon grand ami, l'excellent joueur français Georges Grangduillot, Joujou pour les intimes. Grâce à Grandguillot je fus invité au tournoi de Scheveningen, en Hollande. Au troisième jour, je battis Nourney alors champion d'Allemagne, par le score de 6/4, 7/5, 6/4. Dans la rubrique « tennis » du journal *l'Auto*, l'en-tête de l'article sur cette journée, portait : « le franco-égyptien Bally fait grosse impression. » Après Scheveningen, nous fûmes invités à disputer le tournoi du « Baur-au-Lac », à Zurich et pour le comble de malchance, je rencontrai mon joueur que je battis pour la troisième fois. Je devins alors pour lui une véritable obsession.

De retour à Alexandrie, je reçus une sommation de la fédération hellénique, exigeant des explications sur ma participation aux tournois cités plus haut. Je répondis que j'avais voyagé à mes frais et que j'avais participé à quelques tournois avec l'approbation de mon club d'Alexandrie.

Sur ce, la foudre tomba sur ma tête. Sans autre forme de procès, je fus informé officiellement que la Fédération hellénique m'avait suspendu, ou disqualifié, comme vous le préférez, pour sept ans!

Entre-temps j'appris aussi par un autre joueur grec, que la Fédération hellénique avait été informée que j'avais déclaré en public, à Zurich, que je ne jouais plus en Grèce, en raison des perpétuelles révolutions qui secouaient le pays... » où les balles échangées par les Grecs étaient plus souvent des balles de revolver que des balles de tennis » *(sic)*. Mais surtout, comble des combles, *l'Auto* avait écrit que j'étais franco-égyptien.

Toutes ces accusations étaient le résultat des informations fournies par mon adversaire malheureux. Ne pouvant me battre sur un court... Il avait trouvé ce moyen de m'écarter de son chemin.

Sept ans! j'avais alors trente-deux ans... cela mettait un point final à ma carrière de joueur de tennis.

J'étais indigné, dégoûté et prêt à abandonner. Mais c'était mal connaître l'amitié et l'esprit combatif de mon ami Grandguillot, en excellents termes avec le président de la Fédération Internationale, M. Canet.

Un élément très important semblait avoir échappé aux dirigeants grecs – ou peut-être espéraient-ils que cet élément m'échapperait. C'était tout bonnement qu'en vertu des statuts régissant la Coupe Davis, la Fédération hellénique n'avait aucun droit à mes services. J'étais de nationalité russe, résidant en Égypte et non en Grèce. Ces points leur étaient bien connus, puisque ces mêmes dirigeants s'étaient toujours occupés de faire viser mon passeport « Nansen », pour les pays que nous devions visiter.

La sanction, pour le cas où une fédération serait trouvée coupable d'avoir fait jouer en Coupe Davis un joueur non éligible, était de taille. Il s'agissait tout simplement du remboursement intégral de toutes les sommes perçues lors des matchs auxquels aurait participé un joueur non qualifiable.

Mon ami Grandguillot, avocat de profession, connaissait la loi. Il écrivit un rapport détaillé et confidentiel à M. Canet, président de la Fédération internationale, le priant d'informer la Fédération hellénique, qu'il se verrait obligé de faire circuler ce rapport auprès de tous les membres de la Fédération internationale, aux fins d'inscrire mon cas sur l'Agenda de la prochaine réunion plénière de la Fédération, si la Grèce ne retirait pas immédiatement ma suspension.

Ma suspension avait quand même duré deux mois. Elle fut levée juste à temps pour me permettre de jouer le match international » Égypte contre Étrangers », durant lequel pour fêter mon retour à la légalité, Grandguillot et moi battîmes par 6/2, 6/3, l'équipe de double américaine Anderson-Robertson.

Ma disqualification avait défrayé la chronique dans les milieux tennistiques et, comme les bonnes nouvelles voyagent moins vite que les mauvaises, je continuais à recevoir de nombreuses lettres. La plus amusante fut certainement celle d'André Merlin qui me disait qu'ayant été suspendu pour trois mois seulement pour avoir giflé un dirigeant d'un club de tennis, je devais avoir volé la caisse des petits orphelins du tennis pour avoir mérité une suspension de sept années! Étant lui-même orphelin, il me suppliait de rendre la caisse.

Le destin a parfois de ces revirements qui laissent rêveur. En 1944, je commandais une unité de « commandos » qui se battaient dans Athènes pour rendre la Grèce aux Grecs et empêcher le rideau de fer de tomber sur ce brave et beau pays. Au cours des combats de rue, nous investîmes le club de tennis et en fîmes nos quartiers, jusqu'au jour où, le calme une fois rétabli, nous rendîmes le club à ses dirigeants, avec une petite cérémonie durant laquelle, aimablement applaudi par ces mêmes messieurs qui m'avaient disqualifié, je fis don au club de quelques kilos de sucre et de cinq douzaines de balles de tennis de la Naafi, introuvables alors en Grèce.

De disqualifié à invité d'honneur, cela ne pouvait arriver qu'à moi.

Comme je vous l'ai déjà dit, j'ai profité pleinement du tennis. Après ma mésaventure hellénique, j'ai joué pour l'Égypte en matchs internationaux, mais plus jamais en Coupe Davis.

4

LES BRAVES DE L'ALEXANDRIA SPORTING CLUB

Dans les premières pages de ces mémoires, j'ai mentionné brièvement l'existence de l'Alexandria Sporting Club.

Je crois que ce club mérite quelques lignes de plus : club omnisport avec ses trente-trois courts de tennis et son central de 3000 places, ses quatre salles de « squash », ses terrains gazonnés de polo, de rugby et de football, sa piscine de cinquante mètres avec gradins, ses deux bowlings green, ses dix-huit trous de golf, son champ de courses, son superbe club-house avec son salon de lecture et ses jardins, l'Alexandria Sporting-club a certainement sa place parmi les clubs de sport les plus complets et les plus beaux du monde entier.

Inauguré en 1888 par l'armée anglaise d'occupation, en équipe avec la « Eastern Telegraph Company », l'Alexandria Sporting Club comptait au moment de la seconde guerre mondiale, plusieurs milliers de membres et, comme l'exigeait la tradition de la ville d'Alexandrie, ses membres étaient de nationalités très variées, avec une majorité britannique, française et hellénique.

Pour raconter en détail les exploits accomplis par tous les Braves de l'A.S.C. durant cinq années de guerre, il me faudrait des renseignements beaucoup plus complets que ceux que je possède; mais ce que je voudrais montrer par les exemples qui suivent, c'est que la guerre est apparentée au sport et que courage guerrier et courage sportif vont bien souvent de pair.

Pour étayer ce point de vue, voici quelques indications sur les actions qui ont valu à des sportifs de notre club, nullement obligés le plus souvent de participer au conflit mondial, les décorations et les grades qu'ils obtinrent; ce sera une preuve, aussi incomplète soit-elle, que batailles et matchs ont bien des points communs et nécessitent tous deux : courage, ténacité, sang-froid, clairvoyance et goût du risque.

Steffy Casulli était grec et champion à la fois de water-polo et de squash. Il s'engage dès l'invasion allemande de sa patrie, dans la S.B.S. (Spécial Boat Service), unité de commandos parachutistes britanniques, spécialisée dans les attaques contre les aérodromes et les garnisons allemandes des îles occupées. Steffy participe à des actions sur Rhodes, Cassos, la Crète, Skyros, Cos et Santorin. Il fut tué dans cette dernière opération et reçut à titre posthume, la plus haute distinction hellénique « Aristion Andria ».

John Haselden de nationalité britannique, était champion de skiff et de yole à deux. Possédant une connaissance parfaite de la langue arabe et du désert lybique où il chassait, il entre dans la « A. Force » (unité de Services Spéciaux d'Actions en Pays Ennemi). Parachuté derrière les lignes ennemies aux environs de Tobrouk en Cyrénaïque, vivant avec les Bédouins du lieu, il envoyait régulièrement des renseignements précieux sur les forces et les mouvements de l'ennemi. Lors d'un essai de débarquement allié pour reprendre Tobrouk, John Haselden fut tué en essayant de neutraliser les batteries qui s'opposaient au débarquement. Il mérita le grade de lieutenant-colonel et trois citations (équivalent de la croix de guerre) à l'ordre de l'armée, dont la dernière à titre posthume.

En tout cas voici ma liste, par ordre alphabétique des braves de l'A.S.C. :

- Steffy Casully
- Anthony Contomichalos
- Terry Contomichalos
- Jason Georgiades
- Georges (Joujou) Grandguillot
- Pierre Grandguillot
- John Haselden
- André Losco
- Pierre Mercinier
- Yanni Michaelidis
- George Tsoucas
- Jack Vlasto

Raconter les exploits qui méritèrent tant de décorations et de citations n'est pas de mon ressort; je ne peux donc qu'espérer que ceux qui ont survécu, et hélas, ils ne sont pas nombreux, se décident un jour à vaincre l'anonymat de ces exploits, pour le plus grand bien des lecteurs et de la postérité.

André Losco, britannique lui aussi, était un excellent sportif surtout en natation. Il s'engage comme son ami Haselden dans la « A. Force ». Parachuté en Italie, trahi et fait prisonnier en 1942, il s'évade l'année suivante lors de la chute de Mussolini. Nouvelle mission en Corse où il est débarqué d'un sous-marin. Je le retrouve en Italie du Sud à Grazia del Colle, base d'opérations parachutées. Il est parachuté cette fois en Yougoslavie; lors de la retraite allemande, il ne reçoit pas, par suite d'une erreur de transmission, l'ordre de ne pas s'y opposer et livre avec sa petite troupe un combat inégal où il est grièvement blessé et fait prisonnier. Les Allemands l'emmènent et le placent dans l'hôpital des Mères de la Miséricorde à Vienne où se trouvent déjà quatre-vingt-cinq blessés britanniques. Un drame ignoble eut lieu à l'arrivée de l'armée soviétique; sous le prétexte d'évacuer à l'arrière les blessés britanniques, dont André Losco en bonne voie de guérison, les Soviétiques les font tous disparaître sans laisser de traces.

Une enquête du MI9 [1] (Organisme spécialisé dans la recherche des prisonniers alliés) n'obtint qu'une explication aussi fausse qu'odieuse : les blessés britanniques étaient en cours de transport en train pour la Roumanie, quand une attaque de l'aviation alliée les avait tous anéantis!!! Or le MI9 prouva qu'aucun bombardement aérien n'avait eu lieu dans la région aux dates indiquées par les Soviétiques.

Je vous laisse le soin de tirer votre propre conclusion. La guerre froide encore plus sinistre que l'autre avait commencé et André Losco en avait été une des premières victimes. Il avait mérité le grade de major et la Military Cross.

Bob Mélot, de nationalité belge, fervent sportif, était un grand amateur de randonnées dans le désert. Ayant dépassé l'âge d'être appelé, il s'engagea lors de l'invasion de la Belgique dans le L.R.D.G. (Long Range Desert Group) unité d'élite dont le rôle était de harceler les forces allemandes à l'arrière de leurs lignes, en passant par le désert lybique.

1. J'ai participé personnellement à l'enquête car Losco était non seulement pour moi un ami très proche, mais il était aussi mon cousin germain.

Il participe à la destruction de nombreux avions sur les aérodromes; blessé grièvement par une grenade lors d'un coup de main contre le port de Benghazi, il refusa d'être soigné sur place pour ne pas être fait prisonnier et se fit emmener à travers le désert dans l'inconfort douloureux d'une jeep, pendant 1 400 kms pour retrouver les troupes alliées. Guéri et reparti à l'armée, il devait mourir en Belgique sa jeep s'étant retournée; il était titulaire de la Military Cross.

Georges Tsoucas, grec, s'adonnait surtout aux sports de la mer. Pour ne pas me répéter, je prie le lecteur de se reporter au chapitre qui lui est consacré page 244 et suivantes. Engagé dans l'armée britannique, son audace et son courage extraordinaire lui valurent la Military Cross.

Pierrot Mercinier, français, international de tennis. Engagé volontaire en octobre 1940 à 19 ans dans les Forces Françaises Libres, il sert successivement au 1er Escadron des Sphahis Marocains, puis au 1er Régiment de Marche des Sphahis Marocains. Il participe à la campagne d'Erytrée puis aux combats en Syrie où il fut blessé; il se bat ensuite en Lybie; en 1942, il fait partie de la garde d'honneur du Général de Gaulle à Alger. Il rejoint ensuite la 2e D.B. (Division Blindée) formée en Afrique du Nord et commandée par le Général Leclerc; après le débarquement en Normandie il prend part à la libération de Paris. Il fait ensuite campagne dans les Vosges où il est à nouveau grièvement blessé. Pierrot Mercinier est titulaire de la Médaille Militaire et de la Croix de Guerre avec étoile de bronze et étoile d'argent.

Yanni Michaelidis, grec, athlète complet, fut le meilleur gardien de football qu'ait jamais eu l'Égypte. Il devint d'abord un bon avant-centre, puis un joueur de tennis de bonne classe. Il s'engagea dans les forces helléniques et se spécialisa dans la si dangereuse spécialité de désamorçage des mines, qu'il pratique notamment à la bataille d'El Alamein pour ouvrir un chemin aux blindés britanniques.

Au retour en Grèce des Forces Helléniques d'Égypte, il démina le port du Pirée, où en cours d'opération une mine éclata, le condamnant à des mois d'hôpital; il s'en sortit grâce à son extraordinaire constitution et put reprendre avec succès les compétitions de tennis.

Les deux frères Grandguillot, tous deux internationaux de

tennis, de nationalité française, firent preuve, eux aussi, d'un courage exemplaire.

Pierrot Grandguillot. Mobilisé au Liban en 1939 et démobilisé en 1940; de retour en Égypte il s'engage dans l'armée britannique comme sous-lieutenant. Envoyé en Lybie dans des unités formées de Bédouins Sonoussis et dépassé par une offensive foudroyante du général Rommel, il ramène sa troupe et ses armes après une marche de 400 kms en pays occupé par les Allemands et les Italiens en s'assurant le concours des Bédouins autochtones.

Du coup, on lui confie des missions à l'arrière des lignes ennemies où il est déposé par le L.R.D.G. [1], afin d'organiser la collecte des renseignements et le retour des aviateurs évadés ou tombés en territoire ennemi. Il participe ensuite aux victoires de la célèbre 8e armée jusqu'en Tunisie, puis fait partie d'un état-major en Tunisie d'abord, en Italie ensuite. Il termina la guerre avec le grade de major, la Military Cross et deux citations.

Georges Grandguillot. Mobilisé en 1938 dans les Alpes à la frontière italienne, il est démobilisé à Marseille comme lieutenant en 1940. Il s'engage rapidement dans un mouvement de résistance, puis dans le Service Secret de Renseignements de l'Armée, et profite de sa participation à la création et à la direction des centres d'apprentissages pour organiser des passages vers l'Espagne soit des résistants, soit des militaires alliés parachutés. Il reçut la Médaille de la Résistance, la Croix de Guerre et la Légion d'honneur.

Bryan Atwood, joueur de rugby, champion de plongeon. Appelé, il s'engage dans l'aviation de chasse et est abattu en Lybie avec son Spitfire.

Roger Alby de Brès, joueur de rugby et de tennis. Mobilisé en 1940 dans les Alpes, il obtient comme observateur aux avant-postes, la Croix de Guerre avec citation. Démobilisé à Nice, il entre dans un réseau de résistance et continue cette activité à Vichy. En novembre 1942 il franchit clandestinement les Pyrénées pour rejoindre le général de Gaulle; arrêté par les Espagnols, il subit 13 mois de détention et rejoint enfin à Londres, les Forces Françaises Libres. Il termina la guerre comme lieutenant.

1. Long Range Desert Group

Georgiades, était grec et international de tennis. Il se trouvait en Grèce lorsque les forces germano-italiennes l'envahirent en 1941. Il entra immédiatement au Service de Renseignements du réseau « Green Mantle » sous les ordres de Taki Lycourezos; sa connaissance de l'allemand rendit au réseau et à la cause des alliés de grands services. Jason avait été mon partenaire de double en coupe Davis et un ami très cher; c'est dire avec quelle joie je le retrouvai lorsque je vins en Grèce participer avec lui à la reconquête sur les communistes.

Jack Vlasto, de nationalité britannique, pratiquait divers sports. Engagé volontaire aux Gurkas, puis versé dans l'organisation de parachutages derrière les lignes, il a servi aux Indes, en Égypte et dans le sud de l'Italie.

DEUXIÈME PARTIE

LA GUERRE DE L'OMBRE

5

LES SABOTEURS A LA MANQUE

En juillet 1938 je me trouvais à Londres pour le tournoi de Wimbledon. L'atmosphère en Europe était déjà à l'orage, et nous étions tous de plus en plus passionnés par la tournure des événements politiques; aussi, je ne cessais de me poser la question :

– Que dois-je faire?

Et de plus en plus la réponse était toujours :

– Je dois m'engager.

Oui, mais comment? Corps et âme pour la cause alliée, je n'étais d'aucune des nationalités en lice, étant russe de naissance, français d'éducation et gréco-égyptien de sport.

En discutant mon cas avec un ex-alexandrin, le Major Dean Sarjeant du « War-Office », il voulut bien obtenir pour moi, une entrevue avec l'officier du « War-Office », chargé du recrutement des étrangers, et très exactement à l'heure fixée pour cette entrevue, je me présentais au siège du « War-Office » de Londres.

Il était onze heures du matin et je fus introduit dans la salle d'attente des bureaux du colonel Boxall, par le sergent de service.

Et j'attendis... d'abord patiemment!

Le temps passait et plus d'une demi-heure après mon arrivée, j'étais toujours dans l'expectative d'être reçu.

Je dois avouer que j'attends mal. Je suis toujours très exact et je supporte mal que l'on ne me rende pas la pareille!

C'est un des nombreux défauts de mon caractère. Ainsi, quand trois quarts d'heure dépassèrent l'heure prévue pour mon rendez-vous, je me levai et je m'adressai assez brusquement au sergent de la réception, lui disant que je ne pouvais plus attendre étant donné que j'étais convoqué pour jouer à Wimbledon à deux heures PM. Je priai le sergent de transmettre au colonel mes raisons et mes regrets.

Sur ce, informé par le sergent, le colonel sortit précipitamment de son bureau et me dit :

– I am very sorry. Je ne savais pas que j'avais affaire à un international de Wimbledon, et l'entrevue eut lieu, sur-le-champ.

Comme vous le voyez, pour un Anglais, jouer à Wimbledom est une carte de visite plus importante que la meilleure recommandation. Dont acte.

Le colonel m'interrogea longuement. Plus je m'efforçai de le convaincre que mes qualités et mes aptitudes devaient faire de moi un aviateur, plus il s'intéressait aux langues que je parlais et aux pays que j'avais visités. Il voulait surtout savoir si j'avais des contacts en Europe centrale, en Italie et en Allemagne. Ayant pris note de mes réponses, il me pria de repasser le lundi suivant.

J'étais désappointé. Je désespérais d'avoir suscité l'intérêt de mon interlocuteur, mais je ne renonçais pas pour autant. Lors de notre seconde entrevue, le colonel voulut bien me dire que ma demande avait été prise en considération, mais que probablement, je dépendrais du Moyen-Orient. Le cas échéant je recevrais des ordres d'affectation en Égypte où il avait appris que j'habitais. L'Angleterre n'avait pas l'air très pressée de profiter de mes services.

Quelques jours plus tard M. Chamberlain revenait de Munich avec son parapluie et son papier « La Paix pour notre Temps ». Je repartis donc pour Alexandrie et j'attendis plus de six mois un contact qui ne se décidait pas à se produire.

En 1939, mon enthousiasme était tombé à zéro lorsque je fus invité à dîner par le consul général de Grande-Bretagne à Alexandrie, M. Clifford Heathcote Smith. A peine arrivé, le consul m'annonça avec des airs mystérieux, que participait à ce dîner, un personnage qui avait un message pour moi.

Durant tout le repas, j'essayai de deviner lequel des convives était ce mystérieux messager. L'un d'eux attira particulièrement mon attention. Il arborait une petite barbe en pointe qui lui donnait un air sinistre. En outre il revenait d'Abyssinie et racontait avec autorité des histoires passionnantes. Naturellement ce n'était pas lui. Après le café, ce fut le commander Wolfson qui me demanda de faire quelques pas avec lui sur la terrasse.

En guise de préambule, il me transmit les salutations du colonel qui lui avait parlé de moi et il me demanda si mes intentions étaient restées les mêmes que celles exprimées à Londres.

– Bien sûr répondis-je.

Wolfson déclara alors que la guerre n'était plus qu'une question de semaines, voire de jours et me pria de me présenter à l'appartement nº 84 du nº 185 rue de la Corniche, à trois heures précises.

A l'heure dite, je sonnai à l'appartement nº 84. La séance qui suivit eut toutes les qualités d'un mauvais vaudeville. Un homme, en bras de chemise, ouvrit la porte. Avant même que j'ai eu le temps de lui dire qui j'étais, il s'était déjà rencogné à l'intérieur, me laissant sur le pas de la porte. J'entrai.

Il y avait deux autres personnes dans l'appartement. L'une était vautrée sur un lit, et l'autre, dans le seul fauteuil de la chambre, avait les pieds sur la table. Quant à mon ouvreur, il se curait furieusement les ongles. Personne ne s'occupa de moi. Ce que voyant, je m'assis sur la seule chaise disponible et j'attendis les événements.

Après un long moment de silence, « l'homme-aux-pieds-sur-la-table » s'arracha à regret de sa torpeur et daigna m'adresser la parole :

– Jeune homme dit-il en regardant le plafond, parlez-vous pendant votre sommeil?

Interloqué par ce début, je répondis :

– On ne me l'a jamais dit.

– Si c'était le cas enchaîna « Pieds-sur-la-table », ce serait vraiment malheureux qu'un beau jeune homme comme vous ne puisse pas respirer le parfum des fleurs d'une fête florale donnée en son honneur.

Je compris qu'il s'agissait de mes funérailles. Cela s'annonçait bien!

La menace à peine voilée de mon interlocuteur avait suscité un réel enthousiasme chez les deux autres spectateurs de cette scène. Celui qui se limait les ongles pointa son instrument vers moi :

– Savez-vous manier une pompe à fly-toxer? me demanda-t-il.

Il s'agissait certainement de savoir si je savais tirer au revolver. Je fis semblant de ne pas comprendre. Je commençais à croire que l'on se payait ma tête.

– Messieurs, dis-je, je suis venu ici sur la demande du commander Wolfson. Si j'ai interrompu votre sieste, je le regrette sincèrement. Si vous ne voulez pas me dire de quoi il s'agit, continuez à jouer aux charades, il ne me reste plus qu'à vous remercier de votre accueil et à me retirer.

J'étais déjà debout, quand « Vautré-sur-le-lit » se leva et me regardant dans les yeux dit d'une voix sépulcrale :

– Sabotage! Sabotage!

Content de son effet, il continua :

– Des pétroliers ravitaillent nos ennemis; il faut les en empêcher. Tout ce que je peux vous dire, c'est que cette opération doit avoir lieu dans les eaux d'un pays neutre.

Épuisé, il retourna à son lit et termina à l'horizontale :

– Vous donnerez votre réponse au commander Wolfson. Vous parlez le turc naturellement.

Et on leva la séance. De turc, je ne connaissais qu'un gros mot que j'aurais bien voulu servir à mes trois gaillards. Je ne savais pas si je devais rire, pleurer ou me fâcher. Dès le lendemain matin, je donnais une réponse négative au commander Wolfson.

Durant toute la semaine qui suivit, je passai par toutes les affres de la déception, mais aussi par celles de la honte. A l'heure de la vérité, j'avais manqué de courage. Aucune excuse n'était valable à mes yeux. Je m'étais imaginé nageant entre deux eaux, en compagnie de mes antipathiques collègues, le couteau entre les dents, avec la mission de crever les coques d'une flotte de pétroliers! Et j'avais renoncé...

Un beau matin, après une nuit de cauchemar, durant laquelle j'entendais les ricanements des locataires du n° 84, je n'y tins plus, je demandai à voir d'urgence le commander Wolfson. Cette fois, j'étais bien décidé. J'avais encore peur, mais uniquement d'arriver trop tard!

Le commander Wolfson voulut bien me recevoir. A peine arrivé, je lui annonçai que j'étais prêt à accepter l'opération « Mer Noire »! Il sourit et me demanda pourquoi j'avais refusé la semaine passée. Je lui répondis que j'avais été très mal reçu, que ma première impression de mes camarades avait été défavorable, et enfin que je ne parlais pas le turc.

Le commander Wolfson continuait à sourire. A mon grand étonnement et, soulagement, il me dit que j'avais bien jugé la situation.

– Je ne sais pas pourquoi on nous a envoyé ces pauvres types commentait-il. « Si vous aviez accepté, vous seriez actuellement dans une geôle turque, attendant l'extradition. »

Notre entretien ne s'arrêta pas là. Le commander Wolfson venait d'être nommé attaché naval à Istambul et il me proposa de faire partie de sa mission. Mes fonctions seraient, officiellement, celles de « King's Messanger » : courrier diplomatique. Je serais en civil, mais avec le grade de lieutenant.

Sous le couvert de son titre d'attaché naval, dans un pays neutre placé au carrefour de l'Asie et de l'Europe, Wolfson occupait pour le M.S.I. [1], un poste important qui couvrait tous les Balkans.

Plus de trente-cinq années se sont écoulées depuis la fin de la guerre, je puis maintenant raconter les petits rôles que j'ai joués sous les ordres du commander Wolfson « M.S.I. [1] » sans risquer de devenir un des pensionnaires de la tour de Londres, avec ceux qui ont violé les silences qu'impose le très fameux *National Secret Act.*

1. Military Secret Intelligence.

6

MES PREMIERS PAS DANS L'OMBRE OU FLITA ACTE II

Nous sommes au début de la guerre. Début que l'on appelait ingénument « La Drôle de Guerre », comme s'il pouvait y avoir quelque chose de moins drôle qu'une guerre moderne.

L'Italie ne se décide pas à entrer dans la danse, mais elle aiguise déjà son poignard à coups de langue, du haut d'un balcon de la Piazza d'Espagne. La France, elle, se leurre de pouvoir se terrer sans trop de risques ni de dommages dans sa ligne Maginot. Quant à l'Angleterre, elle a envoyé sur le continent un corps expéditionnaire qui faisait du tourisme. Avec l'enthousiasme de son esprit sportif et de bon bel amateurisme, elle s'apprête, comme l'exige la tradition, à perdre ses premières batailles, quitte à gagner la guerre!

Pour ceux qui possédaient une notion exacte des forces en présence, et ils n'étaient pas nombreux, l'horizon s'assombrissait chaque jour davantage au milieu d'une incompréhensible euphorie populaire. Déjà, la Pologne agonisait sous les coups d'une nouvelle formule de combats : le Blitzkrieg!

Non, cette guerre n'était déjà pas drôle pour tout le monde, même à ses débuts, et si certains fronts jouissaient encore d'un calme relatif, les cinquièmes colonnes sévissaient à l'arrière. Malgré quelques succès du M15 et du Deuxième Bureau, il y avait de nombreuses fuites qui passaient au travers des filets que nos services spécialisés tendaient parfois trop innocemment, pour combattre l'espionnage nazi au Moyen-Orient.

Un échec important du contre-espionnage allié, fut indubitablement l'évasion du Herr Professor Krauss Halder, qui avait disparut mystérieusement de son domicile de Jérusalem, quelques heures avant d'être appréhendé et qui aux dernières nouvelles, se trouvait probablement à Rome.

Sous le couvert d'être un archéologue, Krauss Halder était le chef de l'espionnage nazi en Palestine et il était hors de doute qu'il trouverait en une Italie amie, partenaire de l'Axe, toutes les facilités pour continuer à diriger, même à distance, le réseau qu'il avait constitué aussi bien en Palestine qu'en Syrie et au Liban, conjointement avec la fameuse Frau Paula Koch qui, elle aussi brûla la politesse à ses poursuivants, pour se réfugier en Turquie lorsque les Forces Alliées occupèrent le Liban. Mais les exploits de Paula Koch sont une autre histoire, la mienne ne concerne que Krauss Halder.

Pour en revenir donc à notre pseudo-archéologue, il a été souvent constaté que le couvert de travaux archéologiques facilite l'espionnage. Il faut croire que farfouiller des sous-sols, aide à fomenter des activités encore plus souterraines; il était important d'avoir la preuve, qu'effectivement Halder était à Rome et le commander W. Wolfson savait, qu'en tant que tennisman international, je connaissais bien la Ville Éternelle. J'y avais de nombreux amis et je parlais couramment l'italien. Mais W. Wolfson savait aussi, car je le lui avais révélé, que j'avais conservé de mes séjours en Allemagne, une correspondance plus ou moins suivie, avec une jeune allemande qui habitait Munich. Notre correspondance avait continué, via Istanbul. Le sentiment trouve toujours moyen de traverser même les frontières les mieux gardées.

Le plan du commander Wolfson était très simple. Il ne s'agissait que de proposer à ma munichoise, de me rencontrer à Rome. Le prétexte serait donc un rendez-vous amoureux, et une fois sur place, il s'agirait seulement pour moi d'essayer de découvrir si le Herr Doktor Professor Halder était bien à Rome et dans l'affirmative, quelle était sa « planque ».

Un autre service se chargerait de la suite de l'opération.

Je dois dire que les deux aventures ne me déplaisaient pas.

Pourquoi ne pas profiter, aux frais de la Cavalerie de St Georges, d'une occasion qui joignait l'utile à l'agréable? J'acceptai la proposition du commander.

Les intentions des Maîtres de « l'Intelligence Service » sont impénétrables, même pour leurs exécutants et je ne puis dire si la véritable raison de cette mission n'était pas de découvrir si le

« Herr Professor » était bien à Rome, où les deux choses à la fois?

Mais laissons le domaine des hypothèses et entrons dans le corps du sujet.

Les choses ne traînèrent pas. J'écrivis à Flita Zu Eulenberg qui s'empressa de réagir favorablement à mon invitation... Bientôt, nanti d'un passeport égyptien qui me fut remis personnellement par le « Lewa Georges Naldrett Jays Pacha », chef de la Police d'Alexandrie mais plus fidèle sujet de sa gracieuse Majesté Britannique, que fonctionnaire du roi Faruk.

J'arrivai à Rome, via Brindisi; comme convenu Flita me rejoignit à l'hôtel Margarita.

Ma première émotion néo-professionnelle, en arrivant à l'hôtel, fut de découvrir qu'il était littéralement bondé d'officiers de la « Luftwaffe ». Ne pas avoir la conscience tranquille crée des complexes et je me sentis en territoire ennemi.

Les retrouvailles avec Flita furent tout ce qu'elles devaient être. Il est inutile que j'en dise plus. En ce qui concerne ma mission, sa participation, à son insu, dépassa toutes mes espérances. En effet Flita s'avéra être « Personna Grata » auprès de l'Ambassade d'Allemagne, étant liée d'amitié avec la princesse von Bismark, femme d'une grande beauté et épouse de l'ambassadeur « Prinz Otto von Bismark ».

Mais n'allons pas trop vite. Les jours passaient sans m'apporter le moindre indice. A part accompagner Flita jusqu'aux grilles de l'Ambassade d'Allemagne avec le secret espoir de voir apparaître, providentiellement, le sinistre « Herr Professor » dont j'avais un signalement très étudié, j'avais peu d'inspiration. J'étais à la pêche, sans pouvoir découvrir le moindre signe de la présence du poisson que j'étais censé ferrer.

Ma mission n'avançait pas et je commençais à perdre espoir quand la providence des « sagittaires » vint à mon secours.

De retour d'une de ses nombreuses visites chez la princesse von Bismark, Flita me raconta qu'au déjeuner il y avait un invité particulièrement intéressant. Il avait parlé avec autorité de l'Égypte et de la Palestine qu'il connaissait dans ses coins les plus déserts. Mon sang ne fit qu'un tour lorsque Flita mentionna, en l'estropiant un peu, mais pas assez pour que je ne le situe pas, le nom de Beercheba, un des campements archéologiques du « Herr Professor ». Il me fut très difficile de prendre un air indifférent et de ne pas poser trop de questions sur cet intéressant commensal.

Heureusement, Flita qui avait un peu bu, était lancée : les détails qu'elle me donna, ainsi que sa description de l'homme auquel on s'était adressé tout au long du déjeuner en lui donnant le titre de « Herr Professor », correspondaient assez fidèlement à la photo que j'avais longuement étudiée avant mon départ d'Alexandrie.

Je passai par tous les états d'âme, allant du doute à la certitude... et vice versa. Je vous dirai seulement que je pus me rendre compte de « visu » que c'était bien notre homme, après avoir dû faire le « pied de grue » à plusieurs reprises devant la chancellerie du Reich où Flita m'avait révélé que « Halder » travaillait.

Le Herr Professor Doktor etc., devait se sentir en toute sécurité, ou peut-être était-ce pure bravade : il avait conservé la barbe qu'il arborait quand il prétendait ne s'intéresser qu'à creuser les « Kom » de la Palestine.

Ma mission était virtuellement terminée, sans autres complications, et j'éprouvais le sentiment du candidat qui a réussi à ses examens; mais il y eut davantage.

Deux ou trois jours après le déjeuner révélateur, Flita assez émue, me dit qu'elle avait été convoquée par son consul, et qu'elle avait reçu l'ordre de rejoindre son poste d'infirmière volontaire à l'hôpital de Munich. Un moment je craignis le pire. J'avais eu l'impression d'avoir été suivi lors de mes nombreuses balades devant la Chancellerie de l'Ambassade d'Allemagne. Mais ce n'était pas le cas. Flita m'expliqua, sous le sceau du secret, qu'on lui avait révélé qu'une grande offensive se préparait. Plus d'un million d'hommes, entraînés par le « Général von Reichenau » attaqueraient la Belgique et la Hollande, si ces deux pays n'accordaient pas aux Allemands, le droit de passage, et il fallait prévoir un grand nombre de blessés.

Cette explication calma un peu mes craintes d'avoir été « repéré », mais me parut menaçante pour la suite des hostilités. Il y aurait donc un nouveau « Blitzkrieg » et cette fois il serait dirigé au nord-ouest.

Mon information eut une autre confirmation. A un dîner d'adieu offert à Flita par la princesse von Bismark, l'ambassadeur en la félicitant de faire son devoir, avait levé son verre à la réussite de l'irrésistible offensive qui verrait bientôt la victoire de la « Wehrmacht » et la fin glorieuse de la guerre.

Son discours avait été bruyamment acclamé par tous les convives... Zieg Heil... Zieg Heil... Heil Hitler... etc.

Provenant de deux sources différentes, mais qui se devaient d'être bien renseignées, je ne pouvais que croire au bien-fondé de la nouvelle de l'offensive allemande. J'étais impatient de la communiquer au « commander » mais il me fallait attendre. Les ordres étaient formels : je ne pouvais approcher les autorités britanniques de Rome sous aucun prétexte, ni confier mes impressions à une lettre et à plus forte raison à une dépêche.

Le lendemain du départ de Flita pour Munich, je pris à mon tour le chemin du retour, mais non sans avoir passé un jour à Zurich, voyageant en 3e classe, pour brouiller les pistes. En effet le prétexte de mon voyage à Rome, était de visiter la Compagnie Générale de Ré-Assurances de Zurich, qui travaillait avec la National Insurance Company of Egypt qui m'employait. Quant à la 3e classe, je pensais qu'il est beaucoup plus facile de passer inaperçu dans des wagons remplis de gens de tout acabit. Je faisais, comme vous le voyez, mon apprentissage selon toutes les règles.

Je retrouvais le « Commander W.W. » quelques minutes après avoir débarqué du paquebot Ausonia, en provenance de Trieste. Après lui avoir transmis verbalement mes nouvelles, je l'accompagnai à « Kom-el-Dik » siège de la police militaire britannique d'Alexandrie, pour rédiger un rapport détaillé sur mon séjour à Rome. Wolfson avait insisté : je ne devais omettre aucun détail, aussi insignifiant qu'il puisse me paraître. Ce serait à lui seul de juger.

Le commander était demeuré impassible durant tout notre entretien, et j'avoue que croyant avoir bien mérité de la Patrie, son manque de chaleur m'avait déçu. Mais le sentiment du devoir accompli et mon caractère, dont la réputation – méritée – était d'un certain « je m'enfoutisme », firent que je me consolai assez vite. Pour me consoler encore davantage, je me plongeai à cœur joie dans la rédaction de mon rapport.

Tout y passa! le « commander » voulait des détails? Il en eut! Cela commença par le voyage, de nuit de Brindisi à Rome, dans un compartiment non chauffé, en compagnie d'un rutilant Chemise Noire Fasciste; il m'avait empêché de dormir en entonnant d'une belle voix de baryton, des airs qu'il m'avait fièrement annoncés être des « chansons de guerre », car la guerre était sa spécialité m'avait-il confié et il se serait engagé comme volontaire pour combattre contre les communistes, en Finlande, s'il ne faisait pas si froid dans ce pays. Il ne supportait pas le froid... mais en été ce serait une autre affaire. On ne perdait rien pour attendre. Je l'avais félicité chaudement malgré la température de notre compartiment et il s'était endormi, satisfait, pour ronfler plus bruyamment encore qu'il ne chantait ses hymnes à la guerre.

Mon texte était volumineux, car à part les péripéties de la découverte de « Krauss Halder » et de son repaire, j'avais mentionné la présence des officiers de la « Luftwaffe » à l'hôtel Margarita, la nouvelle de l'offensive éventuelle de la « Wehrmarcht » par la Belgique et la Hollande, les libations révélatrices du Prinz Luis von Bismark et la rentrée prochaine en guerre de l'Italie contre les alliés, tel que me l'avait confirmé tristement mon ami Oscar de Minerbi, qui avait été Vice-consul d'Italie à Alexandrie et qui occupait actuellement un poste subalterne au ministère de la guerre à Rome.

Je remis mon rapport au Cdr W. Wolfson, qui le parcourut devant moi. Je m'attendais à des félicitations. Je n'en eus pas.

Ce ne fut qu'environ quatre années plus tard à Smyrne, que Wolfson commentant mes débuts sous ses ordres et le chemin parcouru, voulut bien me dire qu'il avait jugé, à l'époque, mes informations sur l'offensive allemande, son chef, ses dates et sa direction, assez importantes pour les transmettre au « War Office ». Malheureusement, mon rapport n'avait convaincu personne car il ne coïncidait pas avec l'opinion de collègues plus accrédités du ministère de la guerre. Cette période est trop connue pour que j'en parle ici, mais des fragments de la petite histoire méritent peut-être que j'en parle.

Le ministre britannique de la guerre était à l'époque encore Mr. Hoare Belisha. Il avait été très impressionné par l'éloquence du général Gamelin, chef suprême des forces alliées, et plus beau parleur que bon stratège. Lors d'une réunion « Top secret » des chefs civils et militaires de France et de Grande-Bretagne qui eut lieu à Rouen, le colonel Miles Reid, conseiller militaire du ministre britannique, n'avait pas été d'accord avec le plan du général Gamelin, qui prévoyait, en cas d'invasion ennemie par la Belgique, de faire quitter aux troupes alliées les positions défensives qu'elles occupaient sur la frontière française pour contrer les forces allemandes, là où elles seraient. Or il n'y avait aucun accord, ni entente préalable avec les armées belge et hollandaise, dont les chefs ne voulaient pas donner aux Allemands de prétexte pour violer leur neutralité! Comme vous le voyez, on se leurrait d'espoirs et l'on jouait à « colin-maillard » avec une nation qui avait déjà prouvé plus d'une fois, que pour elle, un accord de neutralité n'était qu'un « chiffon de papier ».

Malgré son intervention, le colonel Miles Reid n'avait pas pu convaincre le conseil de guerre franco-britannique de Rouen. Dans l'avion qui ramenait à Londres la mission britannique, le colonel Miles Reid ne put s'empêcher de revenir à nouveau sur le thème du plan Gamelin.

– Est-il possible Sir, avait-il demandé à Hoare Belisha que vous approuviez le plan du général Gamelin?

– Non. Je ne l'approuve pas, mais que pouvais-je faire? avait répondu Belisha, « Je ne suis pas général! » (sic).

« Ce que vous devez faire, et avant qu'il ne soit trop tard Monsieur le ministre, s'était écrié Miles Reid, c'est démissionner en signe de protestation ».

Comment? que dites-vous mon cher Miles Reid? Démissionner? s'était exclamé Hoare Belisha, mais vous n'y pensez pas, j'aime être ministre de la guerre! Voici quelle avait été la réponse du ministre Hoare Belisha : réponse effarante quand se jouait le sort de la nation. Nous vivions en plein enfantillage... enfantillage dont les conséquences faillirent être mortelles.

Pour ceux qui se souviennent de Jeanne d'Arc, on peut avancer sentimentalement que le choix de la ville de Rouen pour une réunion franco-britannique, ne fut pas des plus heureux, mais historiquement ce qui fut désastreux, ce furent les décisions prises par un général en chef beau parleur et un ministre plus attaché à son poste qu'à ses convictions.

Nul ne peut dire ce qui serait arrivé, si on avait prévu l'attaque allemande par la Belgique et pris des mesures adéquates, de même qu'on ne peut pas dire avec certitude que cela aurait changé le cours de la guerre si les alliés avaient reçu le choc de l'attaque nazie sur leurs excellentes positions de défense au lieu de s'aventurer en rase-campagne... Mais ce que tout le monde sait, c'est que rien de pire n'aurait pu arriver que ce qui arriva. Ne nous rappelons donc plus de Mr. Hoare Belisha que comme l'instigateur des feux tricolores, qui règlent le trafic aux croisements des rues et que l'on continue à appeler en Grande-Bretagne « The Belisha Beaçons ».

Quant à moi, j'avais donc fait mes premiers pas dans l'ombre et j'en avais éprouvé toute l'obscurité, son anonymat et sa solitude. J'étais prêt à partir pour Istanbul, ses pièges et ses traquenards. Maintenant j'étais devenu un membre à part entière du M.S.I., et le commandant Wolfson m'attendait.

De cette expérience j'avais appris bien peu de choses si ce n'est que nous « les sans grade », nous ne sommes que des pions très mineurs, que les chefs de l'I.S. bougent à leur gré sans reconnaissance et sans pitié, car ces sentiments ne doivent et ne peuvent avoir de place dans ce genre de lutte sans merci. J'avais appris que l'on y perd un nom et que l'on y acquiert en échange un numéro.

J'avais surtout appris que dorénavant j'étais le prisonnier d'un secret que je n'avais le droit de partager avec aucun des simples mortels avec lesquels je vivais quotidiennement. J'étais le même et j'étais un autre et nul, en dehors de notre loi du silence ne devait savoir qui était et ce que faisait cet autre. Je sentais obscurément que déjà je m'appartenais de moins en moins à mesure que je m'enfonçais plus profondément dans cette ombre, seule amie sur laquelle je pouvais compter.

7

KURT

En 1939, la guerre des ondes battait déjà son plein et un de ses centres les plus actifs était Istanbul.

Istanbul recevait les messages envoyés par les espions de l'Axe, en Égypte, en Palestine et en Syrie, de même qu'Istanbul relayait les messages que les agents alliés expédiaient des Balkans et de la « Mittel Europa ».

Istanbul, ou Constantinople, comme vous le préférez (moi je préfère Constantinople) était le « club le plus fréquenté de l'espionnage international », un club dont les membres étaient le « Secret Service », le « 2e Bureau », « l'Ovrana », « la Guépéou », « la Sicherdienst »... pour ne citer que les principaux et dont les chefs « trompe-l'œil » étaient les attachés d'ambassade, alors qu'en réalité, c'étaient derrière les façades bien illuminées des ambassades que demeuraient dans l'ombre les véritables maîtres de ces services.

Dans les monumentales ambassades d'Istanbul, les tables d'écoute ne cessaient pas de capter jour et nuit les messages chiffrés, dont les codes défiaient souvent les meilleurs experts en décryptage. Mais, si on n'arrivait pas à comprendre leur langage, on pouvait presque toujours découvrir leurs points d'origine et il s'agissait alors de les faire taire par tous les moyens.

Depuis quelque temps, nos tables d'écoute captaient des messages provenant de la Palestine, sans pouvoir les situer exactement et on était arrivé à la conclusion que ces messages émanaient d'un véhicule en mouvement, ce qui rendait sa localisation très difficile.

Par ailleurs, si nous ne connaissions pas son point de départ, nous connaissions son correspondant à Istanbul : la « Transocéan » était le relais qui transmettait vers les bureaux berlinois de l'amiral Canaris, les informations fournies par l'insaisissable espion de la Palestine...

Le principal opérateur de la « Tansocéan » se nommait Kurt H...

Kurt était un jeune Allemand qui posait au journaliste indépendant et qui était assez libre dans ses propos. Il était un peu ce que l'on appelle aujourd'hui un « play-boy ».

Il fréquentait les boîtes de nuit et surtout le « Taksim Bar » car dans ce cabaret, il y avait une danseuse turque, « Leila », qui y faisait un numéro avec sa sœur « Hayska ».

Il faisait son apparition presque chaque soir, après minuit, vraisemblablement quand il avait terminé ses transmissions, comme opérateur de la « Tansocéan ».

Nos services décidèrent d'essayer de percer l'incognito du mystérieux agent de la Palestine par Kurt H. Quoi donc de plus naturel qu'un Russe blanc qui ne pouvait être hostile à une Allemagne luttant pour rétablir un régime anti-bolchevique, soit le trait d'union avec Kurt? Il fut donc décidé que je serais le contact qui allait devoir rencontrer Kurt à toutes fins utiles.

Une ou deux fois par semaine, à Istanbul, les journalistes et les reporters de toutes nationalités se rencontraient dans un café, le « Konak », pour discuter le coup et Kurt avait pris l'habitude de ne pas manquer ces réunions et d'adresser même la parole à ses confrères des pays ennemis du sien. Un jour, il avait amusé tous ses confrères en proposant de boire à la santé de Winston Churchill dont c'était l'anniversaire. Il est vrai qu'il avait un peu gâté cette bonne impression, en ajoutant que si Churchill avait eu le bonheur d'être allemand, il aurait été un excellent secrétaire pour Goebels!

De notre côté, nous avions un journaliste écossais qui s'était fait la réputation de ne pas être toujours d'accord avec la politique de son gouvernement... mais qui travaillait dans nos services secrets.

Kurt s'asseyait souvent à sa table et il fut convenu que j'étais une vieille connaissance de l'Écossais et que je le rencontrerais... « par hasard », lorsque Kurt serait à sa table. L'Écossais serait chargé d'insinuer éventuellement à Kurt que j'étais un bon vivant, ennemi des complications, et plutôt rebelle à la politique des alliés... en bon Russe blanc.

Tout fut orchestré à la perfection et la séance de la rencontre « entre deux vieux amis » qui ne s'étaient pas vus depuis longtemps, fut une véritable perfection d'ordre théâtral. Je croyais être un bon acteur, mais l'Écossais me surpassa indiscutablement! « Mac » et moi, nous tombâmes dans les bras l'un de l'autre, et je lui expliquais sans m'occuper de Kurt, que j'étais à Istanbul pour une grosse affaire de tabac, qui me permettrait de me retirer, là où je n'aurais plus à me soucier des bagarres des autres!

Alors seulement, Mac pensa à me présenter à Kurt et dans le cours de la conversation, je demandai naïvement comment et où on pouvait passer une bonne soirée à Istanbul.

Kurt m'informa qu'il y avait de très bons numéros au « Taksim » et, quand il fit son apparition après minuit, j'étais déjà attablé avec la sœur de son amie, la non moins belle Hayska. La cavalerie de Saint-Georges paya généreusement le champagne pour tout le monde. Je m'excusai de devoir me retirer avant la fin du spectacle car j'étais un peu fatigué. On promit de se retrouver, tous un autre soir. Tout marchait comme sur des roulettes.

Il y eut d'autres soirées, toujours en partie carrée, et bientôt j'en sus un peu plus long sur Kurt et ses habitudes. Il habitait un immeuble tout près de l'ambassade d'Allemagne, à Ayash Pacha. C'était là qu'il transportait et gardait ses documents personnels, après son travail de nuit. Mais malheureusement, il finissait ses nuits chez la belle Leila, et il me fallut attendre dix jours à ce régime, pour avoir enfin l'occasion que je cherchais.

Ce soir-là, Leila avait dû se rendre à Ankara et il était seul. Je commandai la traditionnelle bouteille de champagne, et profitant de ce qu'il avait dû aller aux vestiaires, je brisai une ampoule avec l'aide de mon mouchoir et j'en versai tout le contenu dans son verre. C'était un soporifique puissant (un micky finn) qui devait agir dans un délai d'un quart d'heure au plus. Mais il devait avoir la tête solide, car un quart d'heure plus tard, Kurt était tout ce qu'il y a de plus éveillé, et je me décidai à lui doubler la dose. Même occasion, même manège! cette fois les premiers symptômes ne se firent pas attendre et furent précédés d'un léger malaise. On l'aurait eu à moins.

Je lui proposai de l'accompagner chez lui... La double dose agit de façon foudroyante, alors qu'il était à peine arrivé devant la porte de son appartement. Sans mon aide, il se serait effondré de tout son long. Je m'emparai de son trousseau de clefs, j'ouvris, je le transportai à l'intérieur et le déposai sur son lit, où il se mit à ronfler comme dix tuyaux d'orgues.

C'était un petit studio. Son bureau était là devant moi. J'essayai tous les tiroirs. Un seul était fermé... et j'avais ses clefs.

Je n'allumai pas, mais ayant entrebâillé la fenêtre, la lumière d'un réverbère suffit pour ce que j'avais à faire.

C'était le bon tiroir! Tous les documents y étaient, bien rangés par ordre numérique. Je choisis le dernier de la pile... et je déchirai la dernière page d'un carnet qui m'avait paru suspect. Je refermai soigneusement le tiroir, je refermai aussi la fenêtre et je remis les clefs dans la poche de Kurt.

Maintenant il s'agissait de se barrer. Ce n'était pas si simple. L'immeuble n'était occupé que par des Allemands de l'ambassade. Il fallait que je ne rencontre personne. Je pensai même un moment sauter par la fenêtre... mais c'était risqué, elle était à plus de deux mètres du sol. Soudain je me figeai sur place. Un locataire de l'immeuble avait ouvert la porte d'entrée et s'approchait. Il s'arrêta devant l'ascenseur et je l'entendis monter... fausse alerte.

Drogué, Kurt ronflait avec une telle violence que j'imaginai que, tout l'immeuble retentissant de ses ronflements, quelqu'un, excédé de ce vacarme viendrait peut-être essayer d'y mettre fin. Il fallait donc me presser.

Je pris mon courage à deux mains ou plutôt à deux pieds et je sortis de l'appartement, puis de l'immeuble.

Il était 4 heures du matin, les rues étaient désertes, mais je ne pouvais pas attendre pour me débarrasser de mes précieux documents et en apprécier l'intérêt. J'allai réveiller W. W. à son domicile.

J'avais eu la main heureuse.

Le réseau « Égypte, Palestine, Istanbul, Berlin » ne nous causa bientôt plus d'ennuis, mais je ne pouvais plus être dorénavant d'aucune utilité à Istanbul. Je n'en étais pas mécontent...

Qu'est devenu Kurt? J'ai appris qu'il avait fini par décourager ses patrons et qu'il avait quitté son studio d' « Ayash

Pacha » pour endosser l'uniforme de la « Wehrmacht ». Mais nous ne nous sommes plus rencontrés sur aucun champ de bataille.

Le mystérieux correspondant de Kurt en Palestine, une fois arrêté, s'avéra être un personnage assez important dans la hiérarchie des élus de M. Hitler, puisqu'il n'était rien moins que « Horst Witmar, gauleiter de la ville de Manheim » et l'espion nazi le plus virulent de la Palestine.

Il s'était porté volontaire pour cette mission et avait été parachuté en Palestine où il avait opéré avec un certain succès jusqu'au moment de son arrestation à Jérusalem. grâce à la découverte du code de Kurt.

Transféré au Caire, sous observation dans la même prison qu'un « mouton » allemand, il révéla des points importants sur la structure des services d'espionnage nazi au Moyen-Orient, entre autres ses contacts en Palestine qui lui avaient permis d'éluder les services du contre-espionnage britannique durant quelques mois.

Je me suis souvent demandé si, ce carrefour de l'Asie et de l'Europe qu'est Istanbul, continue à être un « club à la mode de l'espionnage », et si dans le restaurant de luxe, le « Romance », tenu par deux comtesses russes, les tables des attachés militaires sont toujours disposées de façon à ce qu'ils puissent faire semblant de s'ignorer et si la « guerre des ondes », qui ne connaîtra jamais la paix, continue à faire des victimes sur les bords du Bosphore!

8

LA VALISE

Le train... un vieux train de marchandises, avec deux wagons de deuxième classe, se traînait depuis Istanbul en direction de la frontière bulgare, s'arrêtant à chaque gare, comme pour reprendre haleine.

Il y avait plus de dix heures que j'en subissais l'inconfort et bientôt déjà cinq heures que dans une gare intermédiaire on m'avait passé la valise.

Elle était lourde, très lourde... et il fallait espérer que son transfert n'avait attiré l'attention de personne, dans ce train où les rares voyageurs transportaient ce qui était nécessaire à un voyage où chacun devait se suffire à lui-même.

La valise était maintenant placée tout au fond, sous la banquette en face de moi.

Il n'y avait qu'un autre passager dans mon compartiment.

C'était une espèce de paysan du Danube, dont je n'arrivais pas à définir la profession, mais qui, fort heureusement n'avait manifesté aucune velléité de lier connaissance, ni de partager ses provisions. Il profitait de ce que je faisais semblant de somnoler, pour tirer de son sac un gros saucisson à l'ail, dans lequel il mordait avec férocité avant de le replacer dans son garde-manger. Mais si j'étais censé avoir les yeux fermés, il devait croire que j'avais aussi les narines complètement bouchées.

Les petites gares se succédaient à intervalles réguliers avec la même monotonie, les mêmes coups de sifflets, les mêmes ordres et les mêmes départs laborieux et grinçants comme si chaque wagon protestait à son tour, à sa manière, de devoir se remettre en mouvement.

La nuit commençait à tomber sur ce décor qui me paraissait de plus en plus sauvage, à mesure peut-être que je me sentais aussi moins en sécurité.

La Turquie et la Bulgarie n'étaient pas en guerre. Seuls certains services étaient actifs. Pour eux la prise aurait été bonne.

Enfin, à un tournant de la voie ferrée, apparut ma destination « Borgash ». Me l'avait-on assez décrite ainsi que l'auberge solitaire où je devais passer une partie de la nuit à attendre l'autre!

M'efforçant de donner l'impression que la valise était légère alors qu'elle m'arrachait l'épaule, je fis les quelques pas qui séparaient la gare de l'auberge.

Je n'eus aucune difficulté pour me faire accepter, mes faux papiers étaient en règle. J'étais un marchand de bois et j'avais rendez-vous avec un exportateur de la contrée.

L'aubergiste ne me proposa même pas de porter la valise. Il se contenta de m'indiquer ma chambre... et bientôt je refermai la porte de la chambre 4, sur... la valise et sur moi. Mais si l'auberge ne payait pas de mine, ma chambre elle, était vraiment sinistre. Un lit de fer, une armoire bancale, un tapis dont on n'avait pris la peine de rapiécer les nombreux trous, une chaise, une table, le tout entouré de murs tâchés d'humidité et coupés par deux fenêtres. Ma chambre faisait le coin du rez-de-chaussée et donnait d'un côté sur la route et de l'autre sur un terrain vague.

Je consultai ma montre, il était huit heures et demie. Mes instructions étaient d'attendre mon visiteur jusqu'à minuit. Normalement, le commandement prévoit des délais rapprochés, alors pourquoi un délai si long cette fois-ci? Enfin, quoiqu'il en soit, passé minuit, il me faudrait en déduire que quelque chose n'avait pas fonctionné normalement et j'étais libre alors de prendre les décisions que je jugerai nécessaires, pour sauver la valise et... ma peau. En cas d'urgence, une bicyclette avait été placée derrière le quatrième arbre en profondeur, dans le prolongement de la borne kilométrique 147, presque en face de l'auberge.

Pour le moment donc, je n'avais qu'à attendre. Je crus tromper cette attente en me couchant tout habillé sur l'espèce de grabat qui faisait fonction de lit, mais je trouvai vite que l'idée était mauvaise. D'abord le lit était douteux... et puis l'on se sent sans défense lorsqu'on est couché. N'ayant rien de mieux à faire, je me mis en faction devant la fenêtre qui donnait sur la route.

L'obscurité n'était pas totale. Un gros croissant de lune montait dans le ciel au-dessus de la forêt où devait m'attendre la bicyclette. L'idée que l'on pouvait avoir oublié de la placer à l'endroit convenu me fit passer dans le dos un léger frisson, vite réprimé. Ridicule.

Neuf heures! Mon visiteur de la nuit se faisait attendre et je pensai qu'il eût été plus simple qu'il arrive le premier au lieu de rendez-vous, en tout cas, plus simple pour moi. Les bruits de l'auberge avaient cessé. J'avais éteint dans ma chambre, afin de mieux distinguer ce qui pouvait se passer au-dehors. Un petit vent s'était levé et faisait trembler les feuilles. Tout était calme et silencieux.

J'allumai ma lampe de poche pour consulter la petite carte qui m'avait été donnée en même temps que la valise. Elle avait été très simplifiée. La frontière grecque était proche et un petit chemin quittai, à un certain endroit, la route principale pour me permettre, le cas échéant, de couper vers une gare bulgaro-grecque, d'où je pourrai prendre le train pour Salonique. La distance à parcourir à vélo, n'était que de quatorze kilomètres, mais quatorze kilomètres assez accidentés, une passe pour contrebandiers. De toute manière « Borgash » avait été bien choisi.

9 h 30! Le temps continuait à passer très lentement. La relève se faisait bien attendre. Avait-il eu un empêchement? Pour la première fois, cette éventualité traversa mon esprit, pour gagner du terrain à mesure que chaque minute passait. Fallait-il vraiment attendre jusqu'à l'extrême limite? De toute façon, puisque je ne pouvais plus rester sans rien faire, autant imaginer un éventuel plan de départ. C'est alors seulement que la bicyclette commença à prendre de l'importance.

J'entrouvris avec précaution la fenêtre qui donnait sur le terrain vague... elle grinça un peu sur ses gonds; j'évaluai la distance qui me séparait du sol. Il n'y en avait pas pour plus d'un mètre et demi et je décidai que la meilleure façon de faire descendre la valise, serait de l'attacher à la manche de mon sweater, pour la déposer au sol.

Satisfait par mes investigations, je commençai à refermer la fenêtre en essayant de ne pas la faire grincer cette fois, quand je crus entendre un cri... d'abord lointain, mais qui se rapprochait dans ma direction en s'amplifiant à mesure qu'il se répercutait comme un écho.

Homme ou bête? Ceci avait quelque chose de terrifiant. Il pénétra dans ma chambre sur sa note la plus aiguë, et continua à me poursuivre, longtemps après que mes oreilles eussent cessé de le percevoir.

D'abord figé sur place, je me précipitai à la fenêtre qui donnait sur la route. Je crus voir quelque chose bouger... mais non, c'était le reflet du petit ruisseau qui coulait en contrebas... Personne, la route était vide!

Qui donc avait poussé ce cri? Je n'osais plus bouger, les yeux toujours fixés sur la route. Le silence était maintenant tout aussi éprouvant que le cri!

J'essayai de me raisonner, mais une angoisse insurmontable me remplissait tout entier. D'où et de qui venait ce cri?

Attendre.

Dix heures. Dix heures cinq. Dix heures quinze. Un quart d'heure depuis le cri... non... un siècle!

10 h 30!! La crise alors éclata en moi et me submergea! Je vivais un cauchemar. Je ne pouvais plus rester dans cette chambre. Il fallait que je sorte avant qu'il ne soit trop tard. J'étais un animal traqué.

J'essayai encore de tricher. J'irai m'assurer que la bicyclette était bien à sa place. D'ailleurs depuis la forêt je pourrai tout aussi bien surveiller la route, mais il fallait à tout prix que je sorte. Je le ferai par le terrain vague. Quand je m'approchai de nouveau de cette fenêtre, je crus entendre à nouveau le même cri, mais cette fois il était plus faible, comme la fin d'un sanglot...

La valise et puis... moi, nous passâmes dans le terrain vague. Une fois en plein air, je retrouvai un peu mon équilibre. Je pensai à refermer les persiennes. Je regardai anxieusement le premier étage. Tout était obscur. Comment était-ce possible que ces cris n'aient réveillé personne!

La valise pesait une tonne mais je traversai la route en courant. A l'abri de mes premiers arbres, je m'arrêtai, le temps de repérer la borne 147 et je me mis à compter les arbres qui devaient me conduire à celui de la bicyclette. Mon Dieu faites qu'elle y soit!

Elle y était! Couverte de branchages; je l'aurais embrassée.

Je n'étais plus seul. Mon intérêt se reporta sur la route.

Aussi loin que je pouvais voir, il n'y avait toujours rien.

Je plaçai la valise sur la selle de la bicyclette que je poussai à travers la forêt vers la première boucle de la route que je ne voulais prendre que hors de vue des fenêtres de l'auberge. Alors seulement, ayant placé cette fois la valise sur le guidon, je me décidai à enfourcher le vélo. Quelques mètres suffirent pour me prouver qu'il n'était pas possible de continuer de cette façon. La valise était si lourde qu'elle me déséquilibrait à chaque coup de pédale et, qu'en montée je ne pouvais pas avancer. Il fallait nous séparer. J'allais enterrer la valise; c'était la seule solution. Je revins sur mes pas jusqu'à l'arbre qui avait abrité ma bicyclette, et au pied duquel, il y avait un buisson. Fébrilement, je me mis à creuser autour de ce buisson jusqu'aux racines. La terre était heureusement humide et assez meuble.

Haletant, les mains en sang, j'arrivai à soulever tout le buisson... intact! Je dus encore agrandir le trou laissé par le buisson, pour pouvoir y placer la valise. Je replaçai la terre et je replantai le buisson, avec l'espoir que la nature ferait le reste!...

Combien de temps tout cela avait-il duré? Je n'en savais rien... et je n'en voulais rien savoir! Ce dont j'étais sûr c'était qu'entre-temps personne n'était arrivé à l'auberge! Je repris la route et je me mis à pédaler aussi vite que me le permettaient mes jambes, mon état et surtout l'obscurité environnante. Il faisait sombre mais la route était poussièreuse et tranchait par sa couleur blanchâtre sur le fond du paysage.

La carte avait été bien marquée. Je ne ratai pas le chemin de traverse, et dans un suprême effort, j'arrivai en vue de la gare frontière. Il devait être trois heures du matin. Il fallait que j'arrive à la gare comme si je venais du côté grec. A la faveur de l'obscurité, je me glissai à travers champs jusqu'à la voie ferrée. Le passage n'était pas gardé. Dorénavant tout devenait facile et la chance continua à me sourire. Un train pour Solonique était prévu pour 9 heures. Or deux trains seulement par semaine desservaient cette gare.

Avec la sensation d'une sécurité retrouvée, et tandis que le train roulait vers Salonique, j'eus tout le temps de réfléchir. Il y avait peu de chose à dire : j'avais probablement saboté la première mission importante qui m'avait été confiée. Je me surpris à imaginer la déception de celui qui avait trouvé le lieu de rendez-vous abandonné et la fureur de l'aubergiste dont le client s'était envolé sans payer.

Et cependant beaucoup de questions restaient sans réponse. Mon visiteur était-il venu? Et alors pourquoi avait-il tellement tardé? Pourquoi avais-je ressenti cette panique incontrôlable et surtout d'où venaient ces cris qui avaient provoqué mon départ en catastrophe? Je ne pouvais pas avoir rêvé?

Je n'étais pas fier quand je pénétrai dans le bureau du chef. Il me reçut cordialement et je fus étonné de l'entendre me dire :

– Je suis très heureux de vous voir de retour Max.

Qu'avait-il pu imaginer? Que j'avais passé à l'étranger avec la valise et son contenu?

– Je suis désolé, Monsieur, mais la valise peut être récupérée si vous me laissez retourner.

– Est-ce vrai? me dit-il. Eh bien, d'abord, racontez-moi tout cela.

Je lui racontai toute mon histoire, sans me ménager. Cela me soulageait. Il parut particulièrement intéressé par la description de mes différents états d'âme et par leur ordre chronologique. Il me fit répéter l'heure exacte à laquelle j'avais cru entendre ces cris qui avaient déclenché ma décision de quitter l'auberge avant l'heure limite. Comment pouvais-je être si précis? La réponse était simple : je n'avais pas cessé de consulter ma montre depuis le moment où j'étais entré dans la chambre n° 4, jusqu'au moment où je l'avais quittée.

– 10 h 30 alors murmura-t-il! Etrange, très étrange vraiment!

Il était pensif et avait l'air de n'écouter que d'une oreille distraite, pendant que je décrivais en détails, la façon dont je m'étais pris pour enterrer la valise.

Enfin il me dit :

– Cela peut cadrer.

Maintenant tout avait été dit. Il ne me restait plus qu'à attendre son verdict. Je m'attendais à tout, sauf à ce qui s'ensuivit. Après un long silence, le chef tira un dossier de son tiroir, l'ouvrit à la première page et me le tendit. Sur cette page, il n'y avait que cinq noms, dont le mien, tous barrés d'un grand trait rouge.

– Savez-vous ce que ces lignes rouges signifient, me demanda-t-il?

Je secouai la tête.

– Eh bien, je dois effacer le trait qui barre votre nom, puisque vous êtes vivant... et libre! Je regrette de devoir vous dire qu'il n'en est pas de même pour les autres noms! L'un d'eux, continua-t-il, s'est fait coincer et les moyens employés pour le faire parler sont parvenus à le faire dénoncer toute la mission.

– D'après mes informations, il aura pu résister une heure ou deux et il aura cédé vers les 10 heures du soir. N'est-ce pas l'heure de votre décision de partir sans plus attendre?

Je ne pouvais plus détacher mon regard de la page sur laquelle les traits rouges avaient pris une signification sinistre. Mon nom, avec son chiffre A 4, était toujours barré et cette barre se mit à danser devant mes yeux. J'étais si fatigué! Pour rompre le silence, je m'entendis dire :

– Et l'aubergiste?

– L'aubergiste est le numéro 5 sur la liste que vous tenez, dit-il. C'est lui qui a placé votre bicyclette. Il a été visité quelques heures après votre départ...

Et il fit un geste évasif!

Cette fois la fatigue m'enveloppa tout entier. J'avais envie de pleurer et je continuais à fixer le grand trait rouge qui barrait toujours mon nom.

Comprenant mon épuisement, le chef me dit :

– Je crois fermement que certains privilégiés possèdent un don spécial, un genre de radar du danger. Dans notre branche, les plans les plus minutieusement préparés peuvent mal tourner, mais ce sens, ce signal d'alarme télépathique trompe rarement.

– A partir de maintenant, Max, suivez toujours votre impulsion.

Je ne savais que penser, sinon que mon chef m'avait donné une raison de me libérer de mon auto-accusation. Il m'avait laissé entendre que ma décision avait été provoquée, non pas par une panique irraisonnée, mais par un don de double-vue qui m'avait transporté à des kilomètres de distance d'où se déroulait le drame de mon collègue, dont j'avais entendu les cris!

Plus tard, la valise fut récupérée intacte. Comme je vous l'ai dit, elle était très lourde... mais pour moi, elle était beaucoup plus lourde encore, lourde de tous ces traits rouge-sang qu'on ne pourrait plus effacer!...

9

INTERMÈDE A BEYROUTH

Avec mon nom barré de rouge sur la sinistre liste, même si j'étais encore en vie, je ne pouvais plus être d'aucune utilité dans le service du commander Wolfson et je reçus l'ordre de me rendre au Caire pour être incorporé dans l'armée. Puisque je devais, pour ce faire, passer par le Liban, on me confia une dernière mission à Beyrouth. La ville étant sous le contrôle de Vichy, se montrait plus hostile que neutre en ce qui concernait ses relations avec les alliés.

Il s'agissait de rétablir le contact avec un agent des Services Secrets (que j'appellerai M. de H.), qui avait cessé de transmettre ses informations depuis plus de deux mois. Dans le cas où il aurait épuisé ses moyens de correspondance, je lui apportais une poudre qui lui servirait pour faire de l'encre sympathique.

Sa nouvelle adresse me serait donnée en gare d'Adana.

Les premières complications commencèrent avec cette adresse.

Car M. de H. habitait une rue qui n'existait tout simplement pas à Beyrouth. Heureusement que ma connaissance des noms libanais me permit de corriger une erreur d'orthographe, grâce à une carte de la ville. La rue Canry ne pouvait être en effet que la rue Coury et je priai pour qu'au moins le numéro du domicile de M. de H. fut exact.

Le voyage Istanbul-le Caire se faisait par voie ferrée, « le Taurus », jusqu'à Hana. De Hana à Beyrouth, il fallait prendre un autobus et de Beyrouth, un autre autobus amenait à Haïfa, d'où l'on reprenait le train pour le Caire via El Kantara.

Je me rappelle que pour ne pas avoir su tout ce que ce voyage comportait de changements, un espion italien qui avait été débarqué d'un sous-marin et prétendait avoir fui le régime faciste par voie de terre, fut confondu au premier interrogatoire.

C'est vraiment idiot de ne pas être mieux renseigné quand on risque sa vie. Le pauvre bougre avait raconté qu'il avait voyagé en train, sans escale, d'Istanbul au Caire!

Pour en revenir à mon histoire, il y avait à l'époque deux correspondances, « train-autobus-autobus-train », par semaine et l'on devait passer une nuit à Beyrouth. Le visa obtenu à l'ambassade de France à Istanbul ne me donnait que dix heures environ à Beyrouth. Ce n'était pas suffisant. J'imaginai un stratagème qui pourrait, en cas de réussite, m'accorder le temps nécessaire pour visiter M. de H.

L'autobus pour Haïfa ramassait ses clients devant l'hôtel Saint-Georges à sept heures du matin. J'inventai un prétexte pour me plaindre de ma chambre et, protestant avec véhémence, je quittai le Saint-Georges pour prendre une chambre à l'hôtel Normandie, ce qui fit que je n'étais pas sur l'esplanade du Saint-Georges le lendemain matin. L'autobus n'attendit pas et je fis un nouveau scandale, acccusant le concierge de ne pas m'avoir réveillé malgré ma demande, que je n'avais naturellement jamais faite.

J'étais donc dans la place, mais il me fallait convaincre la Sûreté nationale de ma mésaventure et obtenir un visa de séjour jusqu'au prochain autobus.

Je fus très mal reçu par le sous-chef de la Sûreté française. Il commença par me dire qu'il n'était pas autorisé à prolonger mon séjour. J'étais en rupture de ban. Je crus que l'on allait m'enfermer jusqu'au prochain départ ou m'envoyer sous bonne escorte à la frontière. Enfin, le sous-chef accepta de discuter mon cas avec le chef de la Sûreté.

Avais-je été trop finaud?

De retour de sa visite, mon chef de Bureau était un homme changé. J'imagine que mon arrivée à Beyrouth, jugée suspecte, était considérée comme une occasion de découvrir quels étaient les contacts de la perfide Albion.

A « titre exceptionnel », je fus autorisé à rester à Beyrouth jusqu'au prochain autobus.

Me voici donc nanti d'un permis de séjour de trois jours... et d'un suiveur! Il avait une superbe paire de bottines, du jaune le plus vif. Je n'avais pas besoin de regarder dans sa direction pour savoir qu'il était là! Il s'agissait donc maintenant de convaincre « mon suiveur » que je ne connaissais personne à Beyrouth. J'entrepris de lui faire faire des kilomètres et des kilomètres, toujours à pied. De rue en rue, de place en place, de souk en souk, de vitrine en vitrine, de café en café, je ne lui laissais jamais le temps de finir sa consommation. Je crois qu'en fin de cette première soirée, il était dégoûté de son métier et surtout éreinté!

Mon plan consistait à essayer de visiter M. de H. entre les trois et quatre heures du matin. J'avais repéré sa maison, lors de mes randonnées du premier jour. Il vivait au rez-de-chaussée d'une villa de deux étages et je calculai qu'il ne me faudrait pas plus d'un quart d'heure de marche pour y arriver, en partant de mon hôtel.

Après dîner, je fis une dernière promenade sur la corniche et toujours suivi par mon « collant », qui commençait à traîner ses jaunes savates de plus en plus lourdement, j'appelai le concierge et lui demandai à haute voix de me réveiller à neuf heures précises. Mon suiveur, qui n'avait pas perdu un mot de ma conversation, doit avoir poussé un soupir de soulagement. Il allait enfin pouvoir se reposer pour se préparer au marathon du lendemain.

Je quittai l'hôtel à deux heures trente du matin par la porte de service et quinze minutes plus tard je sonnai trois fois, signal jadis convenu, à la porte de M. de H.

Ma visite ne l'enchanta pas du tout : il était épouvanté; dans l'obscurité de son entrée, il me dit qu'il était déjà soupçonné par les autorités vichistes, que ma visite risquait de le compromettre définitivement, et que toutes ses lettres étaient censurées. Il accepta de mauvaise grâce ma poudre sympathique. Je crois que c'est tout ce qu'il trouva sympathique dans ma visite... et il ne me promit rien!

De retour au Caire, mon rapport mentionna que je croyais l'agent de H. brûlé.

Comme vous le voyez, il n'y avait pas que du « James Bond » dans mon aventure libanaise. J'avais encore quarante-huit heures à passer à Beyrouth, aussi, avec la conscience du devoir accompli, je continuai à trimbaler mon suiveur, mais je n'avais plus aucune raison de lui rendre la vie dure. A partir de ce second jour, je lui laissai le temps de terminer son café, au compte de la Sûreté Générale... et le dernier soir... ayant lié amitié avec le garçon de café de l'établissement que je fréquentais le plus régulièrement, je lui demandai de servir, à mes frais, un verre d'arak à mon pisteur, lorsque j'irai aux toilettes. Je savais que je pouvais m'en aller en passant par la cour. Je veux bien croire qu'il l'a fait, mais quelques années plus tard, j'ai eu l'occasion de consulter les registres de la Sûreté de Beyrouth, j'y ai trouvé mon dossier; il n'y était pas question du verre d'arak!

Ne trouvez-vous pas que c'est encore dans la tradition de mes expériences, que suspect en 1940, je devienne chef de la mission militaire britannique au Levant en 1945, avec à ma disposition, le même service et le même personnel qui avaient jadis cherché à me coincer?

Je fis des recherches pour retrouver mon suiveur aux souliers canaris. Arménien d'origine, il avait été incorporé dans l'armée française. Je l'attachai à notre Unité, la « B.L.U. [1] ». Ses fonctions consistaient à résoudre, pour mon chauffeur londonien, les mystères des rues de Beyrouth et à m'informer, chaque matin, que l'auto était à la porte de l'hôtel. Que je sache, il n'a jamais associé le chef de la B.L.U. avec le civil qu'il pista durant trois jours, cinq années auparavant. Que voulez-vous, l'uniforme et les années, ça vous change un homme!

TROISIÈME PARTIE

LA BATAILLE DE CRÈTE

10

MONASTIR OU L'IMPOSSIBLE JONCTION

Au Caire, je me débarrassais de mon manteau couleur de muraille pour endosser l'uniforme de l'armée de sa Majesté Britannique : d'espion de fortune, je devenais officier de liaison entre les troupes anglaises et les forces alliées. J'eus l'agréable impression de passer de l'ombre à la lumière. Enfin, j'allais servir à quelque chose. Je fis un stage de trois mois à l'O.C.T.U. [1] pour me familiariser avec mon nouveau métier et je passai sous les ordres du lieutenant-colonel Thompson avec le grade de capitaine : les promotions vont vite en temps de guerre.

Je n'eus pas à me morfondre trop longtemps au Caire. Le drame qui avait vu l'asservissement d'une grande partie de l'Europe, avait atteint la Grèce. Un corps expéditionnaire anglais fut formé pour porter secours à ce courageux pays qui, après avoir résisté victorieusement à l'attaque de l'Italie, menaçait de céder devant les coups de boutoirs nazis.

Je parlais grec, je fis donc partie de l'expédition « Grèce ».

J'arrivais au Pirée le 12 février 1941, à bord d'un contre-torpilleur grec, le *Miaoulis,* qui transportait des munitions. Le voyage avait été mouvementé : celui qui n'a pas connu les joies d'une traversée sur un contre-torpilleur par gros temps, ne peut s'imaginer à quel point l'on peut être secoué. Heureusement j'ai toujours été bon marin.

Je venais à peine de débarquer que je vis les Stukas piquer

1. O.C.T.U. : Officiers Cadet Training Unit.

sur le port du Pirée. Pour ne pas se trouver pris au piège, les navires de guerre reprirent la mer alors que les premières bombes faisaient explosion sur les quais. Mon bel uniforme, qui sentait encore le bon tailleur de la rue Chérif pacha à Alexandrie, recevait déjà son baptême du feu. A mon grand soulagement, mon élégance n'eut pas trop à en souffrir : les Stukas abandonnèrent très vite leurs premières cibles pour se lancer à la poursuite des navires. Quant à moi, j'avais eu d'entrée de jeu, l'occasion de me familiariser avec ces explosifs désagréables qui, pendant quatre ans, n'allaient cesser de m'écorcher les oreilles.

Mais à Athènes la pagaille régnait et j'appris que mon unité était déjà partie pour une destination inconnue. En désespoir de cause, je me rendis au quartier général et là, errant de local en local, je tombai sur le colonel Miles Reid qui cherchait un interprète parlant le grec. Il m'enrôla immédiatement dans son unité de « transmission par radio », qui partait pour le front.

Cette unité bien peu homogène, se composait d'une auto-radio de trois tonnes, trois jeeps et six motocyclettes. En tout quinze hommes dont quatre officiers, en me comptant.

Nous démarrâmes à la fin du jour, destination « Monastir », en Yougoslavie, avec la mission de tenir le quartier général au courant de la jonction de l'armée yougoslave avec la cavalerie grecque d'avant-garde. Nous étions partis de nuit, avec l'espoir d'échapper le plus longtemps possible aux avions nazis maîtres du ciel de Grèce.

Au début, tout se passe bien. Mon rôle – demander le chemin aux habitants – ne me sollicite pas beaucoup. Je me sens solitaire, mal à l'aise dans ma nouvelle peau de militaire. De plus, mon bel uniforme me garde assez mal du froid de la nuit. Je possède bien une couverture rouge vif, achetée à une paysanne pour cent drachmes, mais le chauffeur de ma jeep la trouve trop voyante et je n'ose pas m'enrouler dedans.

Enfin, le soleil vient me réconforter. Hélas, dès les premières heures du jour, notre caravane est repérée par l'aviation allemande et notre progression devient une suite ininterrompue d'attaques de Stukas. A 7 heures, premières bombes. Pas de casse, mais notre marche s'en trouve fort ralentie. A 8 h 10, autre attaque, puis encore à 9 h 25. Ensuite je perds vite le compte; à chaque ronflement de moteur nous arrêtons nos véhicules en catastrophe pour bondir vers le plus proche fossé et nous abriter derrière tout ce qui peut tant bien que mal, nous protéger.

A ce régime, ce sont les motocyclettes qui souffrent le plus, non des bombes, mais parce que projetées au sol n'importe où, elles glissent parfois le long des pentes et s'en vont baliser le fond des ravins. Heureusement les avions n'ont pas le temps de s'attarder au-dessus de nos têtes; la nature du terrain très accidenté, ne leur permet ni de piquer à fond, ni de voler trop bas, sans risquer de s'écraser sur les parois de la montagne.

Quant à la protection de nos mitrailleuses, disons qu'une mitrailleuse sans mitrailleur n'est pas un engin d'une grande utilité. Son servant, comme nous tous, préférait rechercher un repli protecteur qu'un motif de citation posthume. Nous n'abattîmes donc aucun des avions qui nous pourchassèrent. Néophyte injuste, je reprochais secrètement à nos mitrailleurs de ne pas tenter leur chance. Je sais maintenant que j'avais tort.

Près de Kozani, des Messerchmitts. Ceux-là mitraillent. Quand ils attaquent je suis le dernier à plonger. Deux hommes de ma jeep, plus lestes que moi, ont déjà pris place dans le même creux de terrain, insuffisamment profond. L'avion s'approche. Une rafale passe exactement à notre verticale. J'ai l'impression que mon derrière, érigé en termitière, sert de cible à toute la Luftwaffe. L'avion s'éloigne. Étant en surface, je suis le premier à me relever et m'exclame :

– Eh bien, nous l'avons échappé belle!

– Ah oui? me répond le lieutenant que je recouvrais, regardez mieux!

Au fond du trou, le conducteur de la jeep ne s'est pas relevé. Une balle lui traverse la cuisse. Le lieutenant, quant à lui, est légèrement touché à l'épaule droite. Mystère de la balistique? Protection des sagittaires? Je suis le seul indemne et pourtant mes deux compagnons ont été blessés sous mon corps.

Nous approchons du but. Nous passons le plus clair de notre temps à essayer de repérer des points élevés pour communiquer avec Athènes, en évitant les endroits trop découverts. Sitôt le camion-radio arrêté et l'antenne tirée, Miles Reid nerveux, entre en contact avec le Q.G. pendant que ses hommes, placides font cuire sur un réchaud à pétrole, les œufs dont j'ai négocié l'achat dans les fermes. Alternent de part et d'autre, jurons et crachotements : à la friture de la ligne répond celle de la poêle. Miles Reid répète que nous ne rencontrons aucune trace de l'armée yougoslave. En retour, on l'informe que les Allemands avancent toujours et que l'artillerie néo-zélandaise a pu abattre trois Stukas avant de se replier sur Salonique.

Il n'est pas nécessaire de connaître les synthèses du Q.G. pour suivre à la trace, l'offensive allemande. Le poste s'emplit souvent de fréquences gutturales que je décrypte sitôt captées. C'est là, avec la quête aux œufs frais, ma modeste contribution à notre entreprise. Marché mis à part, il n'a servi à rien que je sache parler le grec. Ici, en Yougoslavie, je ne suis d'aucune utilité, ignorant tout de la langue. Intéressé mais superflu, je me sens aussi emprunté dans mon uniforme qu'un de ces chausseurs de luxe de safaris africains, trop élégamment équipés pour le gibier qu'il est capable de tirer et dépendant comme moi, entièrement de ses guides.

Près de Bitola, en fin d'après-midi, nous encaissons le pire. Une jeep flambe. Il ne nous reste plus que deux motos, les autres sont au bas de la montagne. Pas de blessé heureusement.

Nous campons près d'un petit bois, pas trop loin de la route

A deux pas, il y a une rivière. Un de nos types y a lancé une grenade. Quelques truites améliorent notre ordinaire, remplaçant les œufs.

Le lendemain, de bonne heure, nous atteignons Monastir, notre objectif. Hélas, il n'y avait ni cavalerie grecque, ni armée yougoslave. La liaison n'eut jamais lieu. Miles Reed en rend compte au Q.G. qui nous donne l'ordre de retourner à Athènes.

Il ne nous reste plus qu'à rebrousser chemin. Ce qui ne veut pas dire passer par la même route car nous venions d'apprendre que le front a été enfoncé de deux côtés. Nous risquons d'être coupés d'Athènes. Pour éviter de rencontrer les Panzers, nous devons bifurquer vers l'ouest et longer la frontière albanaise. Dans ce secteur, notre corps expéditionnaire tient toujours et les mauvaises surprises sont moins probables.

Kalambaka, Trikala, Kardista, Khalkis... le retour fut pire que l'aller. Nous eûmes deux blessés dont un grave et une jeep flamba. De l'armée yougoslave, introuvable, nous ramenons cependant un échantillon : un colonel solitaire dont le sabre recourbé, souvenir de sa guerre contre les Turcs, rivalise de superbe avec ses moustaches. Nous rencontrons des éléments de l'armée grecque et de nos propres forces qui se replient. Peu de civils et pas de panique, mais je suis frappé par le gâchis. Plutôt que de les abandonner à l'ennemi, des soldats font sauter la culasse de leur arme. Des chauffeurs en panne d'essence, balancent leur camion dans le fossé, continuent à pied, soupirant comme pour s'excuser « Je ne pouvais quand même pas le pousser »! L'impression qui prévaut est le malaise, doublé d'un lâche soulagement. Certes, l'Angleterre n'a rien à se reprocher. Elle aura fait de son mieux pour sauver la Grèce mais il faut avouer que les résultats sont bien décevants. Tout fut si confus, si improvisé dans cette courte et désastreuse campagne. Et comment oublier le sacrifice de notre arrière-garde qui permit au gros de la troupe d'échapper aux assaillants? Cette fois, ce ne furent pas les Spartiates qui se firent tuer aux Thermopyles, mais des Néo-zélandais. « Passant, sache que nous sommes morts ici pour obéir aux lois de notre pays »!

Nous atteignons Athènes à 6 heures du matin. Mon bel uniforme est méconnaissable, imprégné de sueur et de boue. Miles Reed se rend immédiatement à l'hôtel Saint-Georges où loge le général Salisbury-Jones. Je le suis dans sa chambre. Sans lui laisser le temps de se lever, Miles Reed le questionne :

– Gaydo, est-ce un nouveau Dunkerque?

– Je crains bien que oui...

– Dans ce cas, il ne me reste plus qu'à tenter de sauver le camion-radio. Je vais partir tout de suite vers le sud, avant qu'il ne soit trop tard. Et se tournant vers moi :

– Malheureusement, capitaine, je n'ai pas suffisamment de place pour vous emmener.

Je me retrouvai seul, place Omonia, où en dépit de l'heure matinale, l'agitation n'avait pas cessé. J'ignorais encore que j'allais devoir la vie – ou en tous cas la liberté – à ce manque de place qu'alors je maudissais. J'appris plus tard que le convoi de Miles Reed fut accroché par les parchutistes allemands au canal de Corinthe. Lui-même fait prisonnier, ne devait être relâché qu'à la fin de la guerre.

Ne sachant pas combien la chance me souriait, je commençai à ne plus trouver d'intérêt à cette drôle de guerre. Une rencontre cocasse me rendit le sens de l'humour. Plongé dans mes sombres pensées, je cheminai sans but précis lorsque soudain quelqu'un m'appela :

– Eh Max!

Je me retournai et aperçus, resplendissant dans sa blanche tenue d'officier de marine, Philip Lancaster, un ami d'Alexandrie, au volant d'une auto de la Royal Navy.

– Tu tombes bien! me dit-il. Ce soir, au Royal Yacht Club, nous fêtons l'inauguration de notre mess. Je suis chargé de l'organisation de la soirée. Viens avec moi, ce sont les boissons que je transporte.

J'éclatai de rire.

– Eh bien mon vieux, lui dis-je, fais bien les choses parce que ce soir tu risques d'avoir quelques invités de plus! Les Allemands sont à cinquante kilomètres d'Athènes.

Philip était sidéré. Je finis par le convaincre que je ne plaisantais pas. Il m'accompagna à l'hôtel Palace, où quelqu'un du Q.G. lui confirma la mauvaise nouvelle.

Quant à moi, je reçus l'ordre de gagner la Crète, par n'importe quel moyen. Mon chef, le lieutenant-colonel Thompson, s'y trouvait déjà.

Comme à l'aller, je suis emporté par le courant, si vite que je n'ai même pas le temps d'aller saluer mes amis d'Athènes. De la capitale grecque, je peux à peine entrevoir le Parthénon sous la pluie.

Afin de revivre un instant mon passé heureux de tennisman, je me fais couper les cheveux par mon coiffeur habituel dont je dois me faire reconnaître, tant l'uniforme change l'homme. Au moment de payer, il refuse net « l'argent d'un officier anglais ami de la Grèce ».

De nouveau, le Pirée. Je suis les troupes qui s'embarquent. Au lieu de nous maudire de les quitter ainsi, les Grecs nous acclament. Ils applaudissent au passage les camions de soldats qui reviennent du front. Anticipant sur le mot de Mac Arthur, certains leur crient :

– We'll come back soon! Nous reviendrons bientôt!

Et des hommes au regard brûlant leur répondent :

– O Théos mazi ses! Que Dieu soit avec vous!

Livré à moi-même, je trouve enfin place à bord d'un vieux rafiot, déjà bourré de militaires. L'officier responsable du trafic portuaire, chargé de recoller les morceaux de l'Armée Impériale, met sous mes ordres une compagnie de la 1re division australienne qui a égaré ses officiers. J'essaie de prendre mon rôle au sérieux et prie « mes hommes » de se mettre en rang pour monter sur la passerelle. Au regard vide qu'ils me lancent, je comprends à quel point les « kangourous » se moquent de ces fragiles contingences. Ils passent devant moi dans le plus parfait désordre, consentant toutefois à m'accorder le bénéfice de leur indifférence.

Je me le tins pour dit et n'eus ma revanche que lorsque je vis ces colosses, à l'estomac d'argile, s'écrouler pendant la traversée. Ces guerriers indomptables, qui venaient de forcer le blocus allemand, gisaient sur le pont, inertes, terrassés par le mal de mer!

Et moi? Quelles ont été mes réactions, durant ce premier contact avec la guerre?

Franchement, j'ai surtout éprouvé une immense curiosité, une curiosité tellement absorbante qu'elle ne laissait que peu de place à la peur!

J'étais comme au spectacle et, à ce titre je ne croyais pas pouvoir être atteint par ce qui se passait sur la scène! Mon autre sentiment a été une réelle admiration pour mes frères d'armes. La force morale d'un soldat se manifeste surtout lorsque le sort de la bataille lui est contraire.

Goebbels a dit que l'Anglais est stupide, au point de ne pas savoir quand il est battu. Le soldat anglais refuse, souvent même devant l'évidence, d'admettre une défaite. N'en déplaise à M. Goebbels, ce n'est pas par stupidité, mais à cause d'une « ténacité du dernier quart d'heure » qu'il a acquise sur les terrains de sport, et d'un mépris traditionnel, un peu borné il faut bien l'avouer, pour tout adversaire qui ne peut prétendre être son égal, puisqu'il n'est pas anglais!

La mort n'a rien de dramatique pour un Anglais. C'est plutôt une conséquence naturelle, sinon fâcheuse. Le soldat anglais meurt bien. Enfin dans son insularité, il prétend organiser sa vie comme s'il se trouvait dans son village; qu'il se trouve dans la plaine de Marathon ou dans les sables du désert lybique.

Durant la guerre civile en Grèce, je me souviens d'un ordre du jour qui disait : « Étant donné les circonstances, la fête de Noël sera célébrée à une date ultérieure ». Le Tommy anglais eut son « Christmas Pudding » le quinze février et trouva cela naturel; on peut changer le calendrier mais pas la tradition.

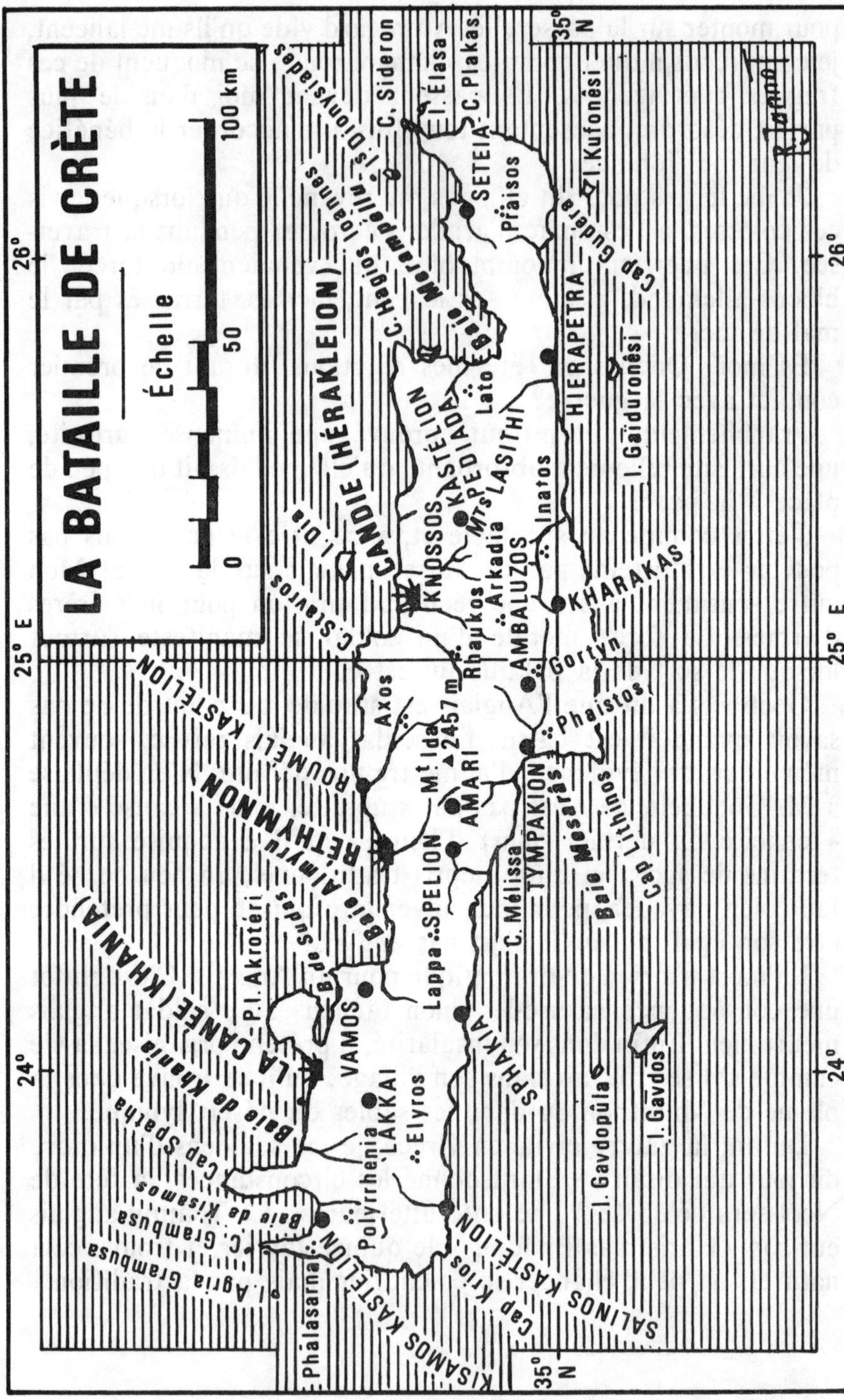
LA BATAILLE DE CRÈTE
Échelle
0
50
100 km
24°
25° E
26°
35° N
Phalasarna
KISAMOS KASTÉLION
Agria Grambusa
C. Grambusa
Baie de Kisamos
Cap Spatha
Baie de Khania
LA CANÉE (KHANIA)
P. I. Akroteri
B. de Sudas
Baie Almyru
RÉTHYMNON
ROUMÉLI KASTÉLION
C. Stavros
I. Dia
CANDIE (HÉRAKLEION)
C. Hagios Ioannes
I. Dionysiades
Baie Merambellu
C. Sideron
I. Élasa
C. Plakas
SETEIA
Praisos
I. Kufonêsi
Cap Gudera
HIERAPETRA
I. Gaïduronêsi
Lato
LASITHI
Mts PEDIADA
KASTÉLION
KNOSSOS
Arkadia
Inatos
AMBALUZOS
KHARAKAS
Rhaukos
Gortyn
Phaistos
AMBAKION
Axos
Mt Ida
2457 m
AMARI
SPELION
Lappa
TYMPAKION
C. Mélissa
Baie Mesarâs
Cap Lithinos
VAMOS
LAKKAI
Elyros
Polyrrhenia
SPHAKIA
SALINOS KASTÉLION
Cap Krios
I. Gavdopûla
I. Gavdos

11

COMBAT POUR HERAKLION

Nous accostâmes à l'aube sur une jetée de Suda Bay, port de la Canée.

C'était en Crète que l'on concentrait les rescapés valides du Corps Expéditionnaire, ainsi que des Grecs, civils et militaires qui fuyaient l'occupation de leur pays.

Entre autres personnalités, il y avait toute la famille royale hellène.

Un ordre plutôt relatif régnait dans la ville, déjà marquée par les premiers stigmates de la guerre, car les avions nazis n'avaient épargné ni le port ni la ville où se trouvait une petite garnison britannique.

La réorganisation physique et morale d'une armée qui vient de subir un échec, durant lequel elle a perdu la plus grande partie de ses effectifs en hommes et en matériel, n'est pas chose aisée. La discipline était assez relâchée. On eut même à déplorer des cas, où les habitants se plaignirent des assiduités un peu trop poussées de la troupe envers leurs femmes. « All is fair in love and war [1] ! » Bientôt les casques rouges de la « Military Police » firent leur apparition et tout rentra dans l'ordre.

J'avais enfin retrouvé le colonel Thompson. Il organisait des liaisons entre les services et me nomma son représentant dans la seconde ville de la Crète, Hêraklion.

Je quittai donc la Canée pour rejoindre mon nouveau poste auprès d'un fameux régiment de Highlanders, le « 2nd Black Watch ».

1. « Dans la guerre et en amour tout est permis. »

Hêrakléion était défendue par la Troisième Brigade, qui comprenait en plus du « Black Watch » un bataillon australien de la 2nd/4th et le 1st bataillon des « Yorks Lancs » sous le commandement du brigadier général W. Chapell. Il y avait aussi, incorporés dans la défense proprement dite de la ville, des rescapés de l'école des Cadets d'Athènes et surtout les irréguliers crétois, avec leurs légendaires « Kapitaneos » dont le chef spirituel incontesté, était un Anglais, John Pendlebury.

Étant donné ma connaissance de la langue grecque, je fus nommé chef de la liaison de ces éléments disparates de réguliers et d'irréguliers, qu'il s'agissait d'essayer d'organiser, car tout ce beau monde donnait plutôt l'impression d'une kermesse de la Tour de Babel que d'une force armée.

Je devins bientôt une personne importante à Hêraklion. Les Grecs réclamèrent des approvisionnements, les Crétois des armes et des munitions, et les Anglais demandaient continuellement ce qui se passait autour d'eux, dans ce monde hétéroclite.

Enfin pour couronner ce désordre, on m'annonça que Georges II et sa suite habiteraient la villa « Adriadné », à Knossos, à environ cinq kilomètres de la ville, et que, d'accord avec l'armée, je devais garantir la sécurité du royal visiteur.

Je voudrais faire ici, une digression dans le temps, car je crois que l'anecdote en vaut la peine.

Le Roi et sa suite étaient à Knossos depuis quelques jours seulement, lorsque je fus convoqué d'urgence à une heure du matin, par l'aide de camp du Roi, le colonel Dimitri Levidis. Je sautai dans ma jeep et à peine arrivé en présence de Sa Majesté, qui portait une superbe robe de chambre noire et or, celui-ci m'informa, en souriant, qu'ayant capté Berlin à la radio, le speaker avait donné en détail le menu de son dîner. Ce qui prouvait qu'il y avait un espion dans la place qui communiquait librement avec Berlin. Plus tard vint l'explication : la femme d'un employé aux cuisines était une espionne allemande!

La nouvelle était alarmante, mais elle sauva le Roi.

Je téléphonai au quartier général du général Freyberg, pour l'informer et demander des instructions. Le général donna l'ordre que le Roi et sa suite soient transférés sans retard à la Canée pour se mettre sous la protection directe de l'armée; ce qui eut lieu le lendemain.

Lors de l'invasion, un fort contingent de parachutistes allemands tomba autour de la villa « Adriadné ». Il y eut de durs combats et la villa fut occupée et reprise plusieurs fois. Mais grâce à la fanfaronnade de radio-Berlin, le Roi n'y était plus et il put échapper aux Allemands pour retourner par la suite dans son pays.

Comme je vous le disais, mon poste avait pris une réelle importance. Aussi me fut-il adjoint un capitaine australien, John Mac Carthy, et nous eûmes droit à une petite force composée de nos ordonnances, d'une camionnette et d'une jeep avec chauffeur. Nous étions huit en tout. Mon groupe était écossais, celui de John Mac Carthy australien. L'ordonnance de ce dernier était Evans Ernic, champion de boxe poids moyen d'Australie. La mienne s'appelait John Farrar, c'était aussi un champion de... la bouteille! Enfin, comme j'étais le seul à parler le grec et que je perdais un temps précieux à traduire à Mac Carthy de quoi il s'agissait, nous incorporâmes un jeune Crétois, Zénon Papadopoulos. Ce fut une excellente acquisition, comme vous le lirez plus tard.

Nos deux ordonnances s'entendirent à merveille, unies par leur amour du whisky!

Pour quelque temps, ce fut la bonne vie. Il faisait beau, la mer était bleue, le vin de John Pendlbury abondant et généreux... et les incursions aériennes ennemies rares.

L'orage approchait.

Nos services secrets en Grèce [1] signalaient l'arrivée quotidienne de nouveaux renforts nazis et quand nous apprîmes que le premier régiment d'assaut et la septième division parachutiste étaient arrivés au Péloponèse, il fut évident que l'attaque de l'île n'allait pas tarder.

Comme je l'ai dit plus haut, je n'ai pas la prétention d'écrire l'Histoire. Je ne vous décrirai pas la « Bataille ». Elle a été assez commentée. Je ne vous parlerai que de certains moments de cette confrontation... les moments que j'ai vécus.

Le calme dont je vous parlais plus haut fut rompu vers le 10 mai. A partir de ce jour-là, les bombardements aériens augmentèrent d'intensité durant toute la semaine.

Nous n'avions sur l'aérodrome d'Hêraklion, que trois vieux

1. Ces services fonctionnèrent jusqu'à la libération de la Grèce; le meilleur d'entre eux, signait : « Green Mantle ».

chasseurs « Bristol Fighters ». Les pilotes anglais firent des prodiges. Je vis un de ces vieux zincs, attaquer cinq Heinkel avant de faire un atterrissage forcé sur la plage devant nous... avec son appareil criblé de balles.

Les deux autres avions furent détruits au sol, ce qui probablement sauva la vie des pilotes et ils ne furent jamais remplacés.

Dorénavant, pour nous défendre contre le ciel, nous n'eûmes que des Bofors du 3rd Light Ack-Ack régiment. Les Bofors, d'origine suédoise, sont de petits canons à tir rapide – deux coups par seconde – d'une portée de quinze cents yards. Ils devinrent la cible favorite des Stukas, et les Stukas devinrent la cible favorite des Bofors.

Les canonniers des Australiens mirent en pratique une tactique qui fit merveille. Ils avaient creusé des abris individuels étroits et profonds et tapissé de sacs de sable leurs pièces, jusqu'à mi-canon. Dès que le Stuka commençait son piqué sur une pièce, ses servants se réfugiaient dans leurs abris; quand le Stuka commençait sa remontée – son moment le plus vulnérable – les Australiens se ruaient vers leur canon et si ce dernier n'avait pas été endommagé, sa vitesse et sa précision étaient mortelles. Plus de trente Stukas furent abattus durant cette période de bombardements pré-invasion. Je me rappelle notre admiration lorsque les aboiements rageurs des Bofors reprenaient de plus belle, alors que nous avions cru pièces et servants hors de combat, sous le déluge de bombes abattues sur eux.

Le 20 mai à deux heures de l'après-midi, l'invasion de Hêraklion commença!

Après le tintamarre continuel de la dernière semaine... les moments de silence qui précédèrent l'invasion, nous parurent irréels et menaçants.

Des chasseurs ennemis continuaient à sillonner notre ciel... mais sans jeter une seule bombe.

Un Messerschmitt 109 passa au ras du sol à quelques mètres de moi. Je pus voir le profil du pilote. Je n'avais encore jamais été aussi près d'un ennemi.

Soudain, nous nous écriâmes tous en même temps :

– Here they come! les voilà!

Sur l'horizon, nous vîmes se détachant sur la limpidité du ciel, les formes noires d'énormes avions. Ils volaient à environ quarante ou cinquante mètres au-dessus de la mer. C'étaient des JU 52. Ils volaient en file indienne et couvraient le ciel.

Il y en avait tellement qu'il était impossible de les compter. Ils continuèrent à voler lentement, tournant en rond, comme s'ils ne se décidaient pas. Puis, un à un, ils s'élevèrent à environ cent mètres... se séparèrent et commencèrent à lâcher leur cargaison de parachutistes.

Notre position était sur une petite hauteur qui dominait l'aérodrome. Derrière nous, à environ cinquante mètres, il y avait une tranchée, en zig-zag, dans laquelle se trouvait une compagnie de « Black-Watch », baïonnettes au canon, et devant nous, trois nids de mitrailleuses qui couvraient le côté nord de la piste.

Il fut vite évident que l'objectif numéro un de l'ennemi était l'aérodrome. Nous étions donc aux premières loges. Le spectacle était frappant. Les parachutes s'ouvraient comme les pétales d'une fleur vénéneuse, blancs, noirs, rouges et verts et marrons. Sous ces corolles se balançaient comme des pantins, nos visiteurs.

Les Allemands devaient croire que leurs bombardements aériens avaient détruit toute résistance organisée; or, grâce aux tranchées individuelles, il y avait eu très peu de casse.

C'était au régiment des « Black-Watch » qu'incombait la défense de l'objectif principal de l'ennemi : l'aérodrome. Le régiment écossais avait admirablement organisé ses positions. Des groupes de trente hommes étaient postés aux points clefs sur les côtés et au centre même du terrain. Six compagnies étaient retranchées sur les élévations et les collines qui bordaient le côté sud de l'aérodrome.

Tous ces groupes étaient doublés par des réserves en retrait, à proximité du terrain. En fait ils avaient fait de l'aérodrome un damier dont chaque case avait une force de frappe autonome.

Le « Black-Watch » est par excellence, le régiment de la baïonnette. Il se déchaîna. Charges et contrecharges roulèrent de façon ininterrompue sur l'aérodrome, au son des cornemuses et ponctuées des cris de bêtes fauves des Écossais!

Ce fut un massacre! Ceux qui n'avaient pas été tués en l'air furent exterminés au sol, souvent même avant d'avoir pu se dépêtrer de leur parachute.

Bientôt il n'y eut plus un seul Allemand debout. Mille deux cents tués, une cinquantaine de blessés et quelques prisonniers dont l'ex-champion du monde de boxe, Max Schmelling; voilà le bilan de cette première journée de l'invasion de Hêraklion, le tout en quelques heures seulement.

Le spectacle d'un champ de bataille après une charge à la baïonnette est dantesque!

Les cadavres recroquevillés dans la mort, se tiennent presque tous le ventre à deux mains, tentant dans un suprême effort d'y remettre les boyaux que la baïonnette a arrachés. D'autres cadavres ont la figure écrasée par les coups de crosse!

Quelques Allemands largués hors du périmètre avaient pu échapper au désastre. Ils avaient trouvé refuge dans les montagnes.

Pour vous donner une idée de l'ardeur des Highlanders, voici une anecdote très révélatrice.

Durant les combats, j'avais perdu de vue mon ordonnance, car je partageais une petite tranchée avec Mac Carthy. Je demandais à Evans s'il savait ce qu'il était advenu de Farrar. Il me répondit que le son des cornemuses l'avait rendu de plus en plus « crazy » et que, soudain, ne tenant plus en place, il s'était joint à une compagnie de réserve au moment où celle-ci passait devant lui pour prendre part aux combats.

C'était une grave faute de discipline : l'ordonnance d'un officier est censée rester à ses côtés pour sa défense personnelle durant la bataille.

Un peu plus tard, couvert de poussière, la baïonnette ensanglantée, ayant perdu son « Glengarry », Farrar fit son apparition. Je crus devoir faire acte d'autorité et je lui demandai sévèrement des explications pour son absence. Assez inquiet, il me répondit :

– Sir, j'étais avec les « boys! »

Il avait l'air si piteux que je n'eus pas le courage de continuer sur le même ton et je lui demandai :

– Et dans quel bar était-ce cette fois?

Aux éclats de rire de Mac Carthy et de Evans, voyant qu'il était pardonné, Farrar me répondit :

– The best sir! I killed one of the bastard with my boot.

– Le meilleur sir! J'ai même tué un de ces bâtards avec ma botte!

A partir de ce moment, l'ordonnance australienne de Mac Carthy regarda Farrar avec plus de respect et lui déclara qu'il ne croirait jamais plus que les Britanniques cessaient de se battre à l'heure du « five o' clock tea ».

Pour la dernière fois, on enterra les morts. Pendant les douze jours qui suivirent, les corps restèrent là où ils étaient tombés. Bientôt une épouvantable odeur de cadavres en décomposition submergea la ville. Seuls les chiens affamés s'intéressèrent aux morts qu'ils dévoraient. Un aviateur anglais qui survola Hêraklion, me raconta qu'à deux cents mètres de hauteur on pouvait sentir cette terrible odeur que l'on ne peut jamais oublier.

Mais revenons à ce premier jour de la bataille. L'attaque sur l'aérodrome avait été un désastre pour les nazis. Ailleurs des groupes lâchés dans la région de Knossos et de Nastaba n'avaient rencontré que peu de résistance, et ne connaissant pas le sort du gros de l'attaque, s'étaient infiltrés dans Hêraklion même, espérant faire leur jonction avec les forces allemandes principales, sans savoir que celles-ci n'existaient plus.

Nous avions eu des pertes. Dans un engagement autour de Nastaba, John Pendlury avait été tué. Si jamais un homme a eu le pressentiment de sa mort, ce fut bien John. Il m'avait raconté avoir rêvé plusieurs nuits de suite, qu'il entrait dans une petite maison blanche et qu'il n'en sortait pas vivant. Blessé mortellement, les Crétois l'avaient transporté dans la station de Nastaba. C'était une petite bâtisse peinte à la chaux.

Les Allemands qui avaient pénétré dans Hêraklion par la Porte Vénitienne, non défendue, s'étaient barricadés dans des maisons et dans la centrale électrique. Ils étaient une centaine, peut-être moins.

Momentanément libéré de tout souci, pour ce qui était de l'aérodrome et de son périmètre, le commandant britannique détacha deux compagnies du régiment australien, avec l'ordre de nettoyer la ville. Notre unité faisait partie de l'opération.

Les Australiens et les Crétois étaient faits pour s'entendre. Ils rivalisèrent d'ingéniosité. Sans comprendre un mot de ce qu'ils se disaient, ils se complétèrent parfaitement. Les Crétois connaissaient naturellement tous les soins et recoins de leur ville. Une fois le refuge des Allemands repéré, la tactique fut toujours la même. Les Australiens faisaient sauter les fenêtres et les portes à coup de « Bren Gun », puis une grappe de « Nills Bombs » était lobée à l'intérieur de la maison, dont les murs étaient soufflés comme un château de cartes. Les Crétois se chargeaient alors de terminer la besogne. Pas un Allemand n'échappa. Les parachutistes ne faisaient pas de prisonniers. On leur rendait la monnaie de leur pièce. Lorsque les Allemands avaient envahi l'hôpital de Galata, ils avaient fusillé tout le personnel, dont le docteur en chef, le colonel Plimmer. Il serait bien de ne pas l'oublier.

Une autre fois, ayant fait irruption dans une grange où se trouvaient une dizaine de Néo-Zélandais, tous blessés et désarmés, les Allemands les avaient mitraillés sur leurs civières. C'est dans ces positions que nous les avions retrouvés lorsque nous reprîmes la ferme.

C'était vraiment une guerre sans merci.

Bientôt il n'y eut plus un Allemand libre ou vivant dans Hêraklion.

La mort de John Pendldury était pour nous une perte irréparable, John, archéologue, amoureux de la Crète et vivant dans l'île depuis de nombreuses années, était plus crétois que les Crétois. Il connaissait chaque homme par son nom et chaque pierre par son histoire. Lorsque nous avions parlé des possibilités de résistance, en cas d'attaque, John, malgré l'optimisme que lui donnait le généreux vin de Crète dont il faisait une consommation abondante, se montrait plutôt pessimiste. D'après lui, malgré l'avantage du terrain, nous avions une défense trop concentrée autour du camp anglais.

Il se plaignait en outre que, malgré ses demandes réitérées, on n'était pas arrivé à armer ses hommes de façon adéquate. On leur avait bien donné quelques fusils, mais pas de mitraillettes, peu de grenades à main et trop peu de munitions.

Il avait proposé au commandant britannique de faire une sorte de redoute sur le mont Ida, d'où l'on pourrait harceler l'ennemi et le prendre à revers lorsque ce dernier attaquerait le périmètre du camp retranché. On avait rejeté son plan.

– Si jamais je survis, me dit-il, et si les choses tournaient à notre désavantage, je connais des endroits sur le mont Ida, où une division entière ne pourrait déloger une vingtaine d'hommes décidés. C'est là que j'irai avec mes Crétois.

Hélas, John Pendlbury n'avait pas survécu aux premières heures de l'invasion.

Dans Hêraklion, il n'y avait plus un ennemi vivant. Ces batailles de rues avaient vu se battre la population entière, hommes, femmes et enfants. Au coin d'une rue qui donnait sur le port, les Allemands étaient arrivés à tuer deux soldats qui servaient une mitrailleuse. Ce que voyant, deux gosses d'environ quinze ou seize ans prirent la place des Anglais et ouvrirent le feu sur les parachutistes, qui essayaient de s'emparer de la mitrailleuse... avec une telle précision, que les corps des Allemands tués faisaient des piles de plus d'un mètre de haut, lorsque nous arrivâmes à la rescousse.

Ayant rapporté le cas au brigadier général Chappel, ce dernier voulut féliciter personnellement ces jeunes héros, mais ceux-ci refusèrent d'abandonner la mitrailleuse qu'ils considéraient être dorénavant leur propriété personnelle, par droit de guerre.

Ainsi sont les Crétois!

Au quatrième jour de l'attaque allemande, le 24 mai 1941, l'aérodrome, la ville d'Hêraklion, son port, sont solidement entre nos mains et nos pertes sont minimes.

Des unités ennemies tiennent sur les hauteurs aux alentours de la ville et dans les collines au sud de Knossos. Leurs seules activités consistent en patrouilles offensives dans le « noman's land ». Je faillis être victime d'une de ces patrouilles : J'essayais de localiser des soldats grecs qui étaient censés occuper une ferme abandonnée, entre Knossos et Spillia, quand nous fûmes surpris par des parachutistes qui dévalèrent d'une colline pour nous intercepter. Mac Carthy conduisait notre « 1500 Weight », Farrar et moi étions à l'arrière de la camionnette.

Mac accéléra au maximum, mais l'un des paras allait plus vite que les autres et je calculai qu'il serait à portée de tir de notre camionnette avant le premier tournant. Il s'agissait de tirer les premiers et de tirer juste.

Farrar et moi tirâmes en même temps au moment où l'Allemand sautait sur la route. Notre camionnette faisait de tels bonds qu'il était impossible d'avoir la moindre précision. Imaginez notre soulagement, lorsque nous vîmes notre Allemand faire une superbe cabriole.

Je ne saurai jamais si nous l'avions touché ou si notre ange gardien lui avait fait un croc-en-jambe. En tout cas, racine placée par la providence ou coup heureux... nous l'avions échappé belle.

L'après-midi du même jour, nous repartons en patrouille. Quelques parachutistes allemands des unités larguées sur « East Hill » et décimées par le 7e Bataillon australien, avaient pu se dégager et trouver refuge sur une autre colline dont l'approche est une grande plaine ondulée recouverte par un champ de blé.

Nous recevons l'ordre de repérer le plus vite possible les rares rescapés de la bataille de « East Hill » pour les anihiler, avant qu'ils aient eu le temps de communiquer à la « Lutfwaffe » leur position et leurs besoins. D'après nos informations, ces survivants ne seraient pas plus d'une dizaine, entre valides et blessés, mais une information faite en pleine opération est peu précise. Notre patrouille est composée de seize hommes dont je suis le seul officier.

Nous avançons en éventail, par bonds successifs, afin d'être des cibles moins groupées. Les blés sont déjà assez hauts et touffus, pour donner une certaine couverture, tant pour nous, que pour notre gibier.

Je suis loin d'être rassuré. Courbé, revolver au point, j'avance lentement sans cesser de scruter ce champ duquel pourrait jaillir à tout moment, une giclée de « Schmeisser ».

Il fait chaud, je transpire à grosses gouttes, et une pensée idiote me traverse l'esprit : je pense que dans « patrouille », il y a « trouille »... je cumule.

Le champ semble grandir à mesure que nous avançons, mais déjà la colline semble aussi menaçante. Nous sommes à portée de tir.

Soudain, je crois discerner droit devant moi dans les blés, un mouvement.

J'arrête notre progression et j'indique de la main le point où les blés semblent froissés par une présence. Je fais encore quelques pas et, je peux alors mieux distinguer une tâche sombre sur le fond or des blés. Instinctivement, je me jette à plat ventre... et la plupart de mes hommes m'imitent. Dois-je tirer? On m'avait bien appris à tirer d'abord et à poser des questions ensuite, mais cette fois-ci je crie :

– Hände Hohe (« Haut les mains »).

D'abord rien ne bouge, puis soudain l'ombre se matérialise et entre les tiges de blé apparut un visage effaré...

C'est bien un soldat, mais il ne porte pas l'uniforme allemand, il porte la chemise gris fer des « Royal Engineers » de notre armée. C'est peut-être quand même un Allemand portant un de nos uniformes, aussi je continue à le couvrir de mon revolver.

Quand il parlera, je saurai bien à quoi m'en tenir.

Je m'approche encore et maintenant je vois que mon homme

tremble de tous ses membres. Il a le tient terreux. Je lui demande :

– Who are you? And what the hell are you doing here? (Qui êtes-vous? Et que diable faites-vous là?)

Pas de réponse. Sa bouche est grande ouverte, comme s'il voulait hurler quelque chose, mais aucun son ne sort de cette bouche. Je répète mes questions, mais sa réponse, avec un accent très britannique, est tellement saugrenue, que je n'en crois pas mes oreilles :

– Would you like your scoth and soda now Sir?

(Voulez-vous votre whisky soda maintenant Monsieur?)

Nous étions tombés sur un soldat anglais, l'ordonnance d'un officier sûrement très... porté sur son scotch and soda. Les bombardements l'avaient terrifiés, au point de lui faire perdre toute notion des choses. Nous le ramenâmes dans le périmètre et je ne sais pas ce qu'il est devenu.

A-t-il survécu à sa crise de folie mineure et à une bataille qui continua encore une dizaine de jours, je ne le sais pas.

Quant à moi, je me félicite d'avoir résisté à la tentation de tirer, je ne me le serais jamais pardonné et si un jour dans un bar à Londres, mon barman du champ de blé m'offrait à nouveau un whisky and soda, je l'accepterai!

Ah! J'oublie de dire que nous ne trouvâmes que des traces du séjour des Allemands sur la colline. Ils avaient évacué leur proposition avant notre arrivée...

Si quelquefois la chance vous sourit, il faut lui être reconnaissant!

Nous tenions donc la ville et ses environs. L'ennemi était dispersé, sans cohésion ni initiative... mais nous n'avions pas le ciel. Dépités par leur échec, les nazis s'acharnèrent en représailles sur la petite ville sans défense, à raison de deux ou trois raids massifs par jour. A ce régime, les petites maisons crétoises s'écroulèrent, des incendies s'allumèrent partout, la population dut quitter la ville pour se réfugier dans les montagnes.

Bientôt notre groupe et quelques troupes du bataillon grec furent les seuls occupants, au milieu des décombres. Evans et Farrar en profitèrent pour faire des razzias sur les « tavernas » abandonnées. Il n'y avait plus de whisky, mais on pouvait encore trouver du vin et de l'alcool de raisin sec, liqueur typiquement crétoise et particulièrement virulente.

Miracle de la providence, au milieu des ruines, la fameuse, la splendide « Fontana Morosini », merveille de l'art vénitien, était intacte!

Hitler envisageait un succès rapide en Crète. Son plan, une fois la Crète occupée, consistait à en faire la base d'une attaque aéroportée sur l'Irak et sur la Syrie, la première en pleine révolte et la seconde truffée de cinquièmes colonnes.

Ainsi l'Égypte serait prise entre deux feux...

Après les pertes énormes subies par les troupes d'élite du Reich, il ne fut plus question de sauter en Irak ou en Syrie. Hitler, impressionné par ces pertes, n'employa plus l'attaque par parachutistes, de toute la guerre, tandis que le général Lohr, l'organisateur de l'invasion, se suicidait en Grèce.

12

UNE NUIT A MASTABA

La Guerre appartient aux durs, à ceux qui n'y apportent pas les manières et les scrupules des temps de paix. Le reître, le soudard et la canaille, sont les produits et trop souvent les véritables héros des guerres.

Marx a écrit qu'un adulte élevé selon des idées non-marxistes ne peut plus être rééduqué. Il faut donc l'éliminer. C'est aussi simple que ça. Je crois que Marx n'a pas tort quand il affirme qu'il est très problématique, voire même impossible, de faire admettre à un bon bourgeois, les méthodes préconisées par l'Ordre Nouveau, pour garantir le succès final de la révolution. Dans un même ordre d'idée, faire la guerre et faire une révolution sont sœurs jumelles.

Je l'ai bien vu durant la révolution communiste grecque de 1944, chaque fois que nos troupes pénétraient dans un village libéré. Avec une navrante régularité, nous trouvions que le Pope, le maire, l'instituteur, l'avocat et même le pauvre sacristain, avaient été éliminés. De son côté, un pilote nazi, la fleur de l'armée allemande, que nous avions capturé et auquel nous reprochions d'avoir mitraillé la population civile Hêraklion, nous avait répondu :

– « Le Blitzkrieg » est la façon la plus humanitaire de faire la guerre, puisque son but est de l'écourter par le fait même de diminuer éventuellement le nombre de victimes *(sic)*.

Pour résumer, tous les moyens sont bons, puisque la fin justifie les moyens. Alors sachons comprendre que c'est au nom de l'humanité qu'il faut tuer le plus vite possible, et apprenons à ne pas nous indigner comme je l'ai fait à Hêraklion le 24 mai 1941 ou alors ne faisons pas la guerre!

Nous sommes au quatrième jour de la bataille pour la Crète. A Hêraklion, les parachutistes allemands ont été décimés lors de leur attaque principale sur l'aérodrome. Des groupes de nazis, échappés de la tuerie ou largués hors du périmètre, sont éparpillés dans les environs. La chasse à ces parachutistes commence.

Un objectif qui s'impose dans cette opération de nettoyage est la petite plaine de Mastaba, à environ dix kilomètres de la ville et au centre de laquelle se trouve la gare, petite batisse blanchie à la chaux dans laquelle se sont barricadés des Allemands, dont le nombre nous est inconnu.

L'importance de cet objectif réside dans le fait qu'il constitue pour les nazis un point favorable à leur ravitaillement par les airs, car en dehors de cette plaine, la région est montagneuse, rendant la récupération des parachutages très précaires. Devant la gare qu'ils occupent, les Allemands ont placés sur le sol des croix en étoffe rouge pour indiquer à la « Luftwaffe » leur présence et réclamer des parachutages. Nous avions pu voir, à plus d'une reprise, de petits parachutes blancs sous lesquels se balançaient des cylindres en métal, atterrir aux alentours de la gare.

Une compagnie du régiment australien, notre unité de liaison et un guide crétois sont chargés de prendre et d'occuper « Mastaba ».

Puisque le ciel de jour appartient aux Croix Noires, l'opération a lieu de nuit et, heureusement le ciel de nuit est avec nous car un mince croissant de lune éclaire juste assez pour ne pas nous trahir.

Nous divisâmes notre petite force en trois sections et à la nuit tombée, nous sortîmes de Hêraklion par la Porte Vénitienne, en direction de Mastaba. A proximité de l'objectif, les sections se séparèrent. Notre plan consistait à attaquer la gare des deux côtés à la fois : du côté est et du côté sud, tandis que la troisième section bloquerait le versant de la montagne avoisinante, dans le cas où des Allemands y seraient postés.

Notre groupe avança jusqu'à la lisière d'une petite forêt d'oliviers, qui bordait la route à environ une centaine de mètres de la gare qui, sur le paysage sombre, tranchait par sa blancheur, comme un minuscule Taj-Mahal. Tout était calme et silencieux. Dans la gare, aucun signe de vie, si ce n'était une petite lumière qui apparaissait et disparaissait irrégulièrement, à travers les fentes de la fenêtre de l'étage supérieur.

Le lieutenant Myers ajusta ses jumelles et me dit :

– Il y a une sentinelle sur le toit.

Il me tendit les jumelles. Je pus distinguer l'ombre d'un homme qui semblait assis sur le rebord de la toiture. A ce moment, l'ombre se releva, s'étira et fit quelques pas. Je vis briller son arme.

A voix basse, Myers appela :

– Kerry, Melville.

Deux hommes se détachèrent et vinrent se joindre à nous. Myers leur tendit ses jumelles et dit :

– Have a look at the bandit on the roof – « Jetez un coup d'œil sur le bandit qui est sur le toit ».

Les deux Australiens se consultèrent, puis l'un d'eux dit :

– O.K. We will therefore take the long route at right angles, but as we cannot use our knives, we will lob grenades, so get the boys moving fast, as soon as you hear we have dropped our eggs.

« D'accord, nous allons prendre le chemin à angle droit mais comme nous ne pouvons nous servir de nos couteaux, nous jetterons des grenades, arrangez-vous pour que les gars filent à toutes jambes dès qu'ils entendent que nous avons laissé tomber nos œufs. »

Je les vis disparaître, silencieux, engloutis par l'obscurité.

– En raison du détour qu'ils sont obligés de faire, il faudra leur donner de dix à douze minutes, dit Myers.

Il appela son sergent auquel il tendit ses jumelles.

– Kole, dit-il, take a bead on the bandit on the roof. But do not shoot unless I give you the order.

« Kole, observe le type sur le toit. Mais ne tire que si je t'en donne l'ordre. »

– Le sergent Kole, m'expliqua Myers, est chasseur de kangourous dans le civil.

Autour de nous les hommes commencèrent à se déployer le long du fossé qui longeait l'oliveraie. A peine si l'on pouvait entendre le sable crisser sous leurs semelles. Les minutes passèrent, et le lieutenant Myers dit enfin entre ses dents :

– They should be there, get set, boys.

« Ils doivent être là, préparez-vous les gars. »

Il avait bien calculé, car il n'avait pas achevé sa phrase qu'une explosion fulgurante éclata sur le toit, suivie presque immédiatement d'une seconde explosion plus sourde, qui éclaira momentanément l'intérieur de la gare. C'était le signal!

Nos hommes s'élancèrent en vidant leurs chargeurs, dont les balles claquèrent sur la façade de la gare, de laquelle des coups de feu partirent dans notre direction. J'entendis le miaulement des balles en même temps que le juron d'un de nos hommes qui roula presque à mes pieds. La fenêtre de l'étage supérieur s'ouvrit avec fracas et le canon d'une mitrailleuse s'illumina... mais cessa vite de tirer, et je vis le corps du mitrailleur basculer sur le rebord de la fenêtre, tandis qu'une nouvelle grenade éclatait à l'intérieur de la gare, dont la porte s'envola vers l'extérieur... Les balles des mitraillettes s'engoufrèrent par cet orifice... des hommes suivirent. Il y eut quelques détonations... puis tout cessa.

L'opération n'avait pas duré plus de quelques minutes. Les Australiens avaient employé deux grenades « Mills » accouplées dont ils avaient réglé les détonateurs à une seconde l'un de l'autre. Les effets de cet engin avaient été dévastateurs. Des Allemands gisaient sur le sol, littéralement déchiquetés. Les survivants, dont un officier, étaient tous plus ou moins blessés.

Quand je pénétrai dans la gare, l'officier était en train d'ajuster un bandage qui lui couvrait le côté droit du visage, et un mince filet de sang coulait le long de sa joue, avant de tomber goutte à goutte sur la table devant laquelle il était assis.

C'était un colosse blond, bien sanglé dans son uniforme, et il portait sa Croix de Fer autour du cou.

Son œil visible me fixa sans manifester ni émotion ni intérêt. Cette statue sembla se réveiller quand je m'adressai à lui en allemand : je lui demandai :

– Avez-vous besoin de soins?

Il hésita un instant, puis répondit assez sèchement :

– Nein! mais avez-vous une cigarette?

Je lui tendis une cigarette... et j'étais sur le point de lui donner du feu, quand le sergent Kole qui était monté au premier étage, entra en trombe, se précipita sur l'allemand et lui arracha la cigarette de la bouche. Je n'eus pas le temps de protester. Avec une voix qui vibrait de colère, il me dit :

– Captain, go and see the handywork of this bastard, before you give him anything else than a bullet in the guts!

« Captaine, allez vois ce qu'a fait ce salaud avant de lui offrir autre chose qu'une balle dans les entrailles!

Je suivis Kole au premier étage. La scène qui s'offrit à mes yeux m'expliqua la réaction du sergent. Deux soldats anglais, et deux civils, ces derniers probablement employés de la station de Mastaba, étaient adossés contre le mur, dans ces poses grotesques que gardent les cadavres de morts violentes. Ils étaient tous criblés de balles, comme ceux assassinés par les gangsters d'Al Capone, la nuit de la Saint-Valentin à Chicago.

Quand je revins dans la salle d'attente, l'Allemand toujours impassible et absent n'avait pas bougé. Seule la petite flaque de sang, dans laquelle se reflétait la flamme de la seule bougie qui éclairait la pièce, avait augmenté.

Je ne pus supporter d'être assis à la même table que lui et c'est debout que je lui demandai :

– Savez-vous ce qui se trouve au-dessus?

Il répondit :

– L'ordre était de les neutraliser si nous étions attaqués. Je suppose que l'ordre a été exécuté.

– Mais dis-je encore.... ils étaient désarmés!

L'Allemand haussa les épaules :

– Nous ne pouvions plus surveiller les prisonniers, dit-il.

Il parlait sans émotion aucune et même avec un certain ennui de devoir expliquer ce qui, à son avis, n'avait aucun besoin d'explication. Pour moi, la cause était entendue. Il n'y avait plus rien à dire. Je levai mon revolver à la hauteur de cet œil qui continuait à me fixer. Mon doigt chercha la gâchette et commença à appuyer sur la détente. Puis soudain je compris...

Je compris que si je survivais à cette guerre... tout le restant de mes jours, je serais poursuivi par ce regard de cyclope que j'aurais remplacé par une plaie béante, de laquelle jailliraient du sang et de la cervelle en bouillie... Non..., je ne voulais pas ça et je baissai lentement mon revolver. Comprenez-moi. Ce n'était pas à cet homme que je faisais grâce... c'était à moi!

Ce fut l'Allemand qui rompit un silence que l'on aurait pu couper au couteau :

Vous ne pourrez jamais gagner cette guerre, Herr Hauptman, vous êtes trop chevaleresque, dit-il.

A une fraction de seconde de l'éternité, l'Allemand avait le courage de me narguer, où était-ce sa façon de me remercier? Je ne pus m'empêcher d'envier son sang-froid, mais ce sentiment ne dura pas. L'image de ses victimes du premier étage me rendit le sens de la réalité.

– Détrompez-vous, lui dis-je, nous allons gagner cette guerre, sans avoir recours à vos méthodes indignes d'un soldat. Vous n'êtes qu'un vulgaire assassin!

Cette fois je vis que je l'avais touché. Je vis ses mains se crisper sur la table.

– Je vais vous envoyer à l'arrière. Or je ne puis communiquer à notre commandement le nombre de prisonniers. Je crains que le chemin ne soit très difficile pour vous.

Je me tournai vers le sergent Kole et je lui dis :

– Prenez trois hommes et ramenez les prisonniers à Hêraklion. Je ne veux entendre aucun bruit. Vous comprenez ce que je veux dire par « aucun bruit » n'est-ce pas?

En voyant l'expression du chasseur de kangourous, je compris que j'avais probablement prononcé un verdict définitif pour l'Allemand. Ce dernier se leva. A la porte, il se retourna vers moi, salua le bras tendu et sortit.

Nous avions gardé un prisonnier, afin d'en apprendre plus long sur la situation car si le premier acte de l'opération Mastaba était terminé, le second « occuper Mastaba » ne faisait que commencer et les problèmes dont certains devaient être résolus avant le lever du jour, étaient nombreux.

L'interrogatoire de notre prisonnier fut fructueux. Il ne demandait qu'à collaborer. Il en résultat surtout que, bien que les Allemands aient eu en leur possession un poste émetteur, il n'avait pas fonctionné faute d'opérateur. Ils avaient communiqué avec les avions nazis par signaux, du haut du toit et par des signalisations déployées sur le sol.

Ceci me fit penser que nous n'avions pas encore visité le toit. Nous y trouvâmes les restes de la sentinelle et une grande « Swastika », sur fond rouge et blanc qui elle aussi avait souffert de la grenade lancée par le caporal Melville. Nous récupérâmes tant bien que mal le drapeau nazi et nous le remîmes en position.

Après consultation avec les deux officiers des autres sections, il fut convenu qu'une section resterait sous le couvert de la forêt d'oliviers et que nous garderions dix hommes dans la gare. Quant au prisonnier, il se posterait sur le toit lorsque avec le jour, le premier avion nazi ne manquerait pas de faire son apparition.

De la cage de l'escalier qui menait au toit, un de nos hommes le tiendrait en joue. Nous lui fîmes bien comprendre qu'il serait descendu plus bas que la cave, au moindre geste suspect de sa part.

Les Croix de Saint-André en étoffe rouge étaient toujours à leur place et je fis endosser les vareuses camouflées des parachutistes tués, à trois de nos hommes, malgré leurs protestations :

– They stink, disaient-ils.

« Elles puent! »

Ils avaient raison. J'ai remarqué que morts ou vivants, les soldats allemands avaient une odeur particulière. Nous entassâmes les cadavres dans la cave..., et nous attendîmes la suite des événements en goûtant aux excellentes rations que les anciens occupants de la station avaient reçues du ciel. Il y avait entre autre « Délicatessen », une excellente pâte de fromage, dans des tubes qui imitaient parfaitement les tubes de dentifrice.

J'hériterais aussi d'une superbe paire de jumelles Zeiss que je conserve à ce jour et qui me rappelle la Crète quand je vais aux courses.

Nous étions déjà en été et le jour se leva assez vite. Bientôt nous entendîmes le « ronron » à deux temps des avions allemands. Un Messerschmitt 110 passa sur nos têtes, fit demi-tour et s'éloigna. L'épreuve des nerfs commençait. Il se passa un bon moment avant que nous ayons une seconde visite. Il était presque dix heures quand un Heinkeil piqua droit sur nous, puis remonta à environ 150 mètres et lâcha presque simultanément trois parachutes qui flottèrent, puis dérivèrent dans le vent. Un seul cylindre atterrit près de notre bâtisse; le second tomba sur l'oliveraie où était embusquée notre seconde section et le troisième finit sur une élévation boisée assez loin de nous. L'avion tourna, salua des deux ailes et s'éloigna en direction du sud.

Je poussai un soupir de soulagement, mais le pressentiment que nous n'en avions pas si vite fini avec nos visiteurs matinaux m'empêcha d'aller chercher tout de suite les cadeaux de la « Luftwaffe »; et bien m'en prit, car à peine quelques minutes plus tard un autre avion passa sur la plaine et à plus de

200 mètres de hauteur cette fois, il lâcha un unique parachute. Ce parachute était plus grand que les trois premiers... et à notre grand étonnement, nous vîmes qu'il ne s'agissait pas d'un cylindre mais bel et bien d'un parachutiste.

Il atterrit parfaitement en plein centre du terrain, ramassa son parachute, le plia soigneusement et portant sur son épaule une petite caisse noire, il s'avança sans se hâter en direction de la gare, à une fenêtre de laquelle il voyait un de nos hommes déguisé en parachutiste nazi.

Je dois dire que sa tête quand, ayant passé le seuil de la porte de la gare il nous aperçut au lieu des compatriotes qu'il s'attendait à trouver, fut si comique... que nous éclatâmes de rire... alors que son bras levé dans le salut nazi fut vite rejoint par son autre bras, en sentant le canon d'une mitraillette se placer dans le creux de ses reins.

Notre nouveau client était l'opérateur de radio qui, fort heureusement pour nous, avait fait défaut au moment où nous attaquions la place. Mais naturellement l'affaire se corsait, car l'opérateur était tenu de contacter ses envoyeurs qui étaient probablement déjà à l'écoute. Il fallait faire vite.

Avec un peu de persuasion, dont la mise en scène des cadavres de la cave et la pointe acérée d'une dague de « commando » sur sa pomme d'Adam, notre nouveau client finit par lâcher le morceau. Il révéla qu'il devait effectivement transmettre en code son arrivée. Il voulut bien nous donner son indice de transmission ainsi que la grille de son code.

Le revolver sur la tempe, il reçut l'ordre de transmettre un message très laconique confirmant son arrivée. Et pour plus de sûreté, nous fîmes contrôler ce message par notre premier prisonnier qui était tenu « incommunicado » de son collègue. Malgré toutes ces précautions, je ne pouvais pas m'empêcher d'être inquiet car si les nazis se doutaient que nous occupions Mastaba, il leur suffirait d'un seul bombardier pour pulvériser la vieille baraque et nous dedans.

Pour confirmer notre inquiétude, nous pouvions voir et entendre les bombardiers allemands s'acharner sur Hêraklion... alors que de temps en temps un avion à Croix-Noires passait dans nos parages avec un bruit de tonnerre, salué amicalement par le prisonnier placé sur le toit, qui n'avait aucune envie d'être la première victime d'une bombe allemande ou d'une balle australienne.

Et ainsi la journée se déroula sans complications si ce n'est que les chaleurs de l'été commencèrent à avoir des effets forts désagréables sur les cadavres entassés dans la cave... Bientôt nous n'eûmes même plus envie de goûter à l'excellente pâte de fromage.

Il faisait déjà tout à fait nuit quand nous reçûmes enfin l'ordre de retourner à Hêraklion. Il y eut encore quelques pénibles obligations dont je préfère vous faire grâce. En peu de mots, nous enterrâmes les morts, nous piégeâmes la gare et, avec nos deux prisonniers nous quittâmes Mastaba pour rejoindre ceux qui continuaient à nettoyer la ville des derniers Allemands, dont un groupe assez important tenait encore dans la centrale électrique où ils s'étaient enfermés en prenant comme otages des femmes et des enfants.

Je retrouvai aussi le sergent Kole. Il ne me dit rien, et je ne lui posai aucune question. Je préférai ne pas savoir.

Aujourd'hui, je suis très heureux de ne pas savoir.

13

UNE VICTOIRE A LA PYRRHUS

Pour atteindre notre poste d'observation sur une colline qui apparaissait sur nos cartes militaires, dénommée « Charlie Hill », il fallait dépasser les vieilles murailles vénitiennes de Hêraklion et s'engager en rase campagne, tantôt à découvert, tantôt protégés par des murs d'enceinte en ruines.

Notre destination finale : deux tranchées profondément creusées dans le roc, de chaque côté de l'éperon de Charlie Hill en surplomb d'une petite plaine qui était le « no man's land ». Notre mission : informer le bataillon du Ist Yorkshire and Lancashire Fusiliers, de tout mouvement des parachutistes allemands que nous avions en face de nous.

Notre colline était souvent soumise à des tirs de mortier et quelquefois aussi mitraillée par des avions nazis; aussi nos deux tranchées, reliées par téléphone avec les « Yorks & Lancs » étaient-elles creusées en conséquence et une fois installés, nous nous sentions assez à l'abri. Mais il fallait d'abord y arriver. Le sport commençait toujours dès que nous abandonnions la protection des vieilles murailles d'Hêraklion, aussi la relève se faisait-elle de nuit. Mais cette fois, une attaque allemande sur le côté sud du périmètre, avait retardé tous les départs et nous nous trouvions en plein jour, encore à mi-chemin. A la hauteur des petits murs délabrés des enclos à moutons, les Allemands déclenchèrent un barrage de mitrailleuses. Je ne saurai jamais si notre petit groupe avait été repéré ou si ces tirs étaient dus au hasard d'une routine, mais les balles sifflaient désagréablement au-dessus de nos têtes. Quand des balles sifflent au-dessus de vous, elles ont beau passer haut, on a toujours l'impression qu'elles passent tout près. De plus ces balles frappaient quelquefois les murs d'enceinte et faisaient éclater les rochers en morceaux qui retombaient autour de nous. Nous n'avancions plus, attendant la fin de feu d'artifice.

Notre équipe était composée cette fois du lieutenant Robert Jenkins, du sergent Raphaël Stockbridge, du téléphoniste Phil Benson et de moi. J'étais en troisième position suivi par le lieutenant Jenkins. Soudain j'entendis ce dernier pousser un grognement suivi d'un juron.

– Qu'est-ce qui se passe? lui demandai-je, sans me retourner.

– J'ai été touché par un éclat de pierre. Rien de grave me répondit-il.

Peu après, Jenkins s'adressa de nouveau à moi :

– Je saigne, me dit-il « je crois qu'il vaut mieux que je retourne me faire panser ».

– Où es-tu touché? demandai-je.

– Au front, me dit-il et il répéta : « Rien de grave capitaine. »

Sa voix était calme et sans émotion.

– Bien, vas-y, dis-je, mais envoie-nous un remplaçant le plus vite possible.

Les tirs des mitrailleuses s'étaient ralentis et nous reprîmes notre progression.

J'attendis en vain le remplaçant. Énervé par ma longue solitude, de retour dans le périmètre, je demandai à voir le lieutenant Jenkins pour recevoir son explication.

– Si vous voulez voir le lieutenant Jenkins me dit en réponse le sergent Mac Dough, « on ne l'a pas encore enterré ».

Je fis répéter sa phrase à Mac Dough qui sembla aussi surpris de mon étonnement que j'avais été secoué par sa réponse. Que s'était-il donc passé depuis que Jenkins avait décidé de rebrousser chemin?

– Mais, mon capitaine, me dit Mac Dough, le lieutenant a été tué net par une balle en plein front et il ajouta : « Je croyais qu'il était avec vous. »

– Avait-il d'autres blessures? demandai-je encore.

– Non, répondit Mac Dough, « celle qu'il avait, était bien suffisante ».

Ce n'était donc pas une pierre, mais une balle, un ricochet peut-être. Touché à mort, Jenkins avait échangé avec moi plusieurs phrases et ses dernières paroles avaient été :

– Nothing serious, captain. « Rien de grave, mon capitaine. »

En prenant de nouveau la relève de Charlie Hill, Mac Dough m'indiqua l'endroit où une patrouille australienne avait trouvé le corps sans vie du lieutenant Jenkins. C'était là même où nous avions eu notre conversation.

Plusieurs années plus tard, je retrouvais la Crète et Hêraklion. Je refis à pieds en pèlerinage les deux kilomètres que représentaient notre trajet pour atteindre l'or de Charlie Hill. Cette fois, tout était facile. Je gravis lentement la colline. Nos deux tranchées étaient encore très visibles. La montagne n'avait pas pu cicatriser complètement les blessures que nous lui avions infligées. Devant moi, la plaine s'étendait vide, calme et innocente. Le silence n'était troublé que par le murmure d'un léger vent qui caressait le tapis de coquelicots qui marquaient comme autant de gouttes de sang, ce qui avait été un champ de bataille.

En revenant sur mes pas, je m'arrêtai devant un petit mur de pierrailles et je cherchai du regard l'endroit où j'avais entendu les dernières paroles d'un condamné : « Nothing serious Captain. » C'est donc si facile de mourir?

Mais la fatalité ne s'arrêta pas là. Elle frappa encore et durement le poste d'observation de « Charlie Hill ».

Quelques jours après la mort du lieutenant Jenkins, nous devions relever à nouveau les derniers observateurs de Charlie Hill. Cette fois, nous n'étions plus seulement quatre, mais cinq. Le lieutenant Jenkins avait été remplacé par le lieutenant Sykes du lst Yorks & Lancs et celui-ci avait insisté pour avoir avec lui son ordonnance.

Le trajet, toujours de nuit, fut sans histoire. Or l'une de nos deux tranchées était de dimensions plus réduites que l'autre et dans l'obscurité, le partage de notre petite unité s'était mal effectué, de sorte qu'il y avait trois occupants dans la tranchée où il n'y avait place que pour deux, alors que nous, les deux officiers, occupions la tranchée faite pour trois. Quand nous nous rendîmes compte de la situation, nous décidâmes de « roquer », avant qu'il ne fasse jour... et le jour se leva.

Avec l'aide de mes jumelles, je crus discerner des mouvements insolites chez les Allemands. J'avertis les Yorks & Lancs que durant la nuit, les Allemands avaient avancé leurs positions. Que pouvait bien signifier ce mouvement? Allaient-ils attaquer Charlie Hill? Mais alors pourquoi avaient-ils creusé des tranchées en abandonnant le couvert de leur forêt d'oliviers?

La réponse à ma question ne se fit pas longtemps attendre.

Les tirs des mortiers allemands avaient toujours été plutôt trop courts, n'atteignant que le bas de notre colline. De toute évidence, les parachutistes ne disposaient que de mortiers dont la portée maxima était de 1 000 yards. Ils avaient donc rapproché l'emplacement de leurs mortiers pour atteindre notre O.P. qui n'était plus un secret pour personne. Bientôt les projectiles commencèrent à tomber sur la crête de Charlie Hill, tandis qu'un avion à croix noire tournait en rond, réglant le tir. Les bombes étaient sur nous et nous n'avions pour notre protection que la qualité du roc dans lequel étaient creusées nos tranchées. Au début de la guerre, les Allemands étaient de véritables experts en matière d'armement et ces artilleurs étaient des as. Ils eurent vite fait d'encadrer notre O.P. Nous alertâmes les Yorks & Lancs pour demander une intervention de nos « Bofors Mobiles » du 3rd Light Ack Ack. En attendant, les bombes continuaient à tomber autour de nous, soulevant des nuages de poussière. L'une d'elle plongea à pic dans la tranchée qu'occupaient nos trois hommes, les pulvérisant littéralement. Je me refuse de décrire ce qui s'offrit à nos yeux, lorsque nous pûmes enfin nous approcher de la tranchée. Qu'il me suffise de dire que dans l'impossibilité de faire autrement, il y eut une seule tombe... avec trois noms sur une seule croix!

Le martèlement de Charlie Hill continua jusqu'à ce que nos « Bofors » aient enfin fait reculer les mortiers allemands. Notre seule consolation fut de voir abattre l'avion de reconnaissance qui avait été le chef d'orchestre de notre mauvaise chance. Les artilleurs australiens étaient aussi des as.

En temps de guerre, la vie ou la mort sont séparées par des « SI ».

– Si Sykes n'avait pas insisté pour se faire accompagner par son ordonnance.

– Si nous n'avions été que quatre au lieu de cinq.

– Si nous n'avions pas changé de tranchées.

SI, SI, SI, ... je vous laisse tirer vos propres conclusions, mais moi je ne serais pas en train de vous parler de la colline de « Charlie Hill ».

Le dixième jour, nous avions l'impression d'avoir gagné la

guerre... Des combats sporadiques continuaient entre patrouilles, hors du périmètre, mais les réactions de l'ennemi n'étaient que le fait de groupes isolés et étaient facilement contenues. Malheureusement, nous n'avions pas de renseignements précis sur ce qui se passait à La Canée et à Réthymc.

L'histoire est trop connue pour que j'évoque ici ce qui se passa sur ces deux autres fronts de l'île, d'autant plus que je vous ai promis de ne narrer que des événements auxquels j'ai assisté.

Nous n'avions donc aucun mauvais pressentiment lorsque nous fûmes convoqués, Mac Carthy et moi, au quartier général le 28 mai à trois heures du matin. L'heure matinale n'avait rien d'anormal, car avec la maîtrise totale de l'air par la Luftwaffe, il était pratiquement impossible de circuler en plein jour.

Je n'oublierai jamais la scène qui se présenta à nos yeux, lorsque nous pénétrâmes dans la grotte du brigadier général. Je crus voir une édition modernisée de la ronde de nuit de Rembrandt. Tous les officiers supérieurs de la brigade étaient unis. La lumière vacillante des bougies se reflétant sur les parois rocheuses, donnait des ombres et des clartés qui accusaient fortement les traits et les galons.

Seul le Général était assis derrière sa table. Je suppose que nous devions être les derniers arrivants, car lorsque l'adjudant major Fleming, eut dit quelques mots à voix basse, au Général, ce dernier s'adressa immédiatement à nous :

– Je vous ai réunis, nous dit-il, pour vous communiquer une dépêche du général en chef, le général Wilson. Voici le texte de cette dépêche émanant du Caire : « Étant donné la situation selon les derniers « Sitraps [1] », des trois fronts de l'île, j'ai décidé de faire procéder immédiatement à l'évacuation totale des forces alliées de l'île de Crète. Des unités de la Marine Royale... etc.

A ce moment, un long sifflement interrompit la lecture du général Chappel.

Tous les regards se portèrent vers nous, car c'était Mac Carthy qui exprimait son étonnement à l'australienne. Le Général leva les yeux, baissa ses lunettes et demanda :

– Any questions?

Mac Carthy ne se fit pas prier :

1. Dépêches d'information provenant du Q.G.

– Thank your Sir, je voudrais savoir quelles sont ces circonstances auxquelles le Caire fait allusion. De toute évidence, la situation à Hêraklion est on ne peut plus favorable. L'aérodrome, la ville, le port, les alentours sont solidement occupés par nous. L'ennemi est isolé dans la montagne...

Quelles sont les raisons qui changent une victoire en une évacuation?

Sans élever la voix, le Général répondit :

– Capitaine Mac Carthy, le front d'Hêraklion n'est pas le seul front de la bataille pour la Crète. Les circonstances auxquelles le Caire fait allusion, concernent les deux autres secteurs de l'île. Mais en ce qui concerne Hêraklion, je vais demander au major Fleming de vous donner quelques précisions.

Le Major consulta ses notes et dit :

– Dans les combats de ces dernières trente-six heures, la Brigade a brûlé 20 000 cartouches. La totalité des réserves en munitions pour armes légères est actuellement d'environ 10 000 unités!

Je n'en croyais pas mes oreilles. Il ne restait à la Brigade des munitions que pour un jour de combat à peine! le Brigadier ne laissa pas aux assistants le temps d'épiloguer, il continua :

– Les chefs d'unités se mettront immédiatement en contact avec l'adjudant pour apprendre les heures de mouvement de chaque unité. Très important : toute unité, quelle qu'elle soit, qui se trouverait engagée par l'ennemi à son heure d'évacuation ne devra pas décrocher.

Pour des raisons de sécurité, les hommes ne devront être informés de l'évacuation qu'une demi-heure avant l'heure fixée. Tous les transports devront être rendus inutilisables.

– Good Luck, thank you all, you did a very good job.

« Bonne chance, merci à tous, vous avez fait du très bon travail. »

Notre heure d'embarquement était fixée à 23 h 58 et il n'était que cinq heures du matin! La journée s'annonçait bien longue.

J'admirai Mac Carthy :

– Puisque nous n'avons rien de mieux à faire, me dit-il, je vais me recoucher. Quelques moments plus tard, il ronflait. Quant à moi, je n'avais nulle envie et aucune possibilité de dormir! Jusqu'à ce moment, j'avais connu la sérénité que l'on dit être l'état d'âme de ceux qui ont pris la décision de se suicider. Sans me l'avouer ouvertement, je ne croyais pas avoir beaucoup de chances de m'en tirer. Et maintenant tout changeait. Le suicidé reprenait goût à la vie. Il s'agissait de survivre encore pendant quelques heures pour être sauvé. C'est alors que vraiment j'ai eu peur... peur de tout!

Je me mis à compter les minutes... elles passaient avec une lenteur désespérante. Mac Carthy se méprit sur mon air soucieux :

– Je sais Max, me dit-il lorsqu'il se réveilla frais et dispos quelques heures plus tard, et je te comprends... mais ne t'en fais pas trop... tu auras d'autres occasions de leur taper dessus. Quel scandale! plus de munitions! Et dire qu'il y a déjà plusieurs jours que nous nous battons avec les armes et les munitions de l'ennemi.

En effet, nous possédions tous maintenant de superbes Lugers ou des Schneissers.

– Mais, ajouta Mac Carthy, je viens d'y penser, il y a encore quelque chose de très important à faire avant de plier bagages. Il y a des officiers de mon régiment à l'hôpital de Knossos. Certains ne sont que légèrement blessés, il faut leur donner une chance de se barrer. On va arranger ça toi et moi.

Knossos, l'hôpital militaire, était dans le no-man's-land, entre le périmètre et les montagnes où s'étaient réfugiés les Allemands, à environ cinq kilomètres de nos lignes. Nous fîmes notre plan et décidâmes de ne pas partir avant que le soleil soit couché. Notre groupe se composait de Mac Carthy, Evans, Zénon Papadopoulos et moi.

Papadopoulos et moi avions endossé des vêtements civils que Papadopoulos avait trouvés dans un magasin abandonné. Mac Carthy et son ordonnance ainsi que Farrar auraient eu du mal à passer pour d'honnêtes crétois, prenant le frais sur la route de Knossos.

Après un kilomètre, nous lâchâmes nos accolytes en uniforme et Papadopoulos et moi prîmes à travers champs. A environ un kilomètre de l'hôpital, nous crûmes voir des mouvements suspects sur les hauteurs. Heureusement, une petite forêt d'oliviers bordait le champ et nous nous y arrêtâmes pour surveiller les alentours, car à partir de cet endroit, il fallait reprendre la route principale.

Des feux s'allumaient sur les collines. Par qui ces dernières étaient-elles occupées? Des réfugiés ou des Allemands? Ce dernier kilomètre s'annonçait difficile.

Zénon Papadopoulos était un jeune homme de vingt ans. Il avait montré un calme et une maîtrise de soi remarquables pour son âge. Nous étions toujours indécis quand Zénon me dit :

– Capitaine, j'ai une proposition à vous faire. Vous avez déjà visité l'hôpital de Knossos en uniforme à plusieurs reprises. Les blessés nazis qui vous ont vu vous reconnaîtront même en civil. Ils donneront l'alarme. Moi, ils ne m'ont jamais vu. Je passerai plus facilement pour un infirmier. Je crois qu'il serait plus prudent que je visite l'hôpital seul. Dans le cas où je ne serais pas de retour dans une heure, vous pourrez essayer à votre tour.

Par ailleurs, si je suis poursuivi sur le chemin du retour, vous pourrez couvrir ma retraite, car mes poursuivants hésiteront, croyant à une embuscade. D'ailleurs les Allemands détestent s'aventurer dans la nuit. Je vous retrouverai sous ce même olivier. Je suggère que le mot de passe soit pour moi le chiffre des officiers qui m'accompagnent et pour vous, le chiffre suivant, toujours en grec.

Comme vous le voyez, Zénon avait tout prévu et il me quitta en prenant tout bonnement la route. Bientôt il disparut dans l'obscurité.

Je me retrouve seul dans le « no man's land ». Cette « terre de personne » est une nuit d'étoiles qui éclairent à peine une forêt d'oliviers dont les troncs rugueux et tordus semblent exprimer la souffrance d'être rivés à ce sol depuis tant de siècles.

Ces oliviers me rappellent des vers que j'ai écrits dans un moment de dépression :

« Comme l'arbre penché, que les vents ont vaincu,
et qui résiste encore, pesant sur sa racine,
A la fin du chemin, l'homme à son tour s'incline,
cherchant dans son passé pourquoi il a vécu. »

Je suis continuellement obsédé par deux questions : Zénon réussira-t-il à éviter les patrouilles allemandes? – Quels seront les prochains visiteurs de mon oliveraie? Si les parachutistes allemands interceptent mon Crétois et découvrent nos intentions, les conséquences pourraient être graves pour la réussite de toute l'évacuation.

La nuit n'est pas froide. Pour faire quelque chose, je déclenche le cran d'arrêt de mon revolver. Mon revolver est glacé, mais son contact me rassure. Pour le moment c'est mon seul ami... Pour calmer mon anxiété, j'essaie de me convaincre que les Allemands n'aiment pas s'aventurer de nuit, et puis que ma relève, composée d'Australiens, avec John Mac Carthy, est embusquée à moins de cinq cents mètres. Si ça tourne mal, les détonations les feront accourir.

Je me lève et je me place, debout derrière le tronc de mon olivier, dont j'écarte les branches les plus basses afin d'amplifier mon champ visuel. J'en veux à cette mission de la dernière heure, qui compromet un espoir que j'avais perdu et que la nouvelle de l'évacuation m'avait redonné. Sacré mission qui remet tout en question. La nouvelle de notre évacuation m'a été donnée à trois heures du matin et il est déjà six heures de la nuit. Mon « suspense » dure donc depuis dix-neuf heures. C'est très long, dix-neuf heures d'anxiété! Soudain, j'entends des bruits de pas... les pas se rapprochent et instinctivement je pointe mon arme dans leur direction. J'ai l'impression qu'une armée entière se dirige vers moi, le cœur battant, je me prépare au pire. Bruits de pas... Bruits de voix... Et j'entends le juron d'un homme qui a buté contre une branche. Le juron est en anglais. Les ombres sont déjà assez proches pour prendre formes humaines, et Zénon m'interpelle :

– Tecera (quatre).

Je réponds :

– Pende (cinq).

Quelques secondes plus tard, la silhouette de Zénon m'apparaît suivie de quatre Australiens. Ils sont tous blessés mais marchent sans difficultés, sauf l'un d'eux qui souffre d'une terrible dysenterie qui l'oblige à s'arrêter tous les cent mètres.

Nous nous mettons en marche immédiatement et arrivons enfin à l'endroit où nous avions laissé Mac Carthy. Il est vingt-trois heures, c'est-à-dire environ une heure avant notre embarquement.

La première manche est gagnée, mais il s'agit de se mettre en route immédiatement. Pas de temps à perdre. La seconde manche est une course contre la montre. Une heure pour parcourir trois kilomètres, cela devrait suffire... Mais les blessés retardent la marche. On ne peut pas trop leur demander.

– Onze heures quarante-sept minutes P.M. –

Nous sommes sur le quai du petit port vénitien d'Hêraklion, avec trois petites minutes d'avance sur le dernier horaire. Trois minutes qui représentent des années de liberté.

L'évacuation eut lieu sans complications. Pas un Allemand ne bougea.

Après avoir été transportés du destroyer HMS Hereward sur le croiseur léger HMS Dido, nous eûmes droit enfin à une tasse de thé et à des sandwiches.

Le convoi partit avec du retard et si l'infanterie nazie n'avait pas osé intervenir, la Luftwaffe, elle, n'adopta pas la même attitude passive.

Le convoi de l'évacuation consistait en deux croiseurs HMS Dido et HMS Orion et trois contre-torpilleurs. On avait dû lâcher, puis couler le HMS Hereward avarié par des Stukas, durant le voyage aller. Cet incident avait retardé le départ et ce retard eut des conséquences très graves, car au lieu de passer le détroit de Kassos de nuit, nous ne nous y engageâmes qu'à l'aube et les Stukas de Skarpanthos et de Rhodes nous attaquèrent avec le jour. Ces attaques durèrent de dix heures du matin jusqu'à trois heures de l'après-midi, à dix kilomètres du port d'Alexandrie.

Comment nos deux croiseurs, sur lesquels s'acharnèrent les Stukas ne furent pas coulés, c'est un miracle!

HMS Orion fut touché trois fois; deux fois avec des bombes de gros calibre. Notre HMS Dido ne fut sauvé d'une destruction totale que parce que la bombe de cinq cents kilos qui le frappa de plein fouet, traversa d'abord le blindage de la grosse tourelle avant et éclata dans l'entrepont. Si cette bombe n'avait pas rencontré les trente centimètres d'acier renforcé de la tourelle, elle aurait pénétré jusqu'à la soute aux munitions et le HMS Dido se serait envolé en fumée.

Le choc de l'explosion fut colossal. Nous eûmes l'impression qu'un poing géant s'était abattu sur le navire. Il tangua violemment de l'avant à l'arrière, hésita un moment, puis reprit son équilibre... et sa marche, tandis que la voix imperturbable du commentateur à bord annonçait :

– Eh bien... « Gentlemen », nous sommes toujours à flots... et l'Orion aussi.

Oui, nous étions toujours à flots... mais les ponts et les entreponts étaient jonchés de cadavres et de blessés. Deux cent soixante morts et deux cent quatre-vingt-blessés. Le « Black – Watch » perdait sur le Dido presque la moitié de ses effectifs. Parmi les tués, Farrar, mon ordonnance.

Aux limites des eaux territoriales égyptiennes, à environ huit kilomètres du port d'Alexandrie, le convoi stoppa pour donner aux victimes, la sépulture des marins.

J'avais toujours imaginé cette cérémonie comme une manifestation pleine de grandeur et de majesté. Cette fois... on en avait trop vu. La mort était devenue une compagne de chaque instant. On ne pouvait plus lui accorder une trop grande importance. Les survivants n'avaient plus qu'une idée... en finir au plus vite.

Avec tout le personnel militaire et marin, plus ou moins au garde-à-vous, pataugeant dans le sang, la cérémonie commença. Un pasteur protestant, ânonnant des prières et regardant le ciel moins pour l'invoquer, que par crainte d'y voir apparaître les croix noires, récita le service des morts. Les corps étaient basculés par-dessus bord l'un après l'autre... enfin le clairon sonna, une dernière salve salua la dernière victime dans son dernier voyage... et le convoi reprit sa marche.

A sept heures du soir HMS Didot accosta au quai de Gabbary. Sur ce quai, officiers et soldats s'affairaient. Leurs uniformes étaient impeccables et leurs cuirs rutilants. Ils regardaient avec curiosité ces hommes barbus, sales, aux uniformes maculés et déchirés, accoudés au bastingage... qui semblaient revenir d'un enfer.

Le silence de cette confrontation fut soudain rompu par une voix à l'accent très australien :

– « Eh là-bas! les jolis garçons, avez-vous quelques amis dans la R.A.F.? Sinon nous préférons aller ailleurs. »

L'absence de couverture aérienne était ce qui avait le plus ulcéré les combattants de la bataille de Crète. C'est terrible d'être cloué au sol.

Quelques rires sarcastiques saluèrent la boutade du « digger ». Mais déjà les ordres résonnaient et la discipline militaire reprenait ses droits.

On débarquait.

A ma grande déception, j'appris que nous allions être transférés immédiatement au Transit Camp d'Amria, dans le désert, à plusieurs kilomètres d'Alexandrie.

C'est ainsi que l'on cache les armées qui ont subi un échec.

Je croyais que nous ne méritions pas ce traitement. En tout cas, je ne pus supporter cette idée et j'allai trouver « l'O.C. ship [1] », le colonel Hailbert, du 3dr Light Ack Ack et je lui demandai la permission de ne rejoindre Amria et son « Transit Camp » que le lendemain.

Il me répondit qu'il ne pouvait enfreindre un ordre général, mais comme au fond je n'appartenais à aucune unité bien déterminée, il tournerait le dos pendant une minute. Je n'en demandais pas plus et je me précipitai, à une allure record, vers une porte du port où il y avait une station de taxis.

A mon étonnement, trois officiers australiens, dont mon ami Mac Carthy, qui avaient entendu ma conversation avec le colonel Hailbert, s'engouffrèrent en même temps que moi dans le taxi.

Les Australiens sont de superbes soldats au front, mais à l'arrière, ils n'ont pas un souci exagéré de la discipline.

– Max, me dit Mac Carthy, nous savons que tu connais bien cette ville... nous acceptons d'être dégradés pour le prix d'un whisky-soda bien glacé. Quel est le meilleur pub?

J'avais aussi peut-être perdu un peu la notion des choses, car je donnai sans hésiter l'adresse de « Pastroudis » à notre chauffeur de taxi.

Nous fîmes une entrée très remarquée dans cet établissement, car c'était l'heure « chic ». Notre aspect n'était vraiment pas en rapport avec la tenue des autres clients. Il se fit un vide autour du bar et mes amis ne se firent pas prier pour occuper les places vides. S'étant débarrassés en vrac de leurs casques, mitraillettes et havressacs, Mc Carthy et ses compatriotes s'installèrent au bar et commencèrent ce fameux « double scotch » dont ils rêvaient depuis quinze jours.

Le patron, Athanase Pastroudis, refusa de se faire payer. Je devais avoir une drôle de mine, car Pastroudis, en me regardant, avait des larmes dans les yeux...

Nous bûmes et nous mangeâmes, et enfin ce fut l'heure de fermer l'établissement, et comme il était trop tard pour rejoindre Amria et surtout parce que nous étions tous plutôt euphoriques, j'emmenai mes amis chez moi où nous campâmes tant bien que mal pour la nuit – mais nous avions connu pire!

1. Commandant des troupes à bord.

L'aventure Grèce-Crète était terminée. Elle avait duré en tout quatre mois, mais ces quatre mois m'avaient beaucoup appris. On ne se connaît que lorsqu'on connaît ses réactions dans des situations que nous qualifierons, si vous le voulez bien, d'anormales.

QUATRIÈME PARTIE

LES CANONS DE NAVARONE

PRÉAMBULE A LA GUERRE DU DÉSERT

– EL ALAMEIN –

(A 100 kilomètres d'Alexandrie,
une petite gare que la guerre a rendu célèbre.)

Depuis les vieux quartiers indigènes d'Anfouchy, la ville d'Alexandrie s'étire en direction de l'Ouest, s'étiolant progressivement à mesure qu'elle s'enfonce davantage dans les sables qui recouvrent aujourd'hui ce qui fut jadis une colonie nombreuse et prospère de l'époque romaine. Les colons romains avaient judicieusement préféré ne pas s'établir sur les terres basses, marécageuses et insalubres qui cotoyaient la rade d'Alexandrie et avaient fait le grenier de Rome, de ce qui est aujourd'hui une véritable mer de sable depuis Amria jusqu'à Solloum.

Le prince Abbas Halim disait : « les arabes ne viennent pas du désert, ils le créent! ».

Pour confirmer sa boutade, on ne peut plus trouver sur ce qui fut une région prospère, que quelques barraques blanchies à la chaux, des tentes de bédouins nomades, avec leurs maigres récoltes qui dépendent des rares eaux du ciel, des bouquets de palmiers qui attirent en septembre les tourterelles de passage et le long du littoral, des figuiers sauvages dont les fruits sont les plus succulents de leur espèce.

Essayons alors de nous imaginer ce que fut jadis ce désert qui recouvre tant de ruines romaines. Pour cela, il suffit de contempler les ruines majestueuses du temple « Taposiris Magna », à environ soixante kilomètres d'Alexandrie, sur la superbe plage d'Abu Sir », au sable couleur peau de lion.

Les murailles de « Taposiris Magna » dominent encore dédaigneusement les bidonvilles qui ont remplacé les élégantes villas romaines... et ainsi pendant des siècles, la région dormait sous les sables et dans l'oubli, quand une certaine nuit d'un mois d'octobre, le tonnerre de 2 000 bouches à feu la réveilla de sa torpeur millénaire et révéla au monde entier son nom de guerre :

« El Alamein »!

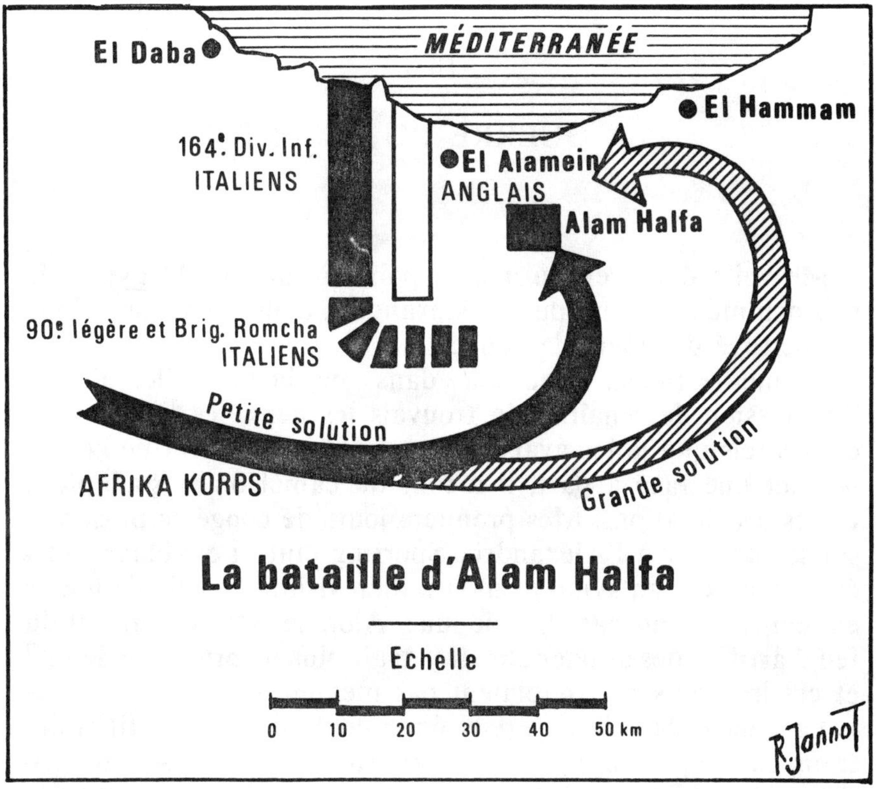
El Daba
MÉDITERRANÉE
El Hammam
164e Div. Inf.
ITALIENS
El Alamein
ANGLAIS
Alam Halfa
90e légère et Brig. Romcha
ITALIENS
Petite solution
AFRIKA KORPS
Grande solution
La bataille d'Alam Halfa
Echelle
0
10
20
30
40
50 km
R. Jannot

14

LA GUERRE DU DÉSERT

Me voilà donc revenu à mon point de départ, l'Égypte. Je suis nommé au Caire, puis à Alexandrie, mais avant tout, il me fut octroyé dix jours de congé.

Je me retrouvai avec joie dans ma bonne ville. J'avais l'impression de renaître. Je trouvais les gens, les lieux et les choses tels que je les avais laissés. L'Alexandrin forme certainement une race à part, il a tout du caméléon et s'adapte à toutes les situations. Mes premiers jours de congé se passèrent sur la plage et à l'Alexandria Sporting club. Le « black out » était total, car un avion nazi ou italien visitait la ville de temps en temps, surtout par clair de lune. Alors le ciel s'embrasait du feu d'artifice des antiaériens. Il y avait plus de bruit que de mal et ces incidents ne troublaient pas mes nuits.

La guerre dans le désert lybique continuait son petit train-train, car « l'Afrika Korps » n'avait pas encore fait son apparition et la seule véritable complication que nous causaient nos amis italiens, était le nombre sans cesse grandissant de prisonniers que nous devions caser et qui, après un an de guerre se chiffrait déjà par centaines de milliers.

Mon congé prit fin et je fus cadré dans une branche du contre-espionnage « A/DSO = Defense Security Office », basée à Alexandrie. Que pouvais-je demander de mieux?

Mon chef direct était le colonel Thompson, l'ami de mes débuts, que j'avais essayé d'atteindre à Athènes, pour ne le retrouver qu'en Crète.

Je coulais des jours heureux, agrémentés par quelques interrogatoires de suspects, dans les nombreuses langues que je parlais et de quelques poursuites, pour la plupart sans résultat, de déserteurs.

Ainsi nous finîmes, sans histoires, l'année 1941 et entrâmes allègrement dans l'année 1942. Rien durant cette période ne mérite les honneurs d'une chronique, jusqu'au moment où l'« Africa Korps » fit son apparition en Lybie. C'est alors que la bagarre commença vraiment. Jusqu'à ce jour nous faisions notre promenade habituelle à travers le désert. C'était une guerre assez joyeuse si, avec les armements actuels, une guerre peut être joyeuse.

L'arrivée des troupes allemandes changea l'aspect du conflit. Nous fûmes confrontés à une armée superbement entraînée et admirablement commandée. Bientôt, l'épée dans les reins, nous fûmes repoussés jusqu'aux portes même d'Alexandrie.

Pour faire face à l'attaque de Rommel, le général Auchinlek avait pris le commandement, après les échecs de Ritchie et de Cunningham. Les armées britanniques se retranchèrent dans le goulot providentiel d'El Alamein et la première offensive de Rommel, après environ 600 kilomètres de poursuite, se brisa sur cette ligne défensive.

Nous eûmes le temps de respirer...

Pendant plus de dix mois, on se regarda, on se retrancha, on posa des millions de mines... et c'est alors que survint un homme prédestiné : le général Bernard Montgomery.

J'ai eu le privilège d'avoir une entrevue avec le général Montgomery. J'étais alors officier de liaison auprès de la Brigade hellénique, qui tenait le bloc C sur la première ligne d'El Alamein. Le bloc C était placé entre les Forces Françaises Libres et un bataillon anglais, les K.R.R. [1].

Les officiers de liaison avaient la prérogative de pouvoir interviewer le général, pour lui présenter une pétition en relation avec leur service, mais la durée de l'entretien ne devait pas dépasser 60 secondes. Il avait lieu à neuf heures du matin devant la caravane du général, à Abusir. On avait appelé cette précieuse minute, la minute de la « Négation ». Le général avait l'habitude de répondre aux demandes par :

– Oh dear, dear, no!

Mon occasion se présenta lorsque Panayotti Ganellopoulos, Ministre grec de la guerre, eut l'idée d'exhorter ses compatrio-

1. King Royal Rifles.

tes au combat. Ce ministre avait de grandes prétentions à l'éloquence.

Je fis ma demande et, à l'heure fixée, je claquai des talons et fis un salut militaire digne d'un grenadier de la Garde. Quant à ma requête, elle suscita la réponse traditionnelle :

– Oh! dear, dear, no!

Mais ma minute avait encore une marge de quarante secondes. Je pris donc mon courage à deux mains et demandai au Général de me suggérer les termes de ma réponse au Ministre.

Il y eut un moment de stupeur! Le général leva les yeux et fixa sévèrement l'insolent qui osait poser une seconde question :

– Right, me dit-il, tell his Excellency, I consider a politician a worse ennemy for my boys than the ones facing them *(sic)*.

(Parfait, dites à son excellence que je considère un politicien comme un pire ennemi pour mes hommes que celui qui leur fait face.)

Comme vous le comprenez, ma réponse au Ministre de la Guerre fut tout autre que celle aimablement suggérée par Montgomery. Ce ne fut d'ailleurs ni la première, ni la dernière fois, que grâce à ma connaissance des langues et surtout à l'ignorance de mes interlocuteurs, je pus éviter des frictions, en fardant la vérité.

Plus tard, beaucoup plus tard, lorsque je rencontrai le Field Marshal Montgomery, lors d'une cérémonie commémorative qui eut lieu en 1955 sur le champ de bataille d'El Alamein, cérémonie pour laquelle je commandais un détachement de la « British Legion », je crus voir dans son regard, tandis que le Field Marshal me serrait la main, comme une lueur de reconnaissance. Il avait peut-être reconnu dans le lieutenant-colonel qui le saluait, le capitaine qui avait eu le toupet de poser deux questions au lieu d'une seule. Les grands hommes ont quelquefois la mémoire du moindre détail.

On a souvent commenté la bataille d'El Alamein mais certainement pas assez celle d'Alam Halfa du 31 août 1942. Or de l'avis des experts ce fut la bataille d'Alam Halfa qui en brisant l'avance victorieuse de Rommel fut le véritable prélude de sa défaite définitive à El Alamein le 23 octobre 1942. En effet Rommel dans sa lancée avait bousculé les troupes alliées depuis El Agheila en Lybie jusqu'à la ligne de défense alliée à Alam Halfa à 25 kilomètres au sud d'El Alamein. Rommel avait donc poursuivi la retraite des alliés pendant plus de 600 kilomètres en occupant au passage Tobrouk. Sa percée avait été momentanément arrêtée par la ligne Tobrouk-Sidi Rezegh-Bir Hakeim, ce dernier point ayant été évacué après la chute de Tobrouk et ceci malgré l'admirable résistance des Français Libres. C'est à cette époque qu'apparaissent les premiers canons allemands de 88 mm qui feront des ravages dans les rangs des blindés du Ist Regiment of Gloucestshire (presque tous détruits à Sidi Rezegh).

Bir Hakeim une fois évacuée, Rommel passa en trombe de Lybie en Égypte. La formule stratégique qu'employait Rommel était toujours la même : les blindés sondaient par de petites attaques sporadiques toute la ligne de défense ennemie jusqu'au moment où un secteur de cette ligne commençait à fléchir. C'est alors que Rommel rassemblant tous ses tanks fonçait sur ce point qu'il traversait en force pour ensuite revenir en un mouvement tournant en éventail afin de prendre à revers la défense ennemie.

Montgomery qui connaissait la tactique appliquée par Rommel et qui lui avait toujours réussi, sacrifia volontairement à Alam Halfa certains points de sa ligne de défense pour y attirer les blindés de Rommel. Ce fut d'abord un terrain sablonneux où les blindés perdaient une grande partie de leur mobilité, puis un secteur de sa ligne de défense admirablement placé face à l'attaque de Rommel. Le « renard du désert » avait trouvé son maître et de six heures du matin à midi, le 31 août 1942 Rommel vit fondre ses blindés dont 85 furent détruits avec plus de dix mille tués et prisonniers. L'ère de Rommel était terminée, celle de Montgomery commençait.

Le 23 octobre 1942 il attaquait à son tour à El Alamein à dix heures dix minutes par un clair de lune lumineux et écrasait sous un véritable déluge de bombes les positions italo-allemandes. Ce bombardement terrifiant de plus de deux mille bouches à feu dura trois heures, puis les forces alliées passèrent à l'attaque, l'infanterie précédant les blindés pour leur ouvrir le chemin dans les champs de mines. Les Italo-allemands tinrent pendant cinq jours, puis leur front craqua, ils lâchèrent partout. Les rôles étant enfin renversés, la 8e Armée poursuivit l'ennemi jusqu'à Tripoli, puis continua son avance jusqu'en Tunisie où elle fit sa jonction avec la 1re Armée d'Eisenhower. L'Afrique du Nord était complètement libérée. On connaît le texte de la dépêche que le général Alexander envoya à Churchill : « Sir, as ordered we have liberated Egypt, Lybia, Tunisia, all North Africa is free from enemy forces » Général Alexander [1].

J'entrai à Tripoli l'un des premiers...

J'entrai à Tripoli l'un des premiers. Ma première impression fut que la ville avait été complètement abandonnée par tous ses habitants. Les rues étaient désertes, les fenêtres étaient closes, partout le silence de l'abandon, sauf quelques rares arabes prêts à faire commerce en « shillings » après avoir fait la même chose en « lires ». Je ne croisai que quelques patrouilles australiennes, furetant dans une ville fantôme...

Vers dix heures du matin, comme par enchantement, un semblant de vie reprit son cours. Les fenêtres s'entrebâillèrent. D'abord des Tripolitains, puis des Italiens et enfin même des filles se mirent à circuler assez timidement, puis librement, ces dernières ne cachant pas leur admiration pour le superbe physique des Australiens. On devait avoir fait une terrible réputation aux « Diggers », car j'entendis une jolie Italienne dire à son amie :

– Mais ils n'ont pas l'air si méchants que ça!

Si les habitants commencèrent bientôt à collaborer, la ville n'en était pas moins truffée de « booby traps ». Il était par exemple dangereux de tirer la chaîne d'un water-closet avant que les « Royal Engineers » aient visité les lieux. Il y eu quelques accidents...

La poursuite continua après Tripoli, mais je subis un accident de parcours qui aurait pu être plus grave. Je voyageais vers la frontière tunisienne sur la route de Zouara, lorsque l'avant de notre camionette nous sauta au visage. De mon côté, la roue avant s'envola vers le ciel comme une fusée. Je fus projeté hors de la voiture, tandis que le pauvre conducteur recevait tout le moteur et ne sut jamais ce qui l'avait tué.

Je saignais du nez et, au passage de ma sortie intempestive, j'avais accroché ma jambe gauche, ce qui provoqua une déchirure de la cuisse. Je ne perdis pas connaissance et je me gardai bien de bouger, d'abord parce que j'étais assez sonné et

1. Comme nous en avions reçu l'ordre nous avons libéré l'Égypte, la Lybie, la Tunisie et en Afrique du Nord il n'y a plus aucune force ennemie. Général Alexander.

puis, si j'étais dans un champ de mines, la première serait toute pour moi.

Bientôt les ambulanciers, alertés par le bruit trop connu de l'explosion d'une « télé-mine » arrivèrent. Je fus transporté dans une ambulance néo-zélandaise; on extirpa un bout de métal de ma cuisse, on la pansa, on me fit une piqûre calmante et on m'attacha au cou un ticket qui disait : « Can be transported. »

Je passai quelque temps sur l'aérodrome « Benito Mussolini », nouvelle piqûre, nouvel arrêt à l'aérodrome d'El Adem et enfin le Caire, hôpital de Kars-el-Nil.

Je n'avais en somme que des égratignures et je ne passais que dix jours à l'hôpital; mais dès le cinquième jour je passais mes journées au Gezira Sporting Club avec l'obligation de réintégrer l'hôpital avant six heures du soir.

Aucune suite désagréable à mes égratignures, sauf une légère surdité de l'oreille gauche, car l'explosion avait endommagé mon tympan et je garde à ce jour ce souvenir de mon court séjour en Tripolitaine.

Une fois de plus, le vent avait soufflé pour moi du bon côté.

Au Caire, je me replongeai facilement dans cette vie de civil en militaire. Mais les congés ont vite une fin dans l'armée. Me voici de nouveau intégré dans les services de « l'Intelligence » et promu au grade de commandant.

Mon département, car il y en a vingt-huit dans les services de l'Intelligence Britannique, est le tout-puissant S.I.M.E., [1] avec siège principal au Caire, mais dont les ramifications s'étendent à tout le Moyen-Orient. Mon nouveau grade me donne le rang de G.2., qui équivaut à sous-chef de réseau. Mon réseau, une fois de plus, concerne les affaires grecques.

La politique grecque du moment est un véritable panier de crabes. Les partis les plus opposés sont bien censés être unis contre l'ennemi commun, mais à mesure que l'issue de la guerre paraissait plus assurée, tous les partis commencèrent à faire des préparatifs pour prendre le pouvoir, au retour sur le sol sacré!

Nous avions dans nos rangs des monarchistes, des républicains, des socialistes, des communistes et même des anarchis-

1. Security Intelligence Middle-East.

tes. Comme vous le voyez, la rentrée des classes s'annonçait bruyante. Lorsque le cheval sent l'écurie, le train devint plus rapide.

L'effervescence nationale du caractère grec, se manifesta sans retard.

Nous eûmes des rébellions dans les forces de mer et de terre, suivies de remous violents dans les ministères en exil. Les ministres tombèrent et furent remplacés à une allure record. Que de noms se succédèrent : Tsouderos, Papandreou, Venizelos, Canellopoulos, Bodossakis, etc., etc.!

Les alliés ne savaient plus à quels saints de la Mythologie se vouer. Heureusement au-dessus de tout ce micmac, il y avait la personnalité du roi Georges, qui gardait une attitude toute de dignité et de réserve. Pour lui, seule l'opinion du peuple grec comptait. Le plébiscite de 1946 devait lui donner raison.

Je ne restai pas longtemps au Caire. Cette fois, une nouvelle mission me transporte à Alep. Je devais organiser un poste-contrôle pour filtrer les réfugiés qui arrivaient de Grèce, de Roumanie, de Bulgarie et même d'Allemagne.

La plupart de ces réfugiés étaient des juifs qui, grâce au « Foyer International Juif », avaient pu acheter un visa de sortie des pays occupé par les nazis. L'or juif et la concupiscence nazie sauvèrent beaucoup de ces malheureux. Ils arrivaient à Alep par voie ferrée, après des randonnées qui duraient parfois plusieurs semaines, parqués comme des animaux avec des femmes et enfants, ces derniers souvent en bas âge.

A l'arrivée en Turquie, chaque famille recevait sept livres turques, l'équivalent d'une livre sterling. Vous imaginez bien que cette modique subvention ne suffisait pas à nourrir une famille entière pendant les cinq ou six jours que durait le voyage Istanbul-Alep, car les autorités turques gardaient le train des réfugiés à Adana jusqu'à trois et quatre jours, sans raison apparente.

C'était donc dans un état de santé déplorable que ces malheureux arrivaient à notre poste de contrôle en gare d'Alep. Mon premier acte d'autorité fut de refuser de procéder aux interrogatoires et au contrôle des documents avant que des secours ne soient distribués.

J'eus recours pour cela, aux bons offices d'un docteur militaire français, le capitaine Bristol. S'il lit jamais ces lignes, qu'il sache que je respecte son anonymat, car Bristol était un nom de guerre qu'il avait adopté en quittant la France, pour ne pas compromettre les membres de sa famille demeurés en France occupée.

Grâce à lui, nous pûmes alerter le Foyer Juif à Tel Aviv, qui envoya immédiatement les secours nécessaires et même trois jeunes docteurs pour les premiers soins.

De notre côté, nous réquisitionnâmes une bâtisse dans l'enclave même de la gare et nous la transformâmes en poste de secours d'urgence. Alors seulement, nous pûmes, la conscience en repos, procéder aux interrogatoires.

Ces interrogatoires avaient deux buts principaux : en premier lieu, essayer de démasquer les agents que l'ennemi tentait de faire passer parmi les réfugiés et secundo obtenir des renseignements utiles sur la situation intérieure des pays occupés.

Durant mon séjour à Alep, le Poste-Contrôle révéla deux espions avec tout un matériel de sabotage. Je ne peux donc pas affirmer qu'il n'avait pas sa raison d'être. Mais la routine fastidieuse de ce genre de travail, avec toute sa paperasserie me pesait chaque jour davantage malgré une vie mondaine fort agréable à mes heures libres. Les Français, maîtres alors en Syrie étaient des compagnons charmants.

Les soirées bridge ou danse au Mess ne manquaient pas d'agrément. Un point noir au tableau de cette vie mondaine, les trains de réfugiés entraient en gare d'Alep entre quatre heures et six heures du matin et devaient repartir vers le sud avant trois heures de l'après-midi. Ceci rendait les veilles assez difficiles, aussi est-ce avec un sentiment de soulagement que je reçus l'ordre après neuf mois de service à Alep, de me rendre au Caire d'urgence.

Ma nouvelle mission n'allait pas manquer d'intérêt.

15

LE PÈRE NOËL 1941

Il y a l'Histoire avec un H majuscule et il y a la petite histoire, qui est son parent pauvre, soit qu'elle ait été jugée insignifiante par les historiens, soit qu'elle ait été ignorée par eux en raison du secret professionnel.

Je ne me décide à parler de ma petite histoire, que parce qu'elle pose un problème. La question est de savoir si les lois morales qui jugent les humbles mortels comme vous et moi, s'appliquent aussi à un personnage politique dans l'exercice de ses fonctions au service de son pays...

La mission qui est la mienne après mon départ d'Alep, est directement inspirée par les derniers déroulements de la guerre en Europe. En Grèce, le général Metaxas, ayant rejeté l'ultimatum italien, après avoir stoppé l'invasion de son pays, déclenche une contre-offensive qui refoule les Italiens jusqu'à l'Adriatique.

Mais une menace grave pèse sur la Grèce. Nos services de renseignements signalent de fortes concentrations de troupes nazies qui affluent vers les Balkans.

Il devient impératif pour le gouvernement britannique d'apprendre quelles sont les intentions, les possibilités et les nécessités du Commandement hellénique devant une attaque allemande par la Bulgarie et la Yougoslavie.

Le général Sir Archibald Wawell, commandant en chef en Moyen-Orient et son groupe, dont je fais partie à titre d'interprète, s'envolent vers Athènes, tandis que Sir Anthony Eden et ses conseillers y arrivent de leur côté en provenance de Londres...

Nous atterrissons de nuit sur l'aérodrome de Tatoï et sommes immédiatement conduits au Palais-Royal d'été où doit avoir lieu la Conférence...

Sir Anthony Eden y est déjà quand nous arrivons et la séance commence immédiatement.

Ma place est, en retrait, derrière le général Wawell. Je dois le tenir au courant des échanges qui ont lieu entre le Dictateur et le Secrétaire d'état car ces deux messieurs ont chacun leur interprète.

Avec des précisions irréfutables, Sir Anthony énuméra les mouvements des troupes allemandes en direction de la frontière du nord et du nord-est de la Grèce. Sur la base de ces informations, il était évident que Hitler se préparait à envahir le Grèce, d'autant plus que le passage par la Bulgarie, son alliée, était libre.

Lorsqu'il eut terminé son exposé et tiré ses conclusions, en bon diplomate, Sir Anthony n'ajouta rien, mais son silence était plus éloquent que ses paroles.

Le général Metaxas avait écouté le discours de Sir Anthony Eden en jouant avec son crayon et en dialoguant à voix basse, avec son interprète qui lui donnait les chiffres avancés par le Secrétaire d'état.

Nous étions en pleine Histoire avec un grand H.

Le général Metaxas prit la parole pour dire que ses informations coïncidaient en tous points avec ce qu'il venait d'entendre. La Grèce continuerait à défendre l'intégrité de son territoire national, mais que pouvait-on vraiment espérer, avec les ressources dont on disposait, contre les forces énumérées par Sir Anthony? Comme le Secrétaire d'état le savait, la Grèce avait refusé la présence des troupes britanniques sur son territoire, pour éviter la situation même qui se présentait aujourd'hui. Aujourd'hui donc, ce veto n'avait plus sa raison d'être, et il demandait à Sir Anthony quelles étaient les intentions de son gouvernement devant ce nouvel aspect du conflit.

C'était ce qu'attendait Sir Anthony. Il n'hésita pas une seconde pour affirmer :

– Nous vous offrons notre aide totale et inconditionnelle. C'est dans ce but que je suis ici comme porte-parole du Premier Ministre du Gouvernement de sa Majesté.

L'Histoire des historiens occupait toujours toute la salle.

Le général Metaxas hocha la tête plusieurs fois puis enchaîna à son tour :

– Jusqu'à présent, dit-il, la stratégie de l'ennemi a toujours reposé sur sa suprématie dans les airs. Dans ce domaine, nous n'avons presque rien à lui opposer. Ce dont nous avons un besoin urgent, c'est de garantir le ciel sur la tête de nos troupes, car étant donné la nature accidentée des terrains où « se livreront les premiers combats, nous disposons encore, pour le moment, d'un matériel humain suffisant. Ce qu'il nous faut... non pas demain... mais aujourd'hui même, ce sont dix escadrilles de chasse et dix escadrilles de bombardiers!!! ».

Très impressionné par le discours du général Metaxas, je l'avais traduit mot pour mot à mon Général qui était demeuré imperturbable.

Le silence autour de la table ronde, sur laquelle étaient maintenant étalées toutes les cartes du Haut Commandement hellénique, était impressionnant et tous les yeux étaient braqués sur le Secrétaire d'état.

Celui-ci, après s'être consulté avec un de ses conseillers, se décida enfin à rompre le silence :

– Nous sommes en tous points d'accord avec le général Metaxas et notre aide sera aussi importante et rapide que possible dit-il.

Il avait mis une certaine emphase sur le mot « possible ».

– Étant donné l'urgence dont a parlé le général Metaxas, je propose que nous fournissions au plus tôt cinq escadrilles de chasse, qui seront augmentées à raison d'une escadrille par mois jusqu'à atteindre le chiffre requis, ainsi que cinq escadrilles de bombardiers dans les mêmes conditions d'augmentation que celles de la chasse.

Mon Général n'avait pas eu besoin de mes services, car le Secrétaire d'état s'était exprimé en anglais... mais pour la première fois, il me semble qu'il avait perdu son impassibilité! A mesure que Sir Anthony parlait, il s'était redressé sur sa chaise... et fixait le Secrétaire d'état... N'ayant pu attirer son regard, il s'empara du bloc-notes qui était devant lui et me demanda de quoi écrire.

Je ne pus résister à la tentation de lire à son insu par-dessus son épaule, ce qu'il écrivait. Ce ne fut pas long. Le Général plia son papier en quatre et me pria de le remettre immédiatement à Sir Anthony.

Sir Anthony lut le message que je lui avais transmis, le plia à nouveau et le mit dans sa poche sans que rien sur son visage ne révéla l'impression que pouvait lui avoir causé la communication du général Wawell, car Dieu me pardonne mon indiscrétion, voici ce que lui avait écrit le Général : « Père Noël, puis-je en avoir aussi? »

Voilà donc ma « petite histoire », qui à part vous maintenant, n'est connue je crois que de Sir Anthony Eden, de Sir Archibald Wawell et de moi-même et voici votre problème.

Le général Metexas a demandé le ciel. Or l'Angleterre est engagée dans la plus gigantesque, la plus mortelle confrontation aérienne de tous les temps, dont dépendra le sort de la guerre et pour laquelle ses usines suffisent à peine à sa propre défense.

Sir Anthony ne le sait que trop bien. Sir Archibald le sait aussi et le soldat s'est étonné que le diplomate fasse des promesses qu'il ne pourra pas tenir. Quelle aurait donc dû être, d'après vous, l'attitude de Sir Anthony? Devait-il révéler la vérité?

La Grèce se serait peut-être résignée à cesser immédiatement un combat inégal, mais dont chaque jour d'existence servira aux alliés pour l'issue d'une cause commune!

– Quand on a le feu à la maison, on sacrifie la maisonnette voisine, quitte à aider à la rebâtir plus tard, lorsque l'on aura sauvé la maison!!

Vous connaissez les suites pour la Grèce : le Blitz! L'invasion! La longue occupation!... Et enfin la libération! J'aime savoir que le « père Noël 44 » a payé toutes les dettes du « Père Noël 41 ».

N.B. Sir Henry Wotten – ambassadeur lui-même a dit : « un ambassadeur est un honnête homme que l'on envoie à l'étranger pour mentir pour le bien de son pays! ».

16

LEROS

Winston Churchill, qui avait prévu la guerre avant ses compatriotes, avait aussi prévu les complications de la paix. Notre alliance avec les Soviets avait été dictée par les circonstances et nullement par affinité! Churchill voyait qu'une guerre froide allait inévitablement suivre la guerre tout court. Son but, bien avant 1943, était de tout faire pour faire tomber le rideau de fer aussi loin que possible du centre de l'Europe. Sa théorie était qu'il fallait envahir l'Europe par le Sud-Est, c'est-à-dire, à travers la Grèce, la Roumanie et la Bulgarie, et remonter vers l'Allemagne et l'Autriche par les Balkans.

Hélas! Nos alliés américains ne voyaient pas d'un bon œil une hégémonie franco-britannique de l'Europe. Contre cette hégémonie, ils jouèrent la carte communiste avec l'espoir d'entraîner les Soviets dans la guerre contre le Japon. Le géant U.S.A. est aussi borné dans sa politique étrangère que colossalement fort, et ce n'est pas peu dire. Nous payons bien cher l'aveuglement américain! et l'agonie cérébrale de Roosevelt à Yalta!

Winston Churchill était toujours au pouvoir en septembre 1943, lorsque Mussolini fit son plongeon. Bon gré, mal gré, les Américains durent accepter que des troupes britanniques occupent les îles de la mer Égée cédées par l'Italie. Pas toutes malheureusement, seulement celles où il n'y avait pas de garnison nazie comme c'était le cas à Rhodes et en Crète.

Ces îles étaient un merveilleux tremplin pour le projet de Churchill, l'attaque du bastion allemand par ce que l'on appelait « The soft belly of Europe », (le ventre mou de l'Europe).

Nous avions donc Cos, Leros, Samos, Kalimos, Stampalia. Cos et Samos, furent investies sans coup férir par la 3rd Independant Parachute Brigade. La Royal Navy et des navires grecs débarquèrent nos troupes à Leros, sous les acclamations des habitants, la plupart d'origine hellénique.

Le point faible de ces opérations était le manque d'aérodromes. Pour couvrir le ciel de nos nouvelles possessions, nous ne possédions qu'un seul aérodrome de fortune sur l'île de Cos. Cet aérodrome, en cas d'attaque, était quasiment indéfendable, car on pouvait y avoir accès par mer de tous les côtés.

De retour au Caire, on m'annonça mes nouvelles fonctions. Je dois assurer le contre-espionnage et le renseignement auprès de l'Egean Force. Ce choix résulte encore une fois, du fait que je parle le grec et l'italien. On me confia que, des îles de la mer Égée, si tout va bien, partira l'expédition qui doit libérer la Grèce. Si tout va bien!!! L'homme propose et le Dieu de la guerre dispose!

Je partis immédiatement pour reconnaître les lieux et me rendre compte des nécessités de mes nouvelles fonctions.

J'arrivai à Cos, via Haïfa, dans un avion de la R.A.F., et de là je m'embarquai pour Leros dans un caïque de la S.B.S. [1]. C'était à Leros que se trouvait le quartier général de l'Egean Force sous les ordres du général Britorous. Celui-ci avait commandé la place de la Valette à Malte et, avec l'immuable logique des autorités britanniques, il devait avoir une compétence parfaite pour défendre une île.

Malheureusement, le séjour du général Britorous à Malte, sous les bombardements continuels, avait eu un effet néfaste sur ses nerfs. Il était tout simplement devenu « bombhappy » c'est-à-dire qu'il était allergique aux bombes et aux îles!

Il souffrait aussi d'une espionnite aiguë et voyait un espion dans chaque paysan qui passait devant ses quartiers. Il me convoquait à toute heure du jour et de la nuit pour interroger un malheureux Lerosien qui avait eu la malencontreuse idée de se trouver dans son voisinage.

Or, nous subissions quotidiennement des bombardements aériens, ce qui n'améliorait en rien les dispositions du général,

1. Special boat Service.

et m'occasionnait... bombes ou pas bombes, des trajets continuels de Monte-Meraviglia, où je gîtais provisoirement, à la caverne du général qui était à plus d'un kilomètre de distance.

A ce régime, je décidai que je devais m'adjoindre une escouade de « Field Security »... et un officier, pour tenir compagnie au général Britorous.

Je repartis donc pour le Caire. Cette fois, un contre-torpilleur me fit faire le voyage Leros-Alexandrie. Je restai au Caire le temps de faire mon rapport et ayant obtenu gain de cause, accompagné du capitaine Robinson, du sergent Mullery, du caporal Donovan et de trois hommes, je retournai à Leros.

Ces quelques jours en Égypte, avec sous les yeux, les rapports confidentiels et les renseignements de nos services, suffirent pour faire naître en moi de sombres pressentiments. Les Allemands semblaient s'acharner sur les îles, en cas d'invasion il était évident que nos chances de nous y maintenir étaient très minces.

En attendant le départ, mon petit groupe et moi passâmes nos deux derniers jours au « Transit Camp 90 » à Sidi Bishr. Enfin, on nous plaça sur un hydravion italien, un « Cant 476 » dont le pilote était le « Teniente » Armando Russo, un petit Italien très brun et avec un grand sourire.

Tout le personnel à bord de l'hydravion était italien, sauf l'opérateur de la radio qui était anglais.

La première étape du retour était l'île de Castelorizzo et de là par mer, à Leros.

Les autres passagers étaient trois officiers anglais, mais tous nos bagages avaient été mis sur l'avion qui transportait le reste de l'expédition, un Sunderland.

Malgré la précaution de nous alléger au maximum, le départ fut assez laborieux. La mer, dans la baie d'Abukir, était houleuse et notre hydravion faisait sur les vagues des bonds que lui aurait envié un cheval de rodéo... Enfin, une vague amie nous projeta plus haut que les autres... et nous restâmes dans les airs! Bientôt Abukir et Alexandrie disparurent à l'horizon.

L'officier supérieur de notre petit groupe, était le lieutenant-colonel Layzel. Il prit son rôle très au sérieux et m'enjoignit de servir la mitrailleuse « Breda » en queue d'avion. Je lâchai quelques rafales, ce qui me mit en confiance, mais dès que l'avion eut mis le cap sur Castelorizzo, je me trouvai face au soleil. Ayant réclamé en vain des lunettes de soleil, je me trouvai complètement aveuglé. Fort heureusement, la gloire d'abattre un avion ennemi, pour ma première sortie comme « airgunner », me fut refusée et le « Cant 476 » amerrit à Castelorizzo à seize heures, sans mon aide!

Un roc déserté par Dieu et par les hommes. Aucun signe de vie. Des maisons suspendues sur la falaise, crevées par les bombardements.

Nous ne perdîmes pas de temps dans le petit port de l'île. Le Sunderland, qui transportait le remplaçant du général Britorous, brigadier général Robert Tilney, avait amerri avec nos bagages quelques instants avant nous. Trois M.T.B. attendaient pour nous transporter à Leros. Ma place était sur le M.T.B. 845.

Si notre voyage en avion n'avait pas été épargné par les secousses de nombreuses poches d'air, celui en M.T.D. fut un perpétuel ricochet, et à trente nœuds, l'équilibre à bord fut un problème que je n'arrivai pas à résoudre. Je me retrouvai plus d'une fois sur la partie la plus charnue de ma personne, avec la perte de ma montre bracelet que j'écrasai contre une rambarde et qui ne marquera plus jamais l'heure, durant tout le temps de ma villégiature à Leros.

Nous arrivâmes à Leros par un superbe clair de lune. Sur la jetée de Santa Margharita, tous mes amis attendaient le renfort. Je retrouve Captain Baker S.N.O. [1], Frank Ramseyer, lieutenant Allan Phipps cousin de la Reine d'Angleterre, lieutenant Tony Greck Major Sutherland S.B.S. On m'annonce que je suis le seul ex-lerosien qui, ayant eu l'occasion de se barrer, à l'idée saugrenue de se refourer dans ce guêpier. Par ailleurs, on m'annonce une bonne nouvelle : ma place au mess de la Royal Navy m'attend.

4 novembre 1943 – Mon premier jour à Leros est assez calme. Les incursions aériennes ennemies sont peu nombreuses, six seulement, mais du genre vol de reconnaissance. J'ai l'impression que l'on nous photographie. Le temps est parfait. Je fais le projet d'aller pêcher au nord de l'île, où l'on me dit qu'un transport italien, plein de viande, a été coulé, ce qui fait de cette côte un paradis des poissons. Le calme de cette première journée me rend optimiste. Les nazis auraient-ils abandonné l'idée d'attaquer l'île?

1. Senior Naval officer.

Mon ami Stéfo Casulli, du S.B.S. [1], est convaincu qu'il n'y aura pas d'invasion. Les Allemands, d'après lui, évacueront Cos, Kalymnos, Rhodes, etc. Bien au contraire, nous débarquerons à Athènes avant la fin de l'hiver. Je ne suis pas de cet avis et je ne cache pas mon opinion à Casulli.

Pendant les dix jours que j'ai passés en Égypte, il y a eu plusieurs changements dans la garnison : le général Britorous a été remplacé par le général Robert Tilney et le colonel Douglas Brown est chargé de l'artillerie.

L'île même a été divisée en quatre secteurs. Elle a en effet la forme d'un diabolo. Chaque secteur a un bataillon autonome :

– Portolago, les L.R.D.G., lieutenant-colonel Prendergast.

– Blefuti, avec le « 4e Buffs », lieutenant-colonel Ingleton.

– Scumbarda et Partheni, avec « the Queen's Own Regiment », lieutenant-colonel Edgeton.

L'artillerie du colonel Brown possède quatre canons de 24 pounds et une douzaine de bofors.

5 novembre 1943 – Ma place au mess de la Royal Navy m'a donc été conservée et je suis enchanté de gîter dans notre petite maison rose, au milieu des oliviers, à cent mètres de la baie de Santa Margharita.

A chaque signal annonçant un raid ennemi, je me réfugie sous le même olivier... Pourquoi est-ce que j'opte pour la protection des branches d'olivier, au lieu de me réfugier dans une de nos nombreuses tranchées? C'est un mystère. J'ai instinctivement, l'impression que tant que j'aurai sur ma tête ces rameaux d'olivier, rien ne peut m'arriver. Ma superstition, dont on s'est beaucoup amusé, commence d'ailleurs à gagner du terrain, et bientôt David Sutherland me rejoint sous mon olivier.

Ma première visite officielle est pour le « Comando Supremo Egeo ». Je retrouve l'amiral Enrico Mascherpa avec son second, le commandant Luigi Borghi, dans l'abri souterrain du « Poste de Transmission » de l'île, à Portolago. L'amiral Mascherpa me reçoit avec une effusion toute latine. Il va pouvoir enfin parler à un Anglais dans sa propre langue, avec son accent musical de Vénitien :

– Pourquoi n'attaque-t-on pas Rhodes? Où sont donc ces

1. Special Boat Service.

« Forteresses Volantes » dont on parle tellement, mais dont on ne voit jamais la queue à Leros? Pourquoi ne réagissons-nous pas aux bombardements nazis? Où sont aussi les fameux « Spitfires »? Que pense-t-on de l'amiral Mascherpa au Caire? Y a-t-il un plan allié pour les îles de la mer Égée?

Où? Quand? Quoi? Pourquoi?

Ah! Si l'on se battait avec des mots, Leros serait à l'abri de toute défaillance!

La situation intérieure dans l'île est d'ailleurs aussi très compliquée. Les Italiens sont sur Leros. Nous en sommes présentement les véritables occupants, mais les Grecs ont aussi leur mot à dire puisque la population est aux trois quarts grecque.

Le général Hall « G.O.C. Egean » a reçu l'ordre de déplacer l'amiral Mascherpa, dont l'autorité contredit la sienne. C'est plus facile à dire qu'à faire. Le général Hall m'envoie aux nouvelles, pour découvrir quelles seraient les réactions italiennes, s'il imposait le départ de l'amiral Mascherpa.

Je suis immédiatement fixé.

L'amiral s'attend à ce que l'on fasse pression sur lui. Il n'acceptera aucun compromis et se plaint de l'indifférence dont il est l'objet de la part du nouveau commandement britannique, qui ne l'a encore ni visité, ni convoqué.

– En fait, me dit-il, vous êtes le premier officier britannique qui me montre quelque égard. Io, caro Bally, non mi muovo.

– Je ne bougerai sous aucun prétexte.

Il refusa tout net de se rendre au Caire pour participer à une conférence militaire avec le général Wilson.

– Je suis ici par ordre de sa Majesté le Roi d'Italie. Je ne reconnais aucune autorité sur l'île, supérieure à la mienne. Tout ordre doit me venir par voie du général Badoglio.

Le commandant Borghi – le meilleur officier italien à notre point de vue – me prend de côté pour me dire que la garnison italienne n'attend qu'une bonne raison pour faire la grève des bras croisés. Le départ de Mascherpa, contre son gré, serait l'occasion idéale.

Je fais mon rapport au général Hall et il me convoque à nouveau, pour que je donne mon opinion, devant un conseil de guerre secret, auquel prennent part le général Tilmey, le capitaine Baker, le lieutenant-colonel Schoefielf, « Civil Affairs », et George Jellicoe, S.B.S.

J'insiste, sur le fait qu'étant donné les circonstances, il semble peu recommandé d'avoir une rebellion sur les bras. A mon avis le général Hall devrait demander au général Wilson de renvoyer à plus tard la décision de déplacer l'amiral Mascherpa.

La seule opposition à ma recommandation vient du lieutenant-colonel Schoefield, dont l'autorité sur la population civile de l'île est souvent contrariée par les décisions de l'amiral. Mascherpa est très populaire auprès des civils de l'île. Son amie est grecque et cela influe sur ses sentiments envers les insulaires. Après une discussion très animée, monsieur « Civil Affairs » est mis en minorité et il est décidé que la guerre est plus importante que les rapports entre le lieutenant-colonel Schoefield et l'amiral Mascherpa.

Et ainsi l'amiral gagne une partie dont il est l'enjeu et sans le savoir y perd la vie. Fait prisonnier par les Allemands lors de la prise de Leros, il fut livré aux fascistes qui le fusillèrent!

– 7 novembre 1943 – Les actions aériennes de l'ennemi augmentent sans cesse d'intensité. Hier j'ai pu compter vingt-sept sorties. Aujourd'hui quarante-cinq. Les tranchées individuelles sont en grande demande et comme de bien entendu les premières victimes sont des sapeurs hindous. Il y a toujours un avion ennemi dans le ciel de l'île.

Il est midi. Je reviens de la « Naval Intelligence Room », sur l'île de Leros. Les nouvelles sont plus qu'inquiétantes. J'ai pu voir sur la carte d'état-major, épinglée au mur, que l'ennemi a complètement encerclé l'île et que l'invasion par mer et par les airs n'est plus qu'une question de jours, voire même d'heures.

Quelles sont nos chances? Je ne sais pas. On verra bien.

Avec ces pensées, je retourne à mon poste, quand je suis surpris en terrain découvert par un avion nazi en maraude. Je me trouve à mi-chemin sur la pente d'une petite colline, sans le moindre abri à proximité. Comme pis aller, je me plaque au sol.

L'avion vire, pique et lâche une bombe. Médusé, incapable de faire un mouvement, je regarde venir la bombe. Elle semble tomber droit sur moi. Je distingue très clairement ses ailettes... et même la direction dans laquelle elles tournent. Est-ce ma dernière minute, ma dernière seconde? Tout se passe si vite. Mais non! La bombe rate de peu le haut de la colline et fait explosion, en contrebas, du côté opposé à celui sur lequel je me trouve, me couvrant de pierres et de terre. Pas seulement de pierres et de terre, car un objet coloré atterrit près de moi. Je n'en crois pas mes yeux... C'est un scapulaire, en étoffe piquée de perles bleues, avec une croix en perles rouges au centre.

Ce scapulaire tombé du ciel, je l'ai gardé avec moi durant tout mon séjour dans les îles de la mer Égée, un séjour assez agité : de Cos à Leros, de Leros à Ikaria, d'Ikaria à Samos, de Samos à Kusadasi.

Et à chaque fois, j'ai évité de justesse le pire.

Mon odyssée prend fin en Turquie, en décembre 1943.

Mon scapulaire auquel j'accorde des dons miraculeux ne me quitte pas, mais je décide de le déposer en « Ex-Voto », dans la cathédrale de Smyrne, devant l'autel de la Sainte Vierge.

A deux reprises, j'avais rêvé éveillé. Vous connaissez tous ces états, ces courts moments durant lesquels les yeux grands ouverts, on ne regarde rien car notre vision n'est plus touchée par l'extérieur. On vit, on voit en dedans de soi. A deux reprises donc, dans cet état qui s'apparente à une hypnose, j'avais vu le visage de ma mère. Cette vision me suggérait que le scapulaire devait être déposé dans un lieu sacré. J'étais décidé à obéir.

Je suis donc à Smyrne. Il est de nouveau midi. Je pénètre dans la cathédrale, serrant dans ma main gauche mon scapulaire, avec l'émotion que l'on éprouve quand on se prépare à quitter pour toujours un ami. Je m'approche de l'autel sur lequel se trouve la statue de la Sainte Vierge. Elle semble m'accueillir et je me rappelle que dans notre enfance, toutes les Saintes Vierges ressemblaient à nos mères. Cette Sainte Vierge me ramène à mon enfance.

Je m'agenouille. Je fais une courte prière et je me relève. Je tends la main qui tient le scapulaire... ma main est vide.

Le scapulaire est introuvable. Il a disparu comme il est venu... peut-être vers d'autres missions...

Il ne me reste que la faculté de croire.

Mais, en ce 7 novembre 1943, je n'imagine rien de cette stupéfiante odyssée. Je me contente de revenir à mon poste, légèrement choqué et serrant dans ma main ce scapulaire mystérieux.

L'île de Leros est la cible favorite de la Luftwaffe. On n'a vraiment plus le temps de se mettre à l'abri, les avions ennemis décollent de plusieurs aérodromes situés pour la plupart à moins de dix minutes de vol. Nous sommes bel et bien entourés. Le ciel est toujours plein de « Junkers » et de « Heinkel », quel que soit le point que l'on regarde. Les « Ju 88 », les « Stukas », se concentrent sur notre quartier général à Monte-Méraviglia.

On me dit que nous avons abattu deux avions aujourd'hui. Comme la nouvelle nous vient des artilleurs italiens, je n'y crois pas beaucoup. Georges Jellicoe décrit ainsi les Stukas : « Ces sales bêtes avec leurs jambes pendantes. »

Même les morts n'ont pas la paix à Leros. Le cimetière au-dessus de Aghia Margharita reçoit un coup direct... Les morts sortent de leurs tombeaux. On dirait une scène du Jugement Dernier... Sur la route, sur le cimetière, il pleut des crânes et des tibias!

Hier, soixante-quinze sorties... Aujourd'hui le chiffre atteint quatre-vingt-cinq sorties.

Des bombes tout le temps et partout.

Un dépôt de munitions sur le mont Clidi est touché... Le feu se répand et des explosions secouent la montagne, à mesure que le feu se propage. Clidi donne une bonne imitation de l'Etna. Un autre dépôt est touché... Cette fois il s'agit de munitions d'armes légères... Les boîtes explosent et nos propres balles pètent dans tous les sens.

Leros est un véritable enfer!

9 novembre 1943 – Après avoir fait la tournée de nos propres troupes, Robert Tilney décide de visiter les artilleurs italiens des batteries antiaériennes. Il me prend comme interprète.

Nous partons à l'aube, parfois en jeep, mais la plupart du temps à pied. Nous sommes souvent repérés par l'air et je crois que les bandes rouges du général et du colonel Brown n'échappent pas aux excellentes jumelles Zeiss des aviateurs nazis.

Nous étions en train de plaisanter le général, en lui disant qu'il attirait l'attention des aviateurs ennemis, lorsque la plaisanterie faillit mal finir. Un « Junker 88 » nous repéra alors que nous étions en terrain découvert. Il fit demi-tour et piqua sur notre groupe tandis que nous essayions de nous éparpiller dans la nature. Il lâcha deux bombes de petit calibre; nous n'avions plus qu'à nous jeter à plat ventre et... espérer! Fort heureusement la Luftwaffe doit avoir envoyé son plus mauvais viseur, car les deux bombes éclatèrent à une cinquantaine de mètres de nous.

En se levant, le colonel Brown fit remarquer qu'il n'avait plus l'âge de ce genre d'exercices... « rockclimbing and rockcrawling ».

Enfin nous pûmes terminer notre tournée des batteries italiennes. Mon impression de nos alliés fut plutôt médiocre. Le moral est bas. Comme le dit un officier :

– Vous, au moins, vous vous battez pour quelque chose. Mais nous, nous avons déjà perdu la guerre et nous devons continuer à nous battre sans savoir pourquoi.

Il n'avait pas tout à fait tort.

Les artilleurs des antiaériens continuaient bien à tirer sur les avions, mais ne leur demandez pas de faire le coup de feu comme fantassins, si les nazis débarquent.

Pourquoi devons-nous espérer qu'ils se battront mieux pour nous qu'ils ont fait contre nous?

10 novembre 1943 – Les raids ennemis continuent. Nous avions miné un pont qui reliait Portolago à Méraviglia. Quand tous les explosifs furent bien en place, un avion lâcha un chapelet de bombes qui firent sauter les mines. Du travail doublement bien fait.

Malgré leur intensité, les bombardements aériens passent au second plan. Notre service de renseignements de l'Air et celui de la Royal Navy coïncident pour nous informer que de fortes concentrations navales, de tous tonnages, naviguent vers Leros. Des péniches d'invasion, des caïques à moteurs, des E. Boot et même deux torpilleurs.

Il n'y a plus aucun doute : l'invasion est pour très bientôt.

Tout le monde reçoit l'ordre de ne plus quitter son poste de combat. Mon trou est dans le secteur central, Méraviglia. Je partage le poste avec une unité des R.I.F., sous les ordres du major Blood. Le lieutenant Percy est le troisième officier de ce groupe.

Nous sommes à mi-chemin de la montagne. Le général Tilney m'explique ce que sera mon rôle durant la bataille. Je dois rétablir la liaison entre les secteurs, si la liaison normale est coupée. Je crois comprendre que je devrai traverser les lignes ennemies – rien que ça! Dans le cas où ce serait notre quartier général qui serait coupé des autres secteurs, je devrai atteindre les points 39 ou 43, sur la côte ouest, où des M.L.S. de la marine ont l'ordre de se trouver chaque nuit entre minuit et trois heures du matin.

De mon observatoire, je regarde le panorama qui s'étend devant moi. Il est plutôt dénué de tout ce qui pourrait faire passer inaperçu un promeneur – or, je ne suis ni l'homme invisible, ni de descendance peau-rouge! Mais je suis fataliste : j'en ai donc pris mon parti.

Ce qui me tracasse en ce moment, c'est combien mon nouveau refuge est inconfortable. Nous couchons en plein air avec une seule couverture et notre havresac comme coussin. Bientôt, nous avons tous bien mauvaise mine. A cause de la pénurie d'eau, nous ne nous rasons pas et notre barbe est déjà recouverte d'une fine poussière ocrée. Quant à mes cheveux, les « Beatles » n'ont rien inventé! La barbe du lieutenant est rouge feu!...

11 novembre 1943 – Ce matin encore tout est calme. Du haut de notre position, la mer Égée est un véritable spectacle de beauté. Je me rappelle la légende grecque qui veut que Zeus, ayant fait le monde, regarda son œuvre avec satisfaction et se frotta les mains : les petites particules qui tombèrent dans la mer, des mains du créateur, devinrent les Iles de la mer Égée.

Actuellement ce qui nous tombe du ciel est d'une autre nature...

Midi. Je retourne à Navy House, juste à temps pour prendre ma position habituelle sous mon olivier, car le bombardement a repris. Navy House reçoit deux bombes de petit calibre qui endommagent surtout les plâtres. Des « Junkers » suivent les « Stukas »... Contre les premiers qui mitraillent au sol..., mon petit olivier est une bien maigre protection.

Je suis en train de discuter le coup avec George Jellicoe, lorsqu'une estafette m'apporte l'ordre de me rendre immédiatement au Secteur Central où m'attend le général Hall. Celui-ci m'informe qu'il doit se rendre à Samos et que je fais partie de l'expédition. Le brigadier Tilney me prend à part pour me dire qu'il a la promesse du général Hall que je retournerai à Leros, dès que ma mission à Samos sera terminée, mais qu'un officier parlant le grec et l'italien est absolument nécessaire à Samos.

Nous partirons avec la nuit.

Je visite mes amis du « Special Boat Service », ainsi que ceux du « Long Range Desert group ». Je constate qu'un certain optimisme prévaut. En effet, des nouvelles provenant de nos services en Grèce occupée, annoncent l'arrivée d'un régiment de parachutistes nazis au sud du Péloponèse. Or la conformation montagneuse de Leros semble exclure une attaque par parachutistes. Ce n'est pas le cas pour Samos et mes amis en tirent la conclusion que l'objectif numéro un, sera Samos. Quant au mouvement des transports ennemis, c'est un bluff et ils seront détournés sur Samos au dernier moment.

On me souhaite bonne chance... puisque je vais à Samos, qui sera attaquée avant Leros. Tout cela est très plausible.

Je retourne au quartier général pour me mettre à la disposition du général Hall... En traversant l'oliveraie, je dois me réfugier entre les rochers, car une quinzaine de bombes sont lâchées autour de nous. De ces quinze, une dizaine n'explosent pas et rebondissent dans toutes les directions. L'oliveraie n'en devient pas moins assez dangereuse, car on ne sait jamais si ces bombes ne sont pas des bombes à retardement. J'attends sur mon sac.

17

SAMOS OU LES VRAIS CANONS DE NAVARONE

Il est vingt heures. Nous embarquons pour Samos sur un poseur de mines. La pleine lune se lève sur l'horizon. Elle est rousse. Une lune rousse est toujours pour moi un mauvais présage. Le poseur de mines quitte silencieusement Alinda Bay. La mer est comme un miroir... Il fait froid... Nous naviguons toutes lumières éteintes, mais il fait clair comme en plein jour. Soudain le calme est rompu... d'abord par le ronronnement d'un avion... puis par son apparition dans le ciel. Il pique droit sur nous : c'est un « Stuka ».

Nous sommes déjà à environ deux kilomètres de notre point de départ. Le poseur de mines zigzague... Et la première bombe manque son but... Mais la seconde nous touche devant l'unique cheminée... La troisième nous manque aussi et éclate dans l'eau à tribord... Le poseur de mines a quand même des avaries dans ses moteurs. Tout semble arrêté à bord. Nous dérivons lentement, l'électricité est coupée. L'oiseau de nuit nous a à sa merci... mais non, il n'a plus de bombes.

La radio d'urgence fonctionne. Nous envoyons des S.O.S. Il y a des morts et des blessés à bord. Bientôt deux M.L. arrivent sur les lieux et nous prennent en remorque. On retourne à Leros. C'est une sensation très désagréable que d'être bombardé en mer. Je connais déjà ça!

Vingt-trois heures. Le général Hall décide qu'il faut encore essayer de joindre Samos. On a réparé tant bien que mal le poseur de mines... et on repart. Cette fois la lune est à son zénith. J'entends Frank Ramseyer qui me crie :

– Good Luck, Max, remember to keep your head down!

– Bonne chance, Max, n'oublie pas de garder la tête baissée, recommandation classique au golf.

Je n'ai pas besoin de ce conseil.

12 novembre 1943 – Trois heures... une aube glacée. Je me suis endormi sur mon sac de couchage. Je suis transi, lorsque je suis réveillé par un matelot qui a besoin des cordages sur lesquels j'ai posé mon sac :

– Tighani, sir, me dit-il.

Sur le petit quai de ce second port de Samos, le brigadier Baird et le colonel Peerson attendent le général Hall.

Il n'y a pas assez de transports pour caser tous les passagers; mais comme je sais où aller, à Vathy, car on m'a assigné au mess du S.B.S., je trouve un passage sur une jeep italienne. Arrivé à Vathy, je réveille le capitaine Jim Gibbon F.S.O. [1] et l'on me donne un sommier pour terminer la nuit.

Six heures... On ne me laisse pas dormir longtemps. Je suis réveillé par le sergent Economides de l'F.B.S. [2] qui m'annonce que l'invasion de Leros a commencé à cinq heures et qu'une autre flotte d'invasion se dirige vers Samos.

Je suis tout de suite très réveillé. Je m'attends à voir tomber les parachutistes que mes amis de Leros m'ont annoncés. Je ne sais vraiment pas où j'en suis. Je n'ai aucune indication, ni aucune directive. En moins de temps qu'il n'en faut pour l'écrire, je suis déjà dehors pour me rendre au quartier général de Samos.

Six heures trente... Je trouve au quartier général une pagaille monstre. Le général Hall est introuvable. Personne ne me connaît.

Je finis par avoir des nouvelles. L'attaque de Leros est bien confirmée, mais la flotte qui doit envahir Samos n'a existé, pour le moment, que dans l'imagination de celui qui a informé le sergent Economides.

C'est partie remise. Mes pensées vont vers ces camarades que j'ai quittés il y a à peine quelques heures, vers ma petite maison rose qui doit être en plein dans la bagarre.

Huit heures... Les nouvelles affluent : les nazis ont débarqué sur trois points. Il semblent avoir été repoussés sur deux de ces points, mais ils ont pris pied à Blefuti. Il fallait le prévoir.

1. Field Security Officer.
2. Field Base security. Police militaire.

Ce coin de la côte n'avait qu'une garnison de chemises noires fascistes, qui n'avaient aucune envie de se battre. Je me répète, pourquoi devons-nous espérer que les Italiens se battront pour nous, mieux qu'ils l'ont fait contre nous?

A ce moment, le colonel Laky Tsigantes, qui commande la Légion Sacrée grecque (Ieros Lohos) arrive au quartier général. La Légion Sacrée bivouaque à Kokino Pirgo. Nous discutons le coup. Il est très intéressé par mon opinion, car je connais bien la situation à Leros. Il est indispensable que les îles de la mer Égée dépendent de l'issue de la bataille de Leros. Samos laissée à elle-même, tomberait comme un fruit mûr.

Le 13 novembre 1943 – Deux compagnies des « Royal West Kent » partent pour Leros. Ils embarquent sur un contre-torpilleur. Pour la défense de Samos, il ne reste donc plus sur place qu'une compagnie des R.W.K. et la Légion Sacrée.

Les nouvelles de Leros sont mauvaises : les Allemands ont pris pied sur plusieurs points, grâce à leur maîtrise de l'air. Les « Royal Irish Fusiliers » ont contre-attaqué sans pouvoir libérer la taille de guêpe de l'île et ont subi de grosses pertes. La Luftwaffe a fait hier deux cent cinquante sorties. Ce doit être infernal pour les défenseurs de Leros.

Le même jour nous parvient une bonne nouvelle. Mont Clidi qui avait été investi par des parachutistes allemands a été reconquis par le « 4e Buffs ». Comment cette crête rocheuse a-t-elle pu être reprise par l'infanterie britannique est un véritable mystère. C'est un nid d'aigle. Je veux bien comprendre qu'une attaque surprise par des parachutistes aît pu maîtriser la petite garnison des batteries anti-aériennes, mais reprendre Clidi en remontant cette montagne abrupte, me remplit d'admiration! J'aurais cru qu'on aurait pu défendre Mont Clidi à coups de pierres!

Le brigadier Tilney, radio-diffusant ce succès n'en dit pas moins que, maintenant, toutes ses réserves sont engagées... Il réclame de nouveaux renforts.

15 novembre 1943 – Une attaque de parachutistes nazis a coupé lîle en deux. Il n'y a plus de liaisons entre les secteurs. Le bruit court que les Italiens se sont rendus. Une nouvelle, par radio de Tilney, présage le pire : « Nous faisons de notre mieux. »

A Samos on commence à paniquer. L'ordre est venu d'envoyer à Leros la Légion Sacrée. Des renforts ennemis continuent à affluer sur Leros. La bataille continue sans cohésion, dans chaque secteur séparément. On nous annonce que ce dernier jour la Luftwaffe a fait sur l'île quatre cent soixante sorties. C'est presque impossible à imaginer : à raison de dix bombes par avion, cela fait plus d'une bombe par seconde pendant les douze heures de la journée. Ajoutez à cela les mitraillages du sol.

Vingt-deux heures... La Légion Sacrée est sur le quai. Je me suis proposé comme guide, mais le général Hall a refusé. J'empêche un incident fort désagréable. Au moment de la convocation de la Légion Sacrée, son colonel Tsigantes a été introuvable. Il a fait enfin une apparition fort bruyante sur le quai et une altercation a eu lieu entre lui et le général Baird. Tsigantes se plaint de ne pas avoir été informé à temps, en termes violents, mais heureusement en grec. Baird lui aussi se plaint de Tsigantes en termes assez durs. Je traduis, en évitant tous les gros mots et toutes les provocations des deux héros de cette scène. Baird ne connaît pas un mot de grec et le peu d'anglais que connaît Tsigantes a sombré dans la quantité généreuse de vin de Samos qu'a ingurgité le colonel et ainsi, bientôt chacun étonné des bienveillantes réactions aux invectives de l'autres, la discussion finit par prendre une tournure presque amicale.

Mais Leros est tombé et le départ du «Ieros Lohos» est annulé au moment où le bataillon est déjà à bord.

16 Novembre 1943 – Leros est tombé. Le dernier message de Tilney disait :

– Nous avons fait tout ce que nous avons pu.

Puis c'est le silence!

Samos est maintenant la seule île entre nos mains.

La situation militaire à Samos est la suivante :

– britanniques : 250 hommes entre officiers et soldats, dont une compagnie de R.W.K.

– Légion Sacrée : total 320.

– Division italienne, la « Cuneo » : 5 000 hommes, moral plutôt bas...

Pas de canons, quelques mortiers, peu de munitions.

A regarder ces chiffres, il est évident qu'en cas d'attaque nos chances sont minimes.

J'essaie d'apprendre quelles sont les intentions du commandement. Première nouvelle : le général Hall a quitté lîle et se trouve déjà en Turquie. Tsigantes et moi visitons le Major Richard Léa, officier de liaison, afin de savoir ce que l'on attend de nous.

Douze heures trente, le 17 novembre 1943 – Un avion nazi passe dans le ciel de Samos. Ce n'est pas un avion de reconnaissance. C'est un « Stuka », il pique droit sur nous.

Andy Lassen, S.B.S., donne l'alerte et déjà la première bombe rebondit, pirouette plusieurs fois sur les pavés où nous nous trouvons et... n'explose pas! La seconde, coupe en deux la coupole de l'église catholique de l'autre côté de la rue.

Soudain le ciel se remplit de croix gammées... Les bombes pleuvent. Depuis la chute de Leros, la Luftwaffe peut concentrer tous ses avions sur Samos et en particulier sur Vathy, sa capitale.

Je dois rejoindre le Mess de la S.B.S. Ce n'est pas facile car la ville s'effondre de tous côtés. Sans la moindre opposition, les nazis font pleuvoir leurs bombes, puis plongent et mitraillent les rues... Après les bombes explosives, les incendiaires. Ce qui est encore debout, flambe.

Je « sprinte » de rue en rue, alors que des murs s'effondrent autour de moi. Le lieutenant Savage, qui me suit, tombe. Je reviens sur mes pas pour l'aider, mais déjà il se relève et sautant sur un pied, il atteint avec moi l'abri italien qui, miraculeusement, est encore debout. La maison des S.B.S. reçoit un coup direct et écrase, sous les décombres, deux soldats qui sont tués sur le coup.

Il est impossible de s'orienter. On ne peut se rendre compte si l'on court vers la mort ou si l'on s'en éloigne.

J'arrive enfin en rase campagne. Deux gosses ont eu l'idée saugrenue de se cacher dans un dépôt de « gasolina ». Je les oblige à le quitter et nous nous réfugions dans un cratère. On dit que les bombes ne tombent jamais deux fois au même endroit. Espérons-le!

Les deux petits garçons semblent trouver l'aventure amusante, ils imitent le bruit des avions! De notre cratère, nous sommes aux premières places pour voir toute la dévastation subie par la charmante petite ville de Vathy. L'hôpital a été sauvé par un prisonnier allemand qui a couru sur le toit en agitant un drapeau blanc. L'immeuble avait déjà reçu une ou deux bombes, mais grâce à l'intervention de l'Allemand, il sera désormais épargné.

Quatorze heures quarante-cinq... Tout est fini.

Comme des oiseaux de proie une fois leur festin terminé, les croix noires ont déserté le ciel et les ruines de Vathy. Ce raid terroriste doit servir de leçon aux Turcs, car Samos est bien en vue de la côte turque. Smyrne et Kusadasi sont de l'autre côté de l'eau et les Allemands se sont acharnés sur Vathy pour bien montrer aux Turcs ce qu'ils feraient à leurs villes, s'ils se joignaient aux alliés.

Une fois de plus, notre présence a semé la mort et la désolation, sans que nous puissions empêcher le désastre qui s'est abattu sur ceux qui nous avaient fait confiance.

Une fois de plus, une paisible population civile est écrasée sous les ruines de ses foyers. Des femmes et des enfants sont victimes de notre impuissance à les protéger. Je vois des larmes, du sang, des ruines. Je ne peux regarder en face ces malheureux, hébétés, qui cherchent dans les décombres de leur maison ce qui pourrait encore être sauvé. La mort d'un soldat est dans la norme de la guerre, mais pas celle des femmes et des enfants.

Nous essayons de nous rendre utiles. Je transporte des blessés à l'hôpital. Je ne peux pas faire grand chose, car je suis moralement et physiquement exténué.

La nuit tombe. L'obscurité n'est troublée que par les flammes et le silence par les aboiements des chiens qui hurlent à la mort.

Les guérillos, les « Andartes » grecs, se montrent sous leur véritable jour. Tant qu'il n'y avait pas de danger, ils paradaient dans les cafés, barbus, bardés de cartouchières, carabine en bandoulière, poignard à la ceinture... Mais dès les premiers coups de feu, ils se sont dégonflés. Actuellement ils sont introuvables, à part l'un d'eux, un géant, un certain Giorgios Zaîmis qui, lui aussi, disparaît bientôt.

Vathy n'est plus qu'un amas de ruines. Les habitants ont fui dans la montagne.

Que dois-je faire? J'arrive à la conclusion que je dois essayer d'aller à Smyrne pour apprendre ce que l'on attend de moi, car ici je suis inutile.

Le lieutenant Savage O.S.S., dont la blessure à la cheville est légère, dispose d'un caïque. Il a décidé d'atteindre la côte turque cette nuit même, le 18 novembre 1943. Il m'offre un passage à son bord et j'obtiens qu'il prenne aussi Jimmy

Gibbon et ses hommes. Nous embarquons, mais au moment de démarrer, le moteur refuse de se mettre en marche. Il faut cinq essais pour le décider à faire bouger ses pistons.

On part. Destination : Arslanburnù, à quelques kilomètres de Smyrne. La nuit est merveilleuse, la mer comme un lac.

Au fur et à mesure que nous nous éloignons de Samos, les quelques réfugiés à bord qui étaient silencieux jusque-là, reprennent goût à la vie. Il y a une famille entière, amie du lieutenant Savage. La jeune fille, qui parle l'anglais avec un fort accent américain, annonce que ce qui lui manque le plus, c'est son piano (sic)!

Les Grecs sont braves. Ce futur incertain, cet exil, ne semblent pas les effrayer. Ils sont surtout résignés. Le père remarque qu'il commence à faire frais, l'oncle enjoint aux jeunes filles de mettre leur manteau. J'ai l'impression que sous peu on va passer des « cocktails »!

Cinq heures... l'aube enfin. Arslanburnù.

Le lieutenant Savage prend un air mystérieux. Nous allons toucher la côte dans une crique qui est une base secrète américaine. Il me demande de déposer mon revolver avant de descendre à terre. Je trouve l'idée comique. On me demande de ne pas avoir l'air d'un militaire et je suis en « battle-dress ». Enfin, comme Savage insiste, je ne puis qu'obéir.

Nous débarquons et j'établis un contact avec Smyrne. Une auto consulaire m'emmène au consulat de Grande-Bretagne où je rencontre d'abord Noël Ress, puis le consul Morisson-Bell. J'en profite pour envoyer un télégramme à S.I.M.E., demandant des instructions.

Entre-temps, l'attaché militaire, le major général A. Arnold arrive d'Ankara et il est rejoint par mon chef direct le commander Wowa Wolfson dont je vous ai déjà parlé. Je décris de mon mieux la situation telle que je l'ai laissée à Samos, et le général Arnold envoie un télégramme au Caire en s'appuyant sur mes informations.

J'ai un sommeil fou et j'ai faim. Mon petit déjeuner, le premier aliment depuis bientôt trente-heures, est interrompu par un coup de téléphone. Je dois me rendre immédiatement à Buça.

Buça, douze heures trente... Le général Arnold m'informe que le Caire a déjà répondu à son câble. Le C. in C. a donné l'ordre d'évacuer Samos. Je dois m'occuper d'organiser l'évacuation des forces alliées.

Mes ordres sont : faire sortir tout le personnel britannique au nombre de 226, la Légion Sacrée au nombre de 320, et tous les civils compromis dont les noms me seront donnés par le brigadier Baird.

L'évacuation se fera par caïques. Ces caïques sont à ma disposition dans la baie de Kusadasi.

Après avoir pris en charge tous les passagers énumérés plus haut, ma flotille de caïques naviguera vers le sud.

Les navires de la Royal Navy ont reçu l'ordre de venir à notre rencontre. Je trouve que ces ordres manquent de précision, car le point de rencontre avec la Royal Navy ne peut être indiqué, ni la durée éventuelle de notre navigation. Enfin, une fois en mer, nous n'aurons aucun moyen de communication.

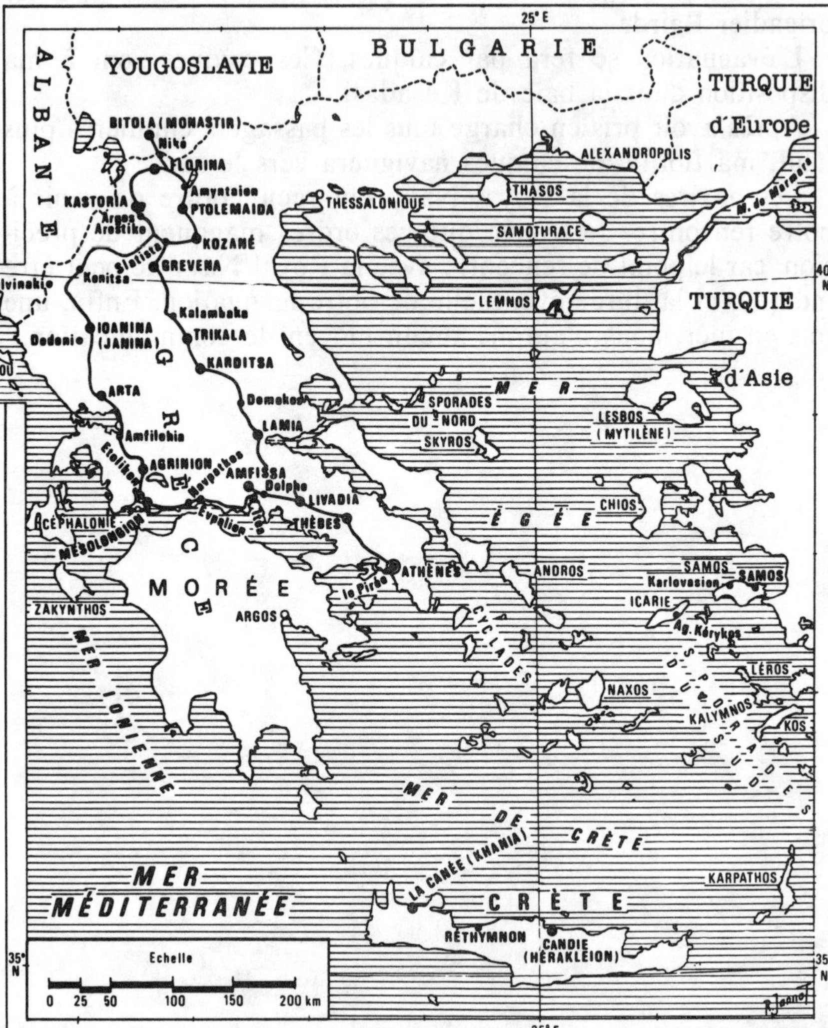

25° E
BULGARIE
YOUGOSLAVIE
ALBANIE
TURQUIE d'Europe
BITOLA (MONASTIR)
Niké
FLORINA
Amyntaion
PTOLEMAIDA
KASTORIA
Argos Arestiko
KOZANÉ
Siatista
GREVENA
Delvinakio
Konitsa
Kalambaka
IOANINA (JANINA)
Dodonie
TRIKALA
KARDITSA
CORFOU
ARTA
Domokos
LAMIA
Amfilohia
GRÈCE
Etolikon
AGRINION
Naupaktos
AMFISSA
Delphe
LIVADIA
THÈBES
Evpalion
Itéa
CÉPHALONIE
MESOLONGION
ATHÈNES
le Pirée
MORÉE
ARGOS
ZAKYNTHOS
MER IONIENNE
ALEXANDROPOLIS
THASOS
THESSALONIQUE
M. de Marmara
SAMOTHRACE
40° N
LEMNOS
TURQUIE d'Asie
MER ÉGÉE
SPORADES DU NORD
SKYROS
LESBOS (MYTILÈNE)
CHIOS
ANDROS
SAMOS
Karlovasion
SAMOS
ICARIE
Ag. Kérykos
CYCLADES
SPORADES DU SUD
LÉROS
NAXOS
KALYMNOS
KOS
MER DE CRÈTE
LA CANÉE (KHANIA)
KARPATHOS
CRÈTE
MER MÉDITERRANÉE
RÉTHYMNON
CANDIE (HÉRAKLEION)
35° N
Echelle
0 25 50 100 150 200 km

18

LES CANONS DE NAVARONE

On a fait un très beau film sur cette évacuation, un film qui porte le titre que je donne improprement à ce chapitre, car si les similitudes sont nombreuses, les différences sont plus nombreuses encore, entre le film et la réalité.

Dans le film, Leros était Keros, or ce fut de Samos que partit l'évacuation. « Navarone » serait « Cos », sur lequel les Allemands ont effectivement placé deux canons de gros calibre, censés bloquer l'endroit détroit qui se trouve entre l'île de Cos et la côte turque, aux environs de Brudrüm.

Je me suis laissé dire que « Navarone » avait été choisi pour le film, parce que plus photogénique que Cos et plus euphonique surtout, pour les besoins de la partition musicale, du « leitmotiv ». Mais je n'ai pas à juger de l'imagination du metteur en scène, voici la véritable histoire de l'évacuation.

Je dois donc faire sortir au plus tôt de l'île de Samos, condamnée à tomber aux mains des Allemands, les soldats et officiers rescapés du Corps Expéditionnaire de l'opération Égée. Je ne me fais pas trop de soucis, car on m'a informé que j'aurai avec moi le lieutenant Adrian Seligman, R.N.V.R., qui est un spécialiste de ce genre d'opérations.

Je quitte Buçà pour Kusadasi et à peine arrivé, j'apprends que Seligman est parti pour une destination inconnue et ne reviendra pas. Ma seconde déception a lieu quand j'apprends de Herbert Whittall, notre homme à Kusadasi, que rien n'a encore été fait. Les capitaines, propriétaires des caïques sont à terre, n'ont pas été approchés et semblent peu disposés à prendre la mer. Fort heureusement, j'ai Herbert Whittal avec moi. A force de persuasion, parfois jouant sur la corde patriotique, mais surtout grâce au fait que nous pouvons acheter leurs services à prix d'or, nous arrivons à convaincre huit capitaines de caïques. Cela devrait suffire.

Les caïques sont : l'Aphroditi, le Taxiarchis, l'Évangelistra, le Mistero, le Lupo, l'Aghios Nicholaos, l'Aghios Ioanne, l'Aghia Maria.

Nous avons aussi à Kusadasi un « Schooner » anglais le « L.S.9 ».

Herbert Whittall, toujours lui, travaille d'arrache-pied. Bientôt les huit caïques sont prêts à appareiller, avec leur plein d'essence, d'eau et d'approvisionnements de toutes sortes. Pour obtenir la place nécessaire, il a fallu jeter à la mer une tonne de munitions qui se trouvaient sur le « L.S.9 ».

Le commandant du bateau, le jeune enseigne de vaisseau Fletcher, ne gobe pas ma façon de faire. Un marin déteste se faire commander par un militaire... Je dois lui dire assez vertement que c'est moi qui commande et que je lui donne une heure pour exécuter mon ordre. Dans le cas d'une désobéissance de sa part, je le ferai passer en conseil de guerre, car le temps presse. Nous devons arriver à Samos avant la pleine lune qui, fort heureusement, se lève actuellement après minuit. Le jeune Fletcher finit par comprendre... et nous partons. Il est dix huit heures.

Avec un certain optimisme, j'ai fixé la marche de notre flotille, de la façon suivante : on naviguera à la vitesse maxima de cinq nœuds, la vitesse du plus lent de nos caïques. Les plus rapides atteignent jusqu'à huit et même neuf nœuds. Les caïques, selon l'ordre donné, quitteront leur mouillage à dix minutes l'un de l'autre. En cas d'attaque par l'ennemi, il est défendu de se porter au secours du ou des caïques en difficulté. Il est essentiel que quelque chose passe et arrive à Vathy.

Au cas où je ne puisse pas joindre Vathy, les instructions sont les suivantes : évacuer les militaires britanniques et grecs, et les civils selon la liste du brigadier Baird... et vogue la galère!

La lumière du jour nous accompagne jusqu'à la limite des eaux territoriales turques... après quoi les ombres seront nos amies. Dans le crépuscule, je continue à distinguer de plus en plus vaguement les silhouettes basses de nos caïques... quelques petits points noirs qui s'estompent de plus en plus.

Comme il fallait le prévoir, l'ordre de marche n'est pas respecté, d'autant moins que chaque caïque a sa mesure de marche normale et a hâte d'en finir.

Trois heures après notre départ de Kusadasi, nous nous glissons à vitesse réduite dans le port de Vathy.

L'un après l'autre, les caïques se placent le long de la jetée. Je descends à terre et une voix crie à tue-tête :

– Le major Bally est-il là?

Je reconnais la voix de Dicky Dagg, un officier sud-africain. Il m'informe que le brigadier Baird est sur la route au bout du quai, et qu'il attend mes ordres. « Un général qui attend les ordres d'un commandant! On aura tout vu! »

Entre-temps, Dagg me raconte qu'un E. Boot allemand a visité le port de Vathy. Des coups de feu ont été échangés et le E. Boot est reparti.

Cette histoire ne me plaît pas du tout, car si l'envie reprenait au E. Boot de visiter le port de Vathy, ce serait un vrai désastre. Les coques en bois de nos caïques ne résisteraient pas aux canons de l'E. Boot.

Mais il y a d'autres complications. La Légion Sacrée a reçu l'ordre d'embarquer à « Caïque-Cove ». Celui qui a décidé de ce lieu, comme celui d'ailleurs qui a baptisé cette crique, n'a jamais dû voir cet endroit! Aucun caïque, aussi petit soit-il ne peut approcher à moins d'une cinquantaine de mètres du rivage à cause des nombreuses aspérités rocheuses à fleur d'eau qui parsèment cette crique.

Je suis encore assez loin de « Caïque-Cove » que déjà j'entends les imprécations du colonel Tsigantes. Après mon arrivée, tout se calme.

On ne peut embarquer à « Caïque-Cove » que par dinghy, or le temps presse. On y laissera donc une seule compagnie avec le lieutenant-colonel Triandafilakou. Elle embarquera par dinghy sur « Il Lupo ». Le reste du bataillon retournera à Vathy sur la jetée principale.

En moins de vingt minutes, cette merveilleuse unité de « commandos » parachutistes rejoint le port de Vathy, avec armes et bagages et mêmes leurs mortiers lourds et légers et toutes leurs munitions.

Le personnel britannique est déjà à bord du « L.S.9 » et de « l'Évangelistria ». La Légion Sacrée montera à bord du « Taxiarchis » et de « l'Aphroditi ».

Je donne l'ordre à L.S.9 de partir. Je prendrai place sur l'Aghios Nicholaos qui fermera la marche.

Je rencontre enfin le brigadier Baird qui me demande anxieusement si, dans mon opinion et selon les ordres, il devrait rester sur l'île pour s'occuper des civils. Je lui fais remarquer que son rôle auprès de la population civile de Samos est terminé par la force des choses et je ne vois vraiment pas pourquoi nous ferions cadeau aux allemands d'un général et de son « staff ».

La décision finale dépend du général Arnold. Pourquoi n'irait-il pas à Kusadasi pour se renseigner? Ma solution l'enchante et il ne se fait pas prier pour monter à bord.

Oui, mais un nouveau problème, beaucoup plus grave que toutes ces formalités, se présente à nous sur la jetée de Vathy. Les chiffres de l'évacuation sont plus que décuplés. Nos directives prévoyaient six cents passagers, des hommes armés capables de se défendre en cas de besoin. Le voyage consistait à serrer la côte turque de jour et à voyager de nuit vers les navires de la Royal-Navy.

Avec les chiffres donnés et l'approvisionnement à bord, je peux espérer survivre quatre à cinq jours au plus et maintenant je trouve que toute la population de Vathy ainsi que toute la division italienne veulent fuir l'invasion nazie. Et ils y ont droit.

Je calcule qu'au lieu de six cents passagers, cela représente à peu près huit à neuf mille personnes. La situation est dramatique. Il est impossible moralement d'abandonner à un sort terrible tous ces gens et donner par le fait même à M. Goebbels l'occasion de crier une fois de plus que les Anglais ont abandonné leurs amis en détresse.

Le bridadier Baird convient avec moi qu'il est immoral de ne pas essayer de sauver autant de monde que possible.

Le gouvernement grec : Sophoulis, le colonel Bourdaras, ainsi que l'archevêque de Samos, sont placés avec Baird, dans le caïque « Évangelistria ». Je prends une décision : tout le monde doit avoir sa chance d'échapper à la répression nazie, quitte à être internés dans un camp de réfugiés en Turquie neutre. Nous allons retourner à Kusadasi avec le maximum de passagers et les débarquer en Turquie. Nous essayerons de recommencer cette opération chaque nuit tant que cela sera possible. Mais il est temps de repartir, car la lune va se lever.

En raison du changement de notre programme, nous sommes obligés de laisser un groupe à terre qui organisera la prochaine évacuation. Andy Lassen, Denis Hamson, Richard Léa et Catzichas demandent à rester. Les caïques maintenant chargés au maximum, quittent leur mouillage pour Kusadasi. Je monte à bord de l'Aghios Nicholaos. Le lune apparaît sur l'horizon.

Nous avons embarqué environ trois mille personnes, mais deux fois ce chiffre restent à terre. Que Dieu nous aide! Maintenant que je n'ai plus qu'à attendre notre arrivée en Turquie, j'ai le temps de penser. Ai-je bien fait? En réalité j'ai désobéi aux ordres. Il est possible que cela m'occasionne de sérieux ennuis, mais ma conscience est en repos. Je ne regrette pas ma décision.

J'essaie de me reposer, mais malgré mon immense fatigue, mes nerfs sont trop tendus pour m'accorder du répit et quand l'aube nous surprend dans les eaux turques... je suis toujours très éveillé!

Le spectacle est impressionnant. On dirait un tableau d'une autre époque : une flotte en bois qui transporte des Grecs, des Romains et des Saxons.

J'ai demandé que personne ne quitte le bord, et je descends pour rencontrer le Résident turc Taksim Ali Bey, qu'a alerté Herbet Whittall. Ali Bey nous est acquis. Il est très compréhensif, malgré l'heure matinale, car il est à peine six heures du matin. Il permet aux seuls officiers de descendre à terre. Nous envoyons à Smyrne le câble suivant : « Major Bally returned at 0006 hrs, with complete complement of withdrawal, also brigadier Baird, staff et groek provisional government representatives, général Soldarelli, staff of italian « Cuneo Division, also some civilian evacuees. Stop. Major Bally proposes to continue evacuation of samians to-night and following night if possible, putting civilians ashore at Kusadasi before proceeding south with army personnel towards british fleet. Stop. Please confirm. »

Il n'y avait plus qu'à attendre. Je demande à Herbert Whittall de garder le contact avec les capitaines des caïques. La réponse à ma dépêche arrive sous la forme d'un colonel Greer, « Deputy Military Attaché », qui nous vient de Smyrne. Il n'est pas content. Malgré mes explications, il répète que je n'ai pas exécuté les ordres donnés par le général Arnold et que notre invasion de Kusadasi est une complication d'ordre international!

Le spectre du Conseil de Guerre apparaît sur mon horizon, d'autant plus que j'explique à Greer quelles sont mes intentions pour la nuit même. Il veut bien admettre mes raisons, mais il nous dit qu'il doit faire son rapport au général Arnold. En attendant le verdict du général, nous formons un « conseil d'évacuation », composé de Baird, Tsigantes, Whittall et moi. En attendant l'heure du nouveau départ, H. Whittall nous prépare un excellent déjeuner... Ce déjeuner et deux pillules de benzidrine ne me donnent un nouveau moral!

Le retour de Greer m'enlève un gros souci. Il est tout sourire, nous apporte même les félicitations et les bons vœux du général qui confirme notre plan d'évacuation.

Je suis enchanté, d'autant plus que George Jellicoe apparaît. Il a réussi à sortir de Leros, après la bataille. Il est en civil et porte un pantalon qui a craqué et montre une partie postérieure de son anatomie. Malgré cette tenue, il garde une dignité que, même nos éclats de rire n'arrivent pas à ébranler. Il est incorporé dans notre « Comité d'Évacuation ».

Les nouvelles que nous donne George Jellicoe sur la bataille de Leros sont dramatiques. Certains de nos camarades ont pu s'échapper, mais plusieurs sont tombés, dont Jack Easton Smith et Allan Phipps.

Il nous faut maintenant prendre les mesures nécessaires pour retrouver Denis, Andy, Richard, Catzichas. Nous n'avons pas encore leurs signaux, mais ceci est compréhensible car nous n'avons pas fixé de code et ils savent que les Allemands sont aussi à l'écoute.

Il s'agit de convaincre les « capitaines » de recommencer le travail de la veille. Ceux-ci sont devenus plus exigeants, car ils affirment que le danger est plus grand. Des rumeurs circulent : les Allemands auraient encerclé l'île. J'invente une histoire selon laquelle la Royal Navy a envoyé des « M.T.B. » pour protéger les caïques de l'évacuation. Mais nous n'allons pas tous à Vathy. Il y aura des évacuations qui se feront sur plusieurs points de la côte est. Enfin, il y aura une livre-or pour chaque soldat et une demi-livre or pour chaque civil. Ce dernier argument finit par convaincre les capitaines.

Au moment d'embarquer avec moi, George Jellicoe reçoit un ordre formel lui interdisant de participer à l'opération. Le

Caire décide qu'il est trop important pour être risqué. George est furieux; quant à moi, j'ai trop de benzidine dans le ventre, pour que ce contretemps prenne de l'importance.

Nous n'avons plus cette fois que six caïques. J'embarque sur le caïque le plus rapide, le « Taxiarchis ». Juste avant de partir, nous avons signalé à notre groupe resté à Samos, que nous toucherons la côte à Aliki Bay. C'est le point le plus éloigné, à environ dix-huit miles marins, de Kusadasi. Si tout va bien, nous devrions y être à trois heures du matin.

La mer est heureusement très calme, et bientôt nous quittons les eaux territoriales et approchons de Samos.

Tout à coup, un des deux marins grecs du « Taxiarchis » me touche l'épaule et me dit :

– Monsieur l'officier, voilà un de vos M.T.D. qui vient nous protéger.

Et il me montre sur l'horizon un point noir frangé d'écume qui semble bien venir dans notre direction. Je sursaute. Il n'y a aucun doute, c'est un E. Boot nazi.

Il n'y a plus une minute à perdre. Je me précipite auprès du patron du « Taxiarchis » et lui explique ce qui se passe. Jurant et sacrant, le patron Costa agit néanmoins avec rapidité. Il commence par ralentir la vitesse pour éviter l'écume révélatrice, puis il pique à angle droit sur Samos et se range dans l'ombre d'une petite falaise de l'île. Nous sommes tous à plat ventre sur le pont, nos mitraillettes prêtes à tirer. Nos yeux ne peuvent quitter le point noir qui grandit rapidement.

Le moindre signe d'une diminution de la vitesse de notre ennemi indiquera qu'il nous a repérés et il commencera par nous envoyer les feux de son projecteur. Ce sera ma cible! Cent yards! Cinquante yards! l'E. Boot continue à foncer... et Dieu soit loué... il passe à toute allure dans la direction de Tighani. Le patron Costa se relève le premier; il jure qu'on l'a trompé et qu'il va retourner à Kusadasi. Je lui pose mon revolver sur le ventre et je lui promets qu'il ne reverra plus jamais Kusadasi s'il persiste dans son intention. Ma garde de l'S.B.S. le met aussi en joue. Il doit se résigner et continuer vers Aliki Bay.

Aliki Bay est une baie juste en face d'un promontoire assez avancé de la côte turque. A cet endroit, il y a moins d'un mille marin entre la Turquie et Samos.

Nous envoyons donc le caïque, en raison de la présence de

l'E. Boot allemand, aussi près que possible de la côte turque et je descends en dinghy avec le soldat Mavros comme rameur. Mavros est de la Légion Sacrée. Il est pêcheur par profession et connaît parfaitement toute la côte.

Je suis d'accord avec le « Taxiarchis »; si tout va bien, je lui envoie un signal en morse : deux fois la lettre S – trois petits coups de lampe. Nous avons le même accord avec les « boys » de Aliki Bay. Une anxiété : notre signal a été donné en clair et il n'est pas impossible que des oreilles ennemies aient capté notre signal. C'était un risque à prendre.

Mavros rame depuis quelque temps et nous passons plusieurs lumières qui clignotent dans la nuit... mais qui ne sont pas le double S. Je commence à perdre espoir, quand une lumière jaune clignote trois fois, puis de nouveau trois fois. C'est bien ça! J'envoie mon signal au « Taxiarchis » d'approcher.

Bientôt j'aperçois de nombreuses silhouettes. Je les hèle. Ce sont bien nos gars, et avec eux des centaines d'Italiens de la division « Cuneo ». Le « Taxiarchis » ne peut approcher davantage sans risque de se briser sur les rochers. L'embarquement ne peut donc se faire que par dinghy, mais la distance à parcourir est à peine de dix mètres.

Les Anglais sont bientôt à bord, je les informe que je ne peux prendre cette fois que deux cents Italiens. Je charge un officier italien de régler l'embarquement de ses hommes. Le dinghy va et vient; soudain il se met à prendre l'eau, il est trop chargé. Les occupants finissent la traversée à la nage. Les Grecs sur le « Taxiarchis » aident au sauvetage. Je trouve qu'ils y mettent beaucoup de bonne volonté! En fait, ils aident en subtilisant les montres-bracelets des rescapés. La guerre ne favorise pas l'honnêteté...

J'entends des bruits sourds venant de la côte, comme si on etait des pierres dans l'eau. Je demande l'explication de ce tintamarre à l'officier italien qui me dit qu'il croit que ses soldats jettent leurs fusils à l'eau au moment d'embarquer.

Je ne sais pourquoi l'idée que ces soldats se désarment m'irrite, et je crie à Denis Hamson, qui est encore à terre, que tous ceux qui arriveront sans leurs armes, seront rejetés à la mer. L'effet est immédiat; les bruits cessent et les soldats italiens dans le dinghy, agitent leurs fusils comme ils le feraient d'un passeport diplomatique.

Le « Taxiarchis » est maintenant plein. Nous avons deux cent cinquante Italiens, nos gars, deux soldats du R.W.K. qui avaient disparu la veille et même deux guerilleros.

Il est déjà tard. Nous levons l'ancre, mais nous ne bougeons pas : les moteurs refusent de prendre, malgré les efforts frénétiques du mécanicien. Le caïque aux sept nœuds est immobile. Costa se joint au mécanicien, invoquant tous les saints du paradis. Si nous sommes encore là en plein jour, notre situation sera critique : l'aviation ennemie nous repèrera et l'E. Boot nous enverra par le fond. Enfin, Ioannis, le mécanicien arrive à convaincre notre moteur à donner de la voix, mais il y a quelque chose qui ne va pas. Au lieu des six à sept nœuds, le « Taxiarchis » se meut maintenant à un nœud tout au plus...

C'est mieux que rien, mais c'est trop peu pour prendre le milieu du chenal. Il faut longer la côte de la Turquie, or ici nous n'avons aucun accord avec les gardes turcs et dès que nous approchons, ces maudits ouvrent le feu. Des balles crépitent sur la coque de notre caïque. Une balle tue net Fairweather, un des soldats de l'S.B.S. que Jellicoe m'a donné comme garde de corps.

Il n'y a rien à faire. Nous projetons nos lampes sur notre bateau pour bien montrer que nos intentions sont pacifiques et nous obtempérons à l'ordre de nous présenter à l'inspection des douaniers turcs.

Ceux-ci montent à bord et disent qu'ils doivent perquisitionner le bateau. Dieu sait ce qu'ils recherchent!

Denis Hamson parle le turc et arrive à les convaincre que nous n'avons à bord, ni espions, ni contrebandiers, ni déserteurs. Enfin, ayant prélevé autant de cigarettes qu'ils pouvaient en emporter, les Turcs nous permettent de continuer. Mais Fairweather, héros de tant de combats, est mort tué par la balle d'un non-belligérant!

Le « Taxiarchis » se traîne et le soleil est déjà haut quand nous arrivons à l'entrée du port de Kusadasi. Tout le monde a été très anxieux, car nous avons quitté Kusadasi depuis plus de quinze heures.

Tsigantes nous donne les dernières nouvelles. Les Allemands ont envahi Samos en débarquant à Tighani, ce qui nous explique la hâte de l'E. Boot qui nous a croisés, car Aliki Bay est à peine à deux kilomètres de Tighani.

J'apprends que cette fois-ci nous avons évacué plus de trois mille réfugiés, dont toute la division Cuono.

Le colonel Greer fait à nouveau son apparition. Il m'informe que le général Arnold m'attend à Smyrne. Moi qui tombe de sommeil, je suis de nouveau sur la route. Il y a soixante-douze heures que je n'ai pas fermé l'œil, grâce à la benzidrine.

Je rencontre le général Arnold. Avec le général, il y a George Jellicoe. Je raconte notre odyssée. Pour la première fois en cinq jours, je vois ma gueule dans un miroir. C'est un vrai spectacle! Ma barbe de dix jours finit en pointe comme celle d'un « Mignon » d'Henri III; elle a toutes les couleurs de l'arc-en-ciel!

Mon visage est crasseux et mes cheveux pendent de tous côtés. On me donne une tasse de thé. C'est fatal. Le liquide chaud défait instantanément les effets de la benzidrine et je m'endors dans mon fauteuil.

Je me réveille tout habillé sur un lit. On m'y a transporté et je n'ai pas bougé pendant dix heures!

Je vais aux nouvelles. L'occupation de Samos est complète. Nous avons perdu deux caïques durant la troisième opération, mais les hommes de ces caïques ont pu fuir et sont dans les montagnes.

Voici donc la véritable histoire des « Canons de Navarone ». Oui, on a bien évacué environ dix mille personnes sur des caïques. Personne n'a attaqué les canons de Cos (Navarone). Ces canons n'ont jamais tiré et ne tireront jamais.

Le général Arnold m'informe que je dois partir avec lui pour Ankara.

D'Ankara, je pars pour le Caire. Le cycle le Caire, Alexandrie, Cos, Leros, Samos, Kusadasi, le Caire est clos. Il a duré trois mois en tout. Le moins que l'on puisse en dire, c'est que les îles ne me réussissent pas : après l'évacuation de la Crète, la perte de Cos, Leros et Samos! Je ne trouve pas drôle du tout qu'un camarade me dise :

– J'espère, Max, que l'on ne t'enverra pas à Malte... c'est la dernière île qui nous reste!

19

LA GUERRE DANS LA MER ÉGÉE

LE RÉSEAU « KODROS »
(Alcibiade, Green Mantle, Observer)

Dès les premiers jours de l'Occupation, la Résistance s'organisa en Grèce. D'abord lentement, mais bientôt grâce à des parachutages de matériel et d'agents, elle progressa rapidement et rendit de très grands services.

Un des réseaux qui ne cessa jamais de fonctionner et rendit des services exceptionnels fut le réseau « Kodros ».

Ce réseau, qui se spécialisa dans l'information, fut vite numériquement très important. Il finit par compter 246 membres dans toutes les classes de la société et fut divisé en plusieurs branches, mais le véritable chef et l'âme de tout le réseau fut Panayoti (Taky) Licourezos.

Pour brouiller les services du contre-espionnages « Licourezos » signait ses transmissions par radio, selon les circonstances :

« GREEN MANTLE », « ALCIBIADE », ou « OBSERVER ».

Le réseau Kodros envoya régulièrement à l'Amirauté anglaise, à Alexandrie, des informations sur les mouvements des troupes allemandes et italiennes, avec la description des unités allemandes stationnées en Grèce et avec leur destination éventuelle. Le réseau « Kodros » se spécialisa sur les mouvements des convois ennemis, leur composition et les routes de ces convois.

A Leros, nous ne le connaîtrons que sous le pseudonyme de « Green Mantle ». Par lui, nous apprîmes que nous devions nous attendre à une attaque par parachutistes en plus d'un débarquement par mer.

Cette nouvelle nous fit croire qu'une attaque aurait lieu simultanément sur Samos, étant donné le peu de surface plane que représente Leros. Mais une autre indication de Kodros nous prévint que les parachutistes allemands, préparés pour l'action contre Leros, étaient des unités entraînées à atterrir en montagne. Une fois de plus, Kodros était bien informé.

Parmi tant d'autres, une information de Taky Licourezos permit la destruction totale, par la flotte britannique basée sur Alexandrie, d'un convoi de troupes et de munitions envoyé du Pirée, pour renforcer et approvisionner la garnison allemande de Rhodes. L'amiral en chef en Méditerranée, sir John Cunningham, envoya à Lycourezos le télégramme suivant qui explique la valeur de son information :

– TIMELY ACCURATE INFORMATION OF HIGHEST VALUE CONGRATULATE ALCIBIADE AND ALL CONCERNED.

Ce n'est qu'après la guerre, que j'appris que mon ami et partenaire de tennis en Coupe Davis, Jason Georgiades, faisait partie du réseau Kodros. Parlant parfaitement l'allemand, on comprendra que son aide au réseau fut inestimable. Bien joué, partenaire.

LE GÉNÉRAL SOLDARELLI

Mes relations avec la division Cuneo que j'avais fait sortir de Samos, contrairement à mes ordres [1], ne cessèrent pas après l'arrivée de la division en Égypte.

Le général de cette division s'appelait Soldarelli.

La division et son général furent placés à Hélouan, pour se remettre des émotions de leur séjour à Samos.

Durant le même mois de mon retour en Égypte, je fus convoqué par le général Soldarelli et je me rendis à Hélouan où je fus reçu avec tous les honneurs et il me fut annoncé que j'avais été proposé pour une décoration italienne. Malheureusement cette proposition n'eut pas de suites car un officier

1. Mais j'ai souvent enfreint les ordres qu'on m'a donnés.

anglais ne pouvait recevoir une décoration d'un pays avec lequel son propre pays était encore officiellement en guerre.

Dans le courant de ma visite, le général Soldarelli me demanda d'obtenir pour lui une entrevue avec le général Wilson, général en chef des armées alliées au Moyen-Orient; demande qui fut immédiatement accordée.

Par ailleurs, le général Wilson me demanda d'assister à l'entrevue en qualité d'interprète, car il ne parlait pas l'italien et le général Soldarelli ne parlait pas l'anglais. L'entrevue eut lieu au Caire, dans le bureau du général Wilson à Grey-House, quartier général du commandement allié pour le Moyen-Orient. Le contraste entre les deux généraux ne pouvait être plus frappant.

Nous étions déjà presque en été, un été Cairote, et le général Wilson, bedonnant, était en chemise à col ouvert et en short kaki. Le général Soldarelli était lui, en grande tenue, culotte de cheval avec des bottes noires vernies, la poitrine constellée de décorations et une quantité de galons dorés sur ses épaules et sur son képi.

Après les salutations d'usage, le général Wilson me demanda de prier le général Soldarelli de lui indiquer quelles étaient ses intentions, ainsi que celles de sa division.

A peine traduite, la demande de Wilson produisit une véritable explosion du général Soldarelli.

Se levant de son fauteuil, il cria : « Notre intention est de continuer à nous battre pour la cause des alliés et la gloire de l'Italie!!! »... et ayant terminé son laïus, il éclata en sanglots.

Sur ce, le général Wilson me regarda sévèrement et me dit :

– Qu'avez-vous bien pu dire au général Soldarelli, pour l'avoir mis dans cet état?

– Mon général, dis-je, j'ai simplement traduit mot pour mot votre demande et la manifestation du général Soldarelli est tout simplement typique de la grande émotivité latine.

– « I see » dit le général Wilson et il ajouta alors :

– Demandez au général Soldarelli si lui et sa division sont bien traités et si lui, personnellement a besoin de quelque chose?

A cela, le général Soldarelli qui avait retrouvé tout son équilibre, confirma que sa division était bien traitée, mais que si possible, il voudrait bien que l'on augmente la ration de cigarettes pour ses hommes et pour lui-même du vin de table.

Le général Wilson prit note des desiderata du général Soldarelli et je quittai avec le général italien, le bureau de Wilson pour nous rendre à la gare du Caire pour reprendre le train pour Helouan.

En cours de route, le général Soldarelli qui était de très bonne humeur, me demanda :

– Ai-je fait bonne impression?

Ce que je lui confirmai, à sa grande satisfaction.

Le général Wilson tint sa promesse. La Cuneo eut sa nouvelle ration de cigarettes et le général Soldarelli son vin de table... mais ce ne fut pas du vin de Samos.

CINQUIÈME PARTIE

LIBÉRATIONS

20

COUP MONTÉ EN SOMALIE

Je me remettais à peine de ma villégiature dans les îles de la mer Égée, quand je fus convoqué d'urgence à Grey Towers, le quartier général des forces britanniques du Moyen-Orient au Caire.

Une fois en présence du D.D.M.E. [1], celui-ci me dit qu'un officier parlant l'italien était requis pour une mission en Somalie italienne, actuellement occupée par les forces britanniques et que j'avais été choisi pour cette mission.

Le but de cette mission était de juger du bien ou du mal fondé de certaines accusations formulées contre l'armée d'occupation. Ces accusations allaient du favoritisme, au trafic d'influence, au bénéfice des fascistes. Pour cela je devais me rendre à Mogadiscio, via Nairobi, où je rencontrerai un certain professeur Ritterhaussen, qui collaborerait avec moi, car il connaisait le pays, ainsi que la question qui nous intéressait.

Je trouvais le nom de Ritterhausen un peu teuton pour une mission italo-anglaise, mais il me fut expliqué que le professeur Ritterhausen était autrichien, qu'il avait dû fuir son pays après l'Anschluss, pour se réfugier avec sa femme à Milan, d'où il avait dû fuir à nouveau à cause des persécutions fascistes contre les juifs car le professeur Ritterhausen était juif.

Muni de ces renseignements, je quittais le Caire avec Khartum comme première escale. Deux avions du type « Loadstar » (le moins sûr de tous les avions des alliés) transportaient deux groupes : le nôtre, composé de trois offi-

1. Depity District Manager, chef-adjoint des Services du quartier général.

ciers, sans me compter, et un autre avec des blessés, pour une période de récupération sur un lac du Tanganyka. Je dois dire tout de suite que nous avons pris le bon avion, car l'autre confirmant la mauvaise réputation du Loadstar, s'écrasa avant d'atteindre Khartum. En ce qui nous concerne, nous atterrîmes normalement à Khartum, et de là, le temps de refaire le plein, nous nous envolions pour Nairobi; cette partie du voyage fut particulièrement pénible.

Il fallut passer au-dessus du « Mount Kenya », qui a plus de 5 000 mètres de hauteur, car une brume très épaisse dans la vallée rendait très dangereux le passage à basse altitude. Sans oxygène, nous respirions avec beaucoup de difficulté et je me souviens que le major anglais en face de moi, était pâle comme un mort et je suis sûr que je devais avoir le même aspect. Le pilote qui avait lui son masque à oxygène, nous passa une note sur laquelle il avait écrit : « Sorry chaps, I know you must be very unconfortable, but it is is better to be unconfortable for a while, than to crash against the mountainside! » [1]. En cela nous étions d'accord!

Enfin on dépassa « Mount Kenya », nous pûmes descendre vers Nairobi, qui n'est qu'à 2 800 mètres d'altitude et nous pûmes respirer presque normalement.

Sur l'aérodrome, je fus reçu par le chef de l'Intelligence au Kenya, le lieutenant-colonel George Jameson, qui m'accompagna chez le général Anderson. Le général était un bel homme, de haute taille, aux cheveux argentés. Le général devait ce poste, loin des hostilités, à une campagne peu brillante lors du débarquement au Maroc. Dans le jargon militaire, son poste actuel équivalait à un Boler hat (chapeau melon), c'est-à-dire à un poste presque civil, puisque les seuls ennemis étaient les prisonniers italiens qui jouissaient d'une liberté quasi totale. Chaque fermier anglais employait sur sa ferme, quelques Italiens. Il y eut même bientôt des restaurants et des cafés italiens qui connurent beaucoup de succès.

Le général Anderson ne me garda pas longtemps. Il connaissait le but de mon voyage vers la Somalie. Il me souhaita bonne chance et m'informa que mon rapport devrait lui être remis à toutes fins utiles dès mon retour.

1. « Désolé, les gars, je sais que vous devez être très inconfortables, mais il vaut mieux le supporter un bout de temps plutôt que de s'écraser contre le flanc des montagnes! »

Un peu plus tard, à Nairobi, je fis la connaissance de Ritterhausen. Grand, maigre, avec des lèvres pincées et des yeux d'un bleu délavé derrière des lunettes à monture dorée; il me fut immédiatement assez antipathique.

Il insista pour déjeuner avec moi et en profita pour me questionner sans arrêt sur mes idées, mon passé et mes tendances, mais il comprit assez vite qu'il était inutile de continuer à me sonder. Moi, j'en savais pour le moment assez sur lui et je ne lui posai aucune question.

J'avais passé la nuit au mess des officiers, servi par de « bons » Kenyates, qui devinrent plus tard des « méchants » Mau-Mau!

Nous partîmes à l'aube et le voyage avec Ritterhausen, fut cette fois sans histoire. Il m'informa qu'il habiterait chez l'habitant à Mogadiscio.

Sur l'aérodrome, je fus reçu par l'aide de camp du gouverneur militaire, mais Ritterhausen s'éclipsa, tandis que l'aide de camp m'annonça que je serai logé au « Palacio », c'est-à-dire à la résidence de l'ex-gouverneur de la Somalie, un général italien.

Je me rendis donc chez le gouverneur militaire, le brigadier Alwyn Morton.

La résidence de l'ex-gouverneur italien était belle et confortable. Je fus reçu dans le grand salon par le brigadier général qui m'offrit un whisky et ne perdit pas une minute pour me demander, avec un faux air d'indifférence :

– Alors colonel, vous êtes venu pour me juger?

– Pourquoi me demandez-vous cela, mon général? lui dis-je, car je n'étais pas préparé à une entrée en matière aussi rapide.

– Parce que, me dit-il, je sais que vous avez reçu l'ordre de faire une enquête sur d'éventuelles irrégularités commises par des officiers de l'armée d'occupation et, colonel, je suis le chef de cette armée.

– En effet, lui dis-je, je dois faire un rapport sur d'éventuelles irrégularités, mais mon enquête ne vous vise pas personnellement, que je sache, et, bien au contraire, je compte sur vous pour m'aider.

Ma réponse parut lui plaire et il me dit :

– Je suis à votre disposition.

Le lendemain, très tôt, le professeur était déjà à pied

d'œuvre. Il amenait avec lui trois Italiens qui avaient à se plaindre du traitement qui leur avait été infligé. Je demandais à Ritterhausen de me laisser les interroger séparément et sans témoins. Je vis à l'expression du professeur, qu'il n'était pas content de ma décision, mais il ne pouvait s'y opposer et ainsi fut fait.

Tous les trois racontèrent la même histoire. Ils étaient antifascistes et c'est pour cela que notre armée les avait trouvés en prison, comme prisonniers poltiques. Depuis leur libération, l'armée avait refusé de leur donner du travail, accordant la préférence aux fascistes qui avaient les moyens de payer ces services. Ces fascistes envoyaient même leurs femmes et les prostituaient pour garder leur emploi.

Je pris note, comme si leurs déclarations m'avaient convaincu et ils partirent avec Ritterhausen. Celui-ci revint quelques minutes plus tard pour me dire confidentiellement qu'il avait la preuve formelle d'un cas de favoritisme réglé par le don d'une auto à un officier anglais. L'officier s'appelait Cooper Grant et avait le grade de capitaine. Il me fut facile de trouver le capitaine Cooper Grant, et je lui demandai à brûle-pourpoint :

– Capitaine Grant, le signor Scarlati, directeur de la compagnie de la poste et du téléphone, vous a-t-il fait cadeau d'une auto pour conserver son poste?

– Scarlati ne m'a fait aucun cadeau. J'ai même payé trop cher sa Fiat, mais c'était la seule auto en vente sur place me dit-il.

Je ne m'étais pas fait un ami. Un inquisiteur se fait rarement aimer et je commençais à détester mon rôle. Malheureusement, dans l'armée « Orders are Orders ».

– Capitaine, lui demandais-je, avez-vous des preuves que vous avez réglé le prix de l'auto de M. Scarlati?

– Je ne m'attendais pas à cette accusation, colonel me dit-il, mais heureusement j'ai conservé le document bancaire qui prouve que j'ai dû faire venir l'argent de Londres, pour régler le prix de cette auto. J'ai aussi le reçu de M. Scarlati.

Le capitaine Cooper Grant n'était pas content.

– Je vous ferai avoir ces documents le plus vite possible, me dit-ıl, car je ne comprends pas les raisons de cette investigation ridicule.

– Capitaine Grant, lui dis-je, vous avez été assez longtemps dans l'armée pour savoir que l'on doit obéir aux ordres que l'on reçoit, même si ces ordres créent des situations aussi désagréables que celle-ci. N'oubliez pas que j'obéis à un ordre et soyez assez aimable pour me faire avoir ces documents qui vous sauveront d'une accusation qui, j'en suis sûr, est injustifiée.

Et ainsi fut fait.

J'appris entre-temps que le capitaine Cooper Grant était le fils unique d'un des banquiers les plus riches d'Angleterre. Le capitaine avait donc les moyens d'acheter et de payer une Fiat usagée!

J'avoue que je n'étais pas mécontent d'avoir attrapé Ritterhausen en flagrant délit de faux témoignage et je commençais à me demander quel rôle il jouait dans cette histoire. Je ne le compris mieux que plus tard, quand j'appris que le professeur avait juré de se venger des fascistes qu'il considérait responsables des mauvais traitements qu'avait subis sa femme à Milan, lorsqu'il s'était enfui, sans elle, du nord de l'Italie. Enfin j'appris aussi, mais beaucoup plus tard, que Ritterhausen était un agent communiste, qui travaillait pour les Soviets, une espèce d'agent double, ce qui prouvait que les Soviets avaient déjà commencé leur travail d'infiltration en Afrique.

Malgré mon ignorance de tous ces nouveaux éléments, je fus bientôt de plus en plus convaincu que je participais à un coup monté.

Ritterhausen continua à me présenter des habitants italiens de Mogadiscio, qui me racontaient tous la même histoire. Je me rendis compte que la plupart des anciens membres de la colonie italienne de Mogadiscio était effectivement inscrite au « Fascio », mais que les déplacer de leurs postes équivaudrait à arrêter toute vie normale dans la ville, comme aussi à Brava et à Villagio. Les seuls Italiens de la colonie qui n'étaient pas inscrits au « Fascio » étaient ceux qu'on n'avait pas acceptés ou que l'on avait expulsés, non pour des raisons politiques, mais pour des délits de droit commun. C'était des délinquants ou des criminels de droit commun que l'armée britannique avait sortis de prison, qui constituaient les meilleurs clients de Ritterhausen.

Il serait fastidieux ici de relater tous les interrogatoires et toutes les dépositions que je dus mener durant la semaine qui suivit, mais plus le temps passait, plus je dévoilais la manœuvre de Ritterhausen qui cherchait à déplacer ses ennemis des postes qu'ils occupaient, afin de les remplacer par ses amis.

Il est cependant peut-être intéressant que je décrive mon entrevue avec l'évêque de Mogadiscio, dont malheureusement j'ai oublié le nom.

Avant de quitter la Somalie, j'avais en effet cru bon de rendre visite à l'évêque.

Je fus reçu par le prélat qui ne fit rien pour cacher son antipathie pour mon uniforme, et resta debout, pour bien m'indiquer que l'audience devait être courte. Je pris un malin plaisir à l'informer que j'étais en mission spéciale et, qu'au point où en étaient les choses, une attitude antibritannique ferait plus de tort que de bien. Je lui fis aussi remarquer que je ne lui faisais qu'une simple visite de courtoisie.

– A mon avis, dis-je, les habitants de la Somalie italienne, catholiques ou musulmans, n'étaient pas des criminels de guerre et ne méritaient aucun châtiment pour avoir été des patriotes, qui n'avaient aucune autre solution que de respecter les lois et les coutumes de la Mère Patrie, mais qu'il fallait aussi, pour le bien de tous, étant donné les circonstances actuelles, essayer de mettre de côté les sentiments anti-anglais, pour ne pas s'attirer des ennuis. Actuellement, j'étais à Mogadiscio pour juger mes compatriotes et non pas les siens.

Cela dit, je me préparais à me retirer, quand l'évêque jugea bon de dire aussi quelques mots.

Il voulut bien me remercier de ma visite et il ajouta que les autorités britanniques l'avaient négligé et que j'étais le premier officier anglais qui lui avait rendu visite. Il était heureux d'avoir cette occasion pour dire que la vie à Mogadiscio était devenue très difficile et très précaire car la colonie vivait presque exclusivement de l'exportation du copra et des bananes, vers l'Italie. Ces exportations avaient été coupées et les fermes tombaient en ruines, par manque de moyens. L'occupation britannique ne faisait rien pour pallier à ce triste état de choses. Demain, il serait peut-être trop tard. L'évêque me priait d'attirer l'attention des autorités et, à mon grand étonnement, il me donna sa bénédiction!...

Quant à Ritterhausen, il continuait à me présenter des individus à l'aspect minable, mais dont je ne pouvais connaître les antécédents, tous les dossiers de la police avaient mystérieusement disparu de la « Comisaria » de Mogadiscio. De plus en plus, j'y voyais la main de Ritterhausen, mais je me gardais bien de lui dire que je voyais à travers son jeu. Il croyait de plus en plus avoir affaire à un homme facile à berner et il continua à me présenter des individus douteux, auxquels il avait fait la leçon.

Malheureusement, le jour de mon départ, je perdis mon sang-froid. Il ne faut pas oublier qu'il fait particulièrement chaud et humide à Mogadiscio. Je dormais avec autour de mon lit, une moustiquaire en fil de fer et j'étais continuellement réveillé par le choc des bestioles contre le grillage de ma moustiquaire comme si elles voulaient le rompre. J'imaginais que c'était des vampires.

J'étais devenu nerveux et mon métier d'inquisiteur me devenait de plus en plus fastidieux.

Le matin de mon départ, Ritterhausen me dit :

– Il est inutile que vous fassiez un rapport. J'ai pensé à le faire pour vous : vous n'avez qu'à le signer *(sic)*.

J'éclatai. Sa duplicité me fit perdre mon sang-froid et je criai presque pour dire :

– Ritterhausen, je n'ai pas besoin de votre aide, ou de vos conseils, pour faire mon rapport. Je ne veux même pas lire le vôtre. Vous pouvez le déchirer, car je n'en veux rien savoir. Il me regarda avec des yeux pleins de haine et tourna les talons. C'était imprudent, mais je ne pouvais plus supporter cette comédie. Longtemps après, j'appris que Ritterhausen avait envoyé son rapport, où il m'accusait d'intelligence avec les fascistes, donnant comme exemple ma visite à l'évêque, fasciste notoire et antianglais.

Mon rapport commençait par ces mots : « Quand les Japonais envahirent la Chine, leur service de renseignements se plaignit que les Chinois ne parlaient pas. Pour les Italiens, je dois me rendre à l'évidence, ils parlent trop. Il est donc d'autant plus difficile de faire la part du vrai et du faux. La conclusion de ma visite en Somalie est : qu'il faut admettre que les ex-fascistes sont toujours en poste, mais les renvoyer sans pouvoir les remplacer comme ce serait le cas, équivaudrait à décréter la mort de la colonie; en outre, comment peut-on espérer qu'une colonie si éloignée et habitée par des hommes qui ont accepté de s'expatrier pour gagner leur vie, puisse être autre chose, avec ou sans conviction, qu'une copie conforme de la Mère Patrie. »

Je quittai Mogadiscio sans regret et je puis confirmer ce que l'on dit de cette ville. « Quand vous ne savez plus au dîner, ce que vous avez mangé au déjeuner, vous commencez à devenir un habitant de Mogadiscio. »

J'avais quitté juste à temps!

21

PARACHUTISTE

Au début du second semestre de l'année 1944, je ne quitte pas le Caire. Avec le S.I.M.E. [1], je suis les affaires grecques qui sont plus embrouillées que jamais. Mais je supporte assez mal de rester loin de la véritable guerre qui s'accélère et je décide de tout faire pour obtenir de participer au combat. Enfin, en février 1945, mes efforts aboutissent : j'obtiens d'être envoyé, malgré mon âge et mon grade, en Italie, trés précisément à Gioia Del Colle, pour y faire mon apprentissage de parachutiste.

Le camp de Gioia del Colle est des plus primitifs. On vit sous la tente, sur des lattes en bois sous lesquelles passent la plupart du temps des ruisseaux, car il pleut continuellement. L'entraînement est très dur. Je découvre que je suis le vétéran des élèves parachutistes et mon âge donne même lieu à un incident amusant :

Le premier jour on nous divisa en groupes de dix et chaque groupe fut confié à un instructeur. Nous étions en tenue de gymnase et l'instructeur passa dans les rangs demandant l'âge et le numéro militaire de chacun. J'étais le sixième de la ligne, et jusqu'à moi, l'âge de tous les futurs parachutistes variaient entre vingt et vingt-trois ans. Imperturbable, j'annonçais que j'avais trente-sept ans. L'instructeur n'aimait pas avoir à faire à des « vieux ». Pour bien marquer son ennui, il me dit, aux éclats de rire des autres :

– Je ne vous ai pas encore demandé le numéro de votre livret militaire.

1. Security Intelligence Middle East.

– Dans ce cas, lui répondis-je en lui donnant mon numéro militaire, mon âge est 191.724.

L'instructeur n'était pas content, mais je ne tardais pas à avoir ma petite vengeance, lorsqu'il s'enquit du grade de chacun. Mes collègues dans le groupe étaient de simples soldats ou au plus, des caporaux. Arrivé à moi, je dis avec une certaine emphase : « Major ». L'instructeur, qui n'était que sergent, se montra un peu confus d'avoir essayé de ridiculiser un gradé. Il fit contre mauvaise fortune bon cœur et vint s'excuser. Je lui répondis que puisqu'il connaissait mon âge et mon grade, il devrait s'occuper tout spécialement de moi. Il promit et tint sa promesse.

En effet, dans le travail sur route, il me mit toujours en tête du peloton, ce qui me permit de mener le train à ma guise, et surtout de ne pas bouffer la poussière des chemins. L'entraînement, pour dur qu'il soit, avait ses avantages : il donnait une condition physique exceptionnelle.

Dès le troisième jour, lors des exercices sur route, notre entraîneur décida d'agrémenter les exercices de « jogging » par des combats singuliers entre les participants. Il s'agissait, à un signal donné, d'essayer de pousser dans le fossé longeant la route, l'adversaire qui se trouvait sur la même ligne que soi. On courait sur deux lignes parallèles.

J'étais en tête du peloton, et au coup de sifflet donnant le signal de ces mini-hostilités, je vis s'avancer vers moi, avec un air menaçant un nègre américain géant. J'avoue que l'idée d'être projeté par ce colosse dans le fond d'un fossé ne m'enchantait pas, aussi j'arrêtai mon adversaire d'un geste amical de la main, et je lui dis « Ne me touche pas, dans quel fossé veux-tu que je me mette? Je t'offrirai en outre de retour au camp une bonne bière bien fraîche ». D'abord surpris, mon adversaire non seulement accepta mon offre, mais me dit :

– Pour une bonne bière bien frappée, tu peux toi, si tu veux, me pousser dans le fossé que tu choisiras!

Nous fîmes alors un simulacre de combat, et mon colosse se laissa pousser jusqu'à son côté du fossé, tout en murmurant sans cesse tout bas : « N'oublie pas, une bière, une bière ». Je ne l'oubliai certainement pas!

Une autre fois, nous trottions encore sur route, quand lors du retour, à environ une cinquantaine de mètres de l'entrée du camp, notre entraîneur arrêta la course et dit :

– ... Je vais donner au « vieux Major » une dizaine de mètres d'avance et au signal que je donnerai, tous les autres essaieront de le dépasser avant l'entrée du camp. Tous ceux qui ne l'auront pas rattrapé, ferons une demi-heure de culture physique, sous mes ordres et je vous promets que je les ferai suer!

J'étais déjà en assez bonne forme... et je partis comme une fusée, de sorte que je pénétrai dans le camp bon premier et ainsi confortablement assis sur un banc, j'assistai aux exercices que notre entraîneur fit faire à tout le groupe à toute allure et depuis je ne fus plus « the old Major »... mais « the Galloping Major ».

Enfin vinrent les sauts. Lors du premier, le plus ému était bien notre instructeur : les instructeurs mettent un point d'honneur à faire réussir leurs élèves... Mais si le sergent était ému, on ne peut pas dire que nous étions parfaitement détendus. Se jeter dans le vide d'une hauteur de deux cents à trois cents mètres, n'est pas un geste naturel.

Nous sautions de « Wellington », c'est-à-dire que l'on se lançait à travers une trappe circulaire au centre de l'avion. Il y avait juste la place pour passer et la moindre poche d'air pouvait vous faire cogner contre les parois, au passage.

Au signal, je m'assis près de la trappe, les jambes pendant dans le vide... et quand l'instructeur cria « Number two go! » Je me laissai tomber. Pendant une seconde, le bruit autour de soi est infernal, tandis que l'on passe à travers le vent des hélices... puis on sent une légère secousse... c'est le parachute qui s'ouvre... et dans le silence délicieux qui succède au bruit de la première seconde, on se balance sans même avoir l'impression de descendre. Puis soudain... la terre monte vers vous avec une rapidité déconcertante... on a juste le temps de se mettre dans la position réglementaire, les pieds et les genoux joints... et l'on heurte le sol.

En chute libre, avant l'ouverture du parachute, on atteint une vitesse d'environ deux cent cinquante kilomètres à l'heure, et une fois le parachute ouvert, on descend quand même à plus de quinze mètres à la seconde. Pour vous donner une idée de cette vitesse, songez que l'on tombe cinquante pour cent plus vite que le recordman du monde sur cent mètres. A cette vitesse-là, si l'on ne se reçoit pas correctement, on risque de se briser une cheville, de se tordre le genou, etc...

J'ai agi comme un automate, et fort heureusement je me reçois correctement. Le sentiment que l'on éprouve après le premier saut réussi est une immense jubilation. En fait, ce premier saut peut être un coup de veine ou de déveine, et il y eut quelques blessés. En effet, tout se passe si vite que l'on n'a pas le temps de réaliser ce que l'on fait, ou ce que l'on doit faire. A partir du moment où l'on quitte l'avion jusqu'au moment où l'on se retrouve par terre, il se passe environ douze secondes, la distance couverte étant d'environ deux cents mètres. Faites votre compte.

Pour avoir droit aux ailes de parachutiste, il faut avoir sauté six fois à l'entraînement, quatre fois de jour et deux fois de nuit.

Lors d'un saut de nuit qui comportait aussi un exercice de regroupement, l'un de nous fut perdu pendant quelque temps : il avait hésité au moment de sauter. Après de longues recherches on le retrouva soutenu par des Canadiens, dont le camp n'était pas loin de l'aérodrome. Nous crûmes qu'il était blessé car il était peu cohérent dans ses explications. Nous le transportâmes donc immédiatement à l'hôpital, d'où il nous fut renvoyé dès le lendemain matin, avec la remarque que l'hôpital n'avait pas le temps de s'occuper de nos soulards. Notre parachutiste avait dérivé et était tombé dans le camp canadien. Ceux-ci crurent avoir affaire à un saboteur, et je crois, le passèrent à tabac durant son interrogatoire. Quand ils se rendirent compte de leur méprise, pour se faire pardonner, ils lui offrirent tellement de whisky que le pauvre diable nous avait donné une parfaite imitation d'un homme atteint d'une commotion cérébrale.

L'entraînement et les sauts continuèrent. Après le sixième saut, on fit le compte de la casse. Sur soixante apprentis parachutistes, six étaient à l'hôpital, mais nous n'eûmes pas à déplorer de blessures graves : tous les parachutes s'étaient ouverts.

Après la cérémonie de remise des ailes, nanti de mes ailes qui me donnaient trois shilling de plus par jour, je me préparai à retourner en Grèce avec notre armée de libération.

Mais ce jour n'eut lieu que plus tard.

Depuis trois jours, plutôt depuis trois nuits, nous attendions, « sac au dos », et le « suspense » commençait à agir sur les nerfs de la « 3rd Independant Paratroop Brigade ». Depuis trois jours, nous avions reçu toutes les informations et toutes les instructions relatives à l'opération « San Giorgio ». Rien n'avait été laissé au hasard, sauf le temps!

A trois reprises, l'opération avait été décommandée à la dernière heure, sans explications.

Depuis trois jours, chaque soir, car l'opération devait avoir lieu de nuit, nous avions été alignés avec armes et bagages devant nos avions transporteurs... et chaque fois, après deux heures d'attente sous la pluie, trempés et transis, l'ordre nous était venu de regagner nos quartiers.

Comme officier de liaison, je finis par avoir l'explication de ce triple contre-odre : le temps! Le ciel était complètement bouché. Les nuages de pluie qui se déversaient sur la région rendaient toute observation des mouvements de l'ennemi impossible, et retarderaient l'arrivée de nos blindés, après l'occupation de l'aérodrome.

La veille, pour nous faire prendre patience, des compétitions sportives avaient failli mal tourner. Notre brigade était composée d'un bataillon U.S.A. de « Marines », d'un bataillon écossais et d'un bataillon anglais.

Lors de ces compétitions, les nerfs déjà à fleur de peau et un amour-propre national exacerbé, avaient fait dégénérer ces épreuves en bagarres! Des quolibets, on passa aux insultes... et les couteaux de commandos sortirent de leurs gaines... L'énergique intervention du brigadier général sauva la situation, mais de justesse.

Le temps ne passait pas, d'autant plus que les parachutes, ayant séjourné sous la pluie, devaient être inspectés, repassés à la chambre sèche, et repliés chaque fois. Les pauvres W.A.A.F.,[1] chargées de ce travail, n'en pouvaient plus.

Quand on commençait à ne plus y croire, le ciel s'éclaircit et vers dix-neuf heures nous reprîmes le chemin de l'aérodrome « Gioia-Del-Colle ». Le tirage au sort semblait avoir défavorisé notre bataillon. Nous avions tiré du képi du brigadier, le saut sur l'aérodrome.

Le bataillon américain devait sauter à environ huit kilomètres au nord de San Giorgio, pour intercepter l'arrivée de renforts éventuels de l'ennemi. Quant au bataillon écossais, avec des approvisionnements et notre artillerie légère, il était

1 Women Assistant Air Force.

gardé en réserve pour être largué selon la situation de l'un ou de l'autre des deux bataillons engagés.

D'après nos services d'informations, l'aérodrome était un aérodrome auxiliaire occupé par les Allemands. L'avance des armées alliées sur le front de l'est, rencontrait peu de résistance et il était important de pouvoir occuper un aérodrome de première ligne pour accélérer le mouvement. Enfin, étant donné la nécessité d'utiliser cet aérodrome le plus tôt possible, il ne serait pas bombardé, afin de profiter de ses installations.

Notre attaque serait donc basée sur la surprise. On allait employer pour la première fois des fusées éclairantes d'un nouveau modèle. Elles ne s'illumineraient qu'au contact avec le sol, ce qui éclairerait l'objectif, alors que nous demeurerions dans l'ombre protectrice de la nuit durant notre descente.

Après le tirage au sort, tandis que pour la quatrième fois je refaisais les préparatifs, mon compagnon de tente, le capitaine Sweeney (from U.S.A.) se lançait dans des plaisanteries d'un goût typiquement yankee :

– Poor major Max, répétait-il, couche-moi sur ton testament, je te promets d'écrire une lettre touchante à ta famille et à tes maîtresses... En tout cas, donne-moi leur adresse, etc...

Je ne crois pas manquer de sens de l'humour, mais ses éclats de rire ne trouvaient, cette fois, aucun écho en moi!

Enfin on embarqua : « Come up, boys! »

Les gros avions avec leurs hélices déjà tournant au ralenti, prirent vite leur cargaison humaine. Nous étions bien entraînés et nous connaissions la manœuvre. Par ailleurs, nous étions tous très chargés : bandes de munitions, chargeurs, grenades à mains, carabines, fusils-mitrailleurs, Bren Guns, etc, etc... Chacun avait le droit de fixer son excédent de bagage à son gré.

En ce qui me concernait, j'attachais tout mon barda au-dessous de la taille, car je voulais éviter tout risque qu'il puisse accrocher le cordon d'ouverture de mon parachute.

Lors d'un saut d'entraînement, j'avais fait à la sortie de l'avion, une superbe cabriole qui m'avait empêtré dans les filins de mon parachute lorsque celui-ci s'était déployé, et je m'étais trouvé accroché par les pieds, tête en bas, avec seulement quelques secondes pour me rétablir afin de ne pas atterrir sur le crâne.

Les parachutistes – tous volontaires – sont censés être des durs, et cependant je ne me souviens jamais que l'atmosphère dans l'avion, durant le vol, ait été détendue. Il est de mode de prendre un air détaché, et le bruit assourdissant des moteurs de ces gros avions rendant toute conversation impossible, on est dans un monde à soi, seul avec ses pensées. Cette fois ne fut pas une exception.

Durant le vol, seul le « dispatcher » s'affaira et ne cessa de contrôler nos « lifelines ». Il essaya bien de nous tenir au courant, selon les informations que lui donnait le pilote, mais il y avait bien peu de choses à dire. A un certain moment, il nous informa que nous avions rencontré notre chasse.

A part cette diversion, le vol fut sans histoire... et nos chasseurs n'eurent pas à intervenir. Je crois que c'étaient des Sud-Africains. Ils nous abandonnèrent à l'approche de notre objectif pour mitrailler au sol, afin d'obtenir les points de la défense antiaérienne de l'aérodrome, mais celle-ci demeura muette.

Ce manque de réaction de l'ennemi, alors que nous tournions déjà en rond pour choisir notre DZ [1], nous surprit agréablement, mais nous parut suspect!

Soudain, pendant que notre avion perdait de la hauteur, car le lancer devait s'effectuer à une hauteur de deux cents mètres, l'aérodrome fut violemment illuminé par les fusées qui fonctionnèrent à merveille. Nous l'apercevions dans tous ses détails comme en plein jour.

L'appel avait déjà eu lieu et nous étions alignés devant la porte ouverte. La lumière rouge passa au vert... avec l'ordre de sauter :

– Number one... go!

– Number two... go!

– Number three... go!

J'étais le troisième. Plus le temps de penser... tout est si rapide. On fonctionne comme un robot... le vide, la chute vertigineuse... l'ouverture du parachute pilote, presque simultanément l'ouverture du parachute, léger choc aux épaules... et l'on se balance. On ne se sent plus tomber, et déjà le sol monte, monte, on rectifie l'oscillation et l'on heurte le sol... on roule en boule... on vide le parachute, on se détache... on s'arme.

1. Destination Zone.

Notre compagnie est au complet. Nous avançons en direction des hangars... et toujours rien! Sur ma droite, une petite bâtisse qui doit être le mess des aviateurs, est aussi silencieuse que le reste de l'aérodrome. Les fusées éclairent comme en plein jour. Je distingue très nettement chaque couleur du camouflage de la bâtisse.

Soudain, à l'autre extrémité de l'aérodrome, deux fusées vertes montent dans le ciel, et je me rappelle que nous aurions dû en faire autant, car ces fusées devraient indiquer que nous sommes au sol, ainsi que notre position, afin de ne pas subir les tirs de notre propre troupe.

Je hèle le sergent Edwards et je lui demande de se mettre en contact par « talkie-walkie » avec notre 2e compagnie pour savoir ce qui se pase de leur côté. Le sergent m'annonce que, comme nous, la 2e n'a rencontré aucune opposition, mais que le captain Deakin a donné l'ordre de ne pas bouger avant que les sapeurs aient visité les voies d'accès.

Je commence à croire que nous avons pris de haute lutte un aérodorme abandonné. Dans ce cas, il faut se méfier des « booby traps »[1] et des mines. Je donne l'ordre d'avancer tout en demandant à nos sapeurs de faire fonctionner leurs détecteurs de mines et de ne pas pénétrer dans les bâtiments.

Soudain, nos radios crépitent : le bataillon américain demande du renfort. Il est engagé par des forces importantes et n'a aucune mobilité, car il est tombé dans un terrain marécageux. J'intercepte la confirmation du message par le bataillon écossais et nous recevons l'ordre de ne pas intervenir, mais de nous concentrer sur le côté nord de l'aérodrome et d'y faire jonction avec la 2e compagnie. A l'horizon, des explosions éclairent continuellement le ciel et je vois que nos chasseurs interviennent aussi.

Il se confirme que l'aérodrome a bel et bien été évacué quelques heures avant notre arrivée et que les Américains sont tombés sur l'évacuation!!!

Les nouvelles arrivent. Elles sont bonnes : le bataillon écossais a coupé l'évacuation, quelques camions seulement ont pu échapper et sont attaqués par la chasse. L'opération de nettoyage continue.

Notre radio-télégraphiste m'informe qu'à 11 h 45 P.M il a

1. « booby-traps » : pièges.

reçu de notre quartier général le signal « Trek », ce qui veut dire que l'avant-garde motorisée de nos troupes est déjà en route. Je calcule que si tout va bien, les premiers blindés devraient nous rallier le lendemain avant midi.

Un parachutage de matériel antiaérien nous tombe du ciel et nous recevons l'ordre de le placer sur les limites des pistes d'atterrissage, car il paraît que la Luftwaffe va essayer de les détruire.

Je me demande si je dois éteindre les fusées qui continuent à éclairer l'aérodrome. Mais je décide qu'il est plus facile de s'organiser en voyant ce que l'on fait.

En fait, la Luftwaffe nous laisse tranquilles... elle a autre chose à faire. Le caporal Denny, un Irlandais plein d'humour, prend un air très sérieux pour me demander ce que nous devons faire « with our casulaties, sir? » (de nos blessés?) Je sursaute, je ne savais pas que nous avions des blessés :

– Private Lorimer, sir, je crois qu'il s'est foulé la cheville!

J'éclate de rire... et Denny semble très heureux de son effet.

Je dois avouer qu'un aérodrome pris par un bataillon de parachutistes pour le prix d'une cheville foulée, me paraît bon marché!

J'ai souvent remarqué que, même s'il existe une tension nerveuse quasi électrique au départ d'une opération parachutée, il y a aussi une réaction « post-opératoire » assez joviale. C'est le pauvre Lorimer qui sert de tête de turc pour les plaisanteries. Il s'y associe d'ailleurs de bon cœur, et profite de son état pour prétendre ne rien faire. Quand je le visite, très pince-sans-rire, il me demande si je ne vais pas le proposer pour le « Purple Heart »[1]!

La nuit passe... Tasses de thé sur tasses de thé... Le traditionnel « five o'clock » a lieu jusqu'à cinq heures... du matin!!!

Les fusées s'éteignent une à une. Il fait noir et glacial, car la consigne de ne pas entrer dans les bâtiments tient toujours.

Avec les premières heures du jour, les blessés américains et écossais arrivent, portés par des prisonniers allemands. Il n'y a pas de pilotes parmi ces derniers. J'interroge l'officier supérieur allemand – Hauptman Gerheidt – un homme d'une cinquan-

1. Toute blessure quelle qu'elle soit donne au militaire américain droit à cette décoration.

taine d'années. Je m'aperçois que le Hauptman parle l'anglais mieux que moi l'allemand.

– Non, il n'y a ni mines, ni « booby traps » à San Giorgio. Tant mieux.

– Pourquoi a-t-on évacué « San Giorgio » sans combat?

– Parce que « San Giorgio » était indéfendable et n'a qu'une route de sortie, c'était une souricière!

Tous les avions étaient partis depuis deux jours au moins. Oui, ils étaient bien informés que nous allions les attaquer.

Et dire que nous comptions surtout sur l'effet de surprise!

J'informerai nos quartiers généraux que le secret a été bien mal gardé. Cela aurait pu être grave.

Haptman Gerheidt me dit enfin, avec une résignation peu teutonique, qu'à son avis, la guerre est perdue pour l'Axe et que pour éviter d'inutiles souffrances au peuple allemand, il souhaitait qu'elle se termine le plus tôt possible. Il craint les Russes :

– Des sauvages, me dit-il.

A ce moment-là, le sergent Edwards interrompit notre colloque. Au garde-à-vous, mais rouge d'une indignation mal contenue, il m'annonça, en fixant furieusement le Hauptman, que dans la cave de la bâtisse principale on avait trouvé un millier de bouteilles de champagne et de cognac français... fracassées à coup de mitraillette! On pataugeait littéralement dans une mer de champagne au cognac ou de cognac au champagne.

– A bloody shame, sir! (Une sacrée honte, sir!).

Pour le sergent Edwards, cette destruction sacrilège faisait du Hauptman Gerheidt un criminel de guerre, que l'on devrait passer par les armes sur-le-champ. Il ne se calma un peu que quand il apprit que dans les camions capturés par les Écossais il y avait une ample provision de vins français et italiens. Mais soutirer quelques bouteilles aux Écossais, sera à mon avis, beaucoup plus difficile que de prendre « San Giorgio ».

Mon compagnon de tente, major Sweeney, arriva sur ces entrefaites avec les rescapés du bataillon américain. Il n'est blessé que moralement, car il a perdu une quinzaine d'hommes entre tués et blessés.

Il me raconta son histoire :

D'après lui, son bataillon avait été largué à plus de cinq kilomètres du D.Z. prévu. Ils avaient été éparpillés sur deux versants de la montagne et dans une plaine où les pluies avaient fait de l'endroit un véritable marécage, et comme seul l'aérodrome avait été éclairé par nos fusées, le bataillon s'embourba dans une obscurité complète.

Ayant décidé de s'éclairer par leurs propres moyens, ses hommes devinrent immédiatement des cibles pour les tirs des Allemands qui défilaient sur une route à trois ou quatre cents mètres de là, en bordure du marécage où s'était enlisé le bataillon.

Ceux qui étaient tombés sur la colline purent se reformer tant bien que mal... et engagèrent l'ennemi qu'ils attaquèrent à la grenade. D'après Sweeney, ils détruisirent deux canons de 88 mm que remorquaient deux tanks. Un coup heureux avec une balle explosive fit flamber un camion de munitions qui sauta et bloqua le reste de la file des camions. L'ennemi commençait à se rendre quand les Écossais arrivèrent. J'imagine que la version écossaise est peut-être un peu différente de celle du major Sweeney, mais n'insistons pas!

Donc, pendant que nous prenions quelques bonnes tasses de thé et que nous n'avions à déplorer qu'une cheville foulée... à quelques kilomètres, pour ceux qui s'y attendaient le moins, la guerre continuait.

Moralité : méfiez-vous du képi du brigadier, major Sweeney!

Le lendemain, vers onze heures, on me signala l'arrivée des premières autos blindées. Dans l'après-midi, les premiers éléments de l'armée de l'Air s'installèrent sur l'aérodrome. Notre rôle était terminé... et le premier avion me ramena à Gioia-Del-Colle.

LES GURKAS

Puisque nous sommes au chapitre du parachutisme, je ne puis passer sous silence l'anecdote suivante dont l'intérêt réside autant dans son originalité que dans son authenticité.

En 1943, il fut décidé de faire un corps de parachutistes avec ces fameux guerriers du Népal : les Gurkas.

Le premier jour, l'instructeur en chef s'adressa à ces Gurkas qui avaient pris l'engagement de devenir des parachutistes.

Le colloque fut simple et se résuma par l'information que les épreuves de sauts commenceraient après les exercices d'entraînement physique et que l'on sauterait de 200 mètres de hauteur.

Après le colloque ci-dessus, les Gurkas se réunirent pour discuter le coup et à la suite de cette réunion, le sergent chef demanda à parler à l'officier instructeur.

– Nous sommes d'accord pour sauter, dit-il, mais nous avons décidé à l'unanimité que nous voudrions sauter de 50 mètres seulement et non pas de 200 mètres.

– Comment, s'écria l'instructeur, mais de 50 mètres, le parachute n'aurait pas le temps de s'ouvrir!

– Ah! dit le sergent Gurkas, s'il s'agit de sauter avec un parachute, nous sommes d'accord pour sauter de 200 mètres!

Il faut croire que les braves Gurkas étaient prêts à sauter *sans parachute* de 50 m de hauteur. Heureusement on ne le leur demanda pas.

Enfin, à propos des Gurkas, disons que, ce corps d'élite, très expert dans les coups de main et les attaques de nuit, préférait ne pas avoir de préparation préalable de l'artillerie sur leur objectif. En effet ils se basaient surtout sur l'effet de surprise qu'ils employèrent souvent avec succès dans la guerre du désert lybique.

Par la suite, c'est à eux qu'on dut la reconquête de la Malaisie sur les communistes qui avaient succédé aux Japonais.

22

GUERRE CIVILE

Au plus profond de mon cœur, je gardais le désir de retourner en Grèce, et de participer à la libération de ce peuple qui avait fait preuve de tellement de cran et qui avait tellement souffert de l'occupation italo-allemande.

C'est donc avec joie que j'avais appris que je ferai partie du tout premier contingent qui entreprendrait l'opération « Retour ».

Je commandais un petit groupe qui devait établir le premier contact avec nos services de renseignements et les agents qui avaient opéré durant l'occupation.

Dans mon groupe, était le capitaine Freddy Keun, parachutiste. Le reste était trié sur le volet; j'avais douze hommes dont un sergent-major et deux caporaux, tous spécialistes de ce genre d'opérations.

A peine débarqués, nous devions, avec la collaboration des services secrets en Grèce, essayer de démantibuler au plus vite la « stay behind sabotage organisation [1] » laissée par les nazis et dans laquelle il y avait des éléments de la division « Brandenburger », des experts en la matière.

Ma modestie dût-elle en souffrir, je vous donne ci-dessous la citation qui me valut l'ordre de l'Empire Britannique. Comme vous pouvez le voir, mon chef avait le verbe facile.

– Major Bally arrived in Grece in D. Day commanding the advance party of the Balkan Counter Intelligence Service,

1. Organisation de sabotage derrière les lignes.

which was given the task of breaking up extensive stay behind sabotage espionage organisation in Grece. He planned and executed with great skill series of raids wich resulted in the virtual destruction of the potentially dangerous ennemy stay behind organisation, within a short time of the arrival of the British Troops.

In carrying out these raids in difficult, sometimes dangerous circumstances, major Bally was responsable for the arrest of upwards of 50 key ennemy agents. Later, during the civil war in Athens, he has tackled the problem of dealing with the purely Greeek subversive organisation with great energy and resource. During the fighting, he organised a number of small security commandos, which he personally led, which operated with forwards troops rendering valuable intelligence service to the fighting troops.

Without the exceptionnal services of this officer, the work of B.C.I.S. in dealing with the security, the situation in Grece would have undoubtedly been much less effective.

Durant the course of the war, major Bally has received two Mentions in Dispatches for service in active capacity involving circumstances of special danger on Special Operations.

– Le major Bally est arrivé en Grèce le jour J, à la tête du Service de contre-espionnage balkanique, le B.C.I.S. qui avait pour tâche de démanteler l'organisation de sabotage et d'espionnage laissé en Grèce par l'ennemi. Il conçut et exécuta avec un grand courage, de nombreuses opérations qui eurent pour résultat, la destruction virtuelle de ladite organisation dans le court laps de temps précédant l'arrivée des troupes britanniques.

Au cours de ces opérations, menées dans de difficiles, parfois même dangereuses conditions, le major Bally fut responsable de l'arrestation de plus de cinquante agents ennemis d'importance.

Plus tard, durant la guerre civile à Athènes, il a affronté l'organisation subversive grecque avec une grande énergie et fit preuve de beaucoup d'initiative. Durant les combats, il constitua un certain nombre de petits commandos de sécurité qu'il commandait personnellement, avec des troupes franches, rendant ainsi de précieux services en renseignant les troupes combattantes.

Sans les services exceptionnels de cet officier, les travaux du

B.C.I.S. concernant la sécurité et la situation en Grèce auraient été indubitablement moins efficaces [1].

C'est le 4 octobre 1944 que je débarquai au Pirée. Sur la même motocyclette, Freddy Keun et moi arrivâmes à Athènes. Notre entrée fut épique... Fleurs, baisers et claques de bienvenue dans le dos qui manquèrent nous faire verser dans tous les fossés qui bordaient la route. Enfin, par des miracles d'équilibre, nous arrivâmes au « Grande-Bretagne », où nous attendaient nos correspondants des Services de Renseignements.

A peine débarqués, et avec les Allemands encore dans certains faubourgs d'Athènes, sur les informations de nos agents grecs, nous arrivâmes à temps pour délivrer des prisonniers qui se trouvaient déjà dans la cellule des condamnés à mort de la prison Averoff. Parmi ceux-ci il y avait la fille de l'amiral Cavadias et son jeune frère.

Nous fîmes enfin connaissance avec le réseau de la famille Karayannis, dont malheureusement la mère, Lola Karayanis, avait été exécutée par la Gestapo, quelques jours plus tôt. Ce réseau avait fait évader plus de cent cinquante prisonniers anglais, dont plusieurs pilotes. Un monument existe actuellement à la mémoire de cette courageuse femme.

Lorsque je rencontrai pour la première fois le père Karayanis, j'étais de mauvais poil et je lui demandai assez brusquement de me prouver qu'il était véritablement loyal à notre cause. D'un geste large, il me montra ses trois fils :

– Ils s'appellent : George! Byron! Et Nelson! Quelle meilleure preuve puis-je vous donner? me répondit-il.

La situation politique grecque était loin d'être brillante et nous eûmes rapidement fort à faire. Non seulement nous devions lutter contre des organisations ennemies de sabotage et d'espionnage, mais aussi nous nous heurtions aux courants antibritanniques qui devenaient de plus en plus forts.

Les communistes, avec l'aide des Soviets, avaient été très actifs dans leurs préparatifs pour prendre le pouvoir à la libération. Ils étaient très bien organisés et comprenaient trois groupes puissants politiquement et militairement : le K.K.E. [2], l'E.A.M. [3], et l'E.L.A.S. [4].

1. Durant le cours de la guerre, le major Bally a reçu deux citations pour services rendus dans des circonstances particulièrement dangereuses en Opérations Spéciales

2. Parti communiste grec.

3. Parti grec de la résistance.

4. Force armée grecque.

L'E.A.M. concentrait tous les éléments de gauche, mais le véritable parti communiste, dépendant de Moscou, était le K.K.E. qui, en fait, contrôlait les forces armées de l'E.A.M. qui opéraient sous le nom « d'ELAS ». Les communistes avaient fait de grands efforts pour s'infiltrer dans l'armée régulière, mais la vigilance des services britanniques et grecs avaient déjoué plus d'un complot et les meneurs avaient été arrêtés comme suite à une rébellion dans l'armée grecque, qui avait eu lieu en Égypte.

La libération d'Athènes leur permettait enfin de donner toute leur mesure. Les hordes du K.K.E. parcouraient la ville en hurlant des slogans antimonarchiques et anti-anglais. D'horribles mégères menaient ces processions et des groupes armés commençaient à prendre des positions stratégiques dans tous les quartiers de la ville.

Les nuits, à l'aide de porte-voix, ils appelaient le peuple à la révolte et promettaient de couper le cou à tous ceux qui ne se joindraient pas à leur mouvement. Ils semaient ainsi la panique. Enfin l'accusation gratuite de collaboration avec l'occupant était leur prétexte favori pour se débarrasser de leurs ennemis. La situation empirait chaque jour.

Le général Scobie – « Suprême » en Grèce – voyant le danger, décréta que les « guérilleros », de toute distinction et de tout parti, devaient rester en dehors des limites de la ville. S'ils pénétraient dans la ville, ils seraient considérés hors-la-loi! Cette mesure a peut-être sauvé Athènes.

Une nuit, vers une heure du matin, je fus réveillé par les bruits caractéristiques d'une armée en marche : roulements de voitures, cliquetis d'armes, ordres. Nous habitions alors dans un immeuble du boulevard « Vassilisa Olga », une des artères principales menant au centre même de la ville. Je me mis à la fenêtre et j'aperçus une forte concentration d' « Andartes [1] » qui se préparaient à camper, attendant probablement le lever du jour pour pénétrer dans Athènes, mais en fait, nous l'apprîmes plus tard, attendant les ordres du Comité Central du K.K.E.

Le major West et moi ne perdîmes pas une minute. Nous fîmes sortir notre jeep et fonçâmes à toute vitesse vers le quartier général. Nous informâmes le général Scobie de ce que nous venions de voir, évaluant le nombre des « Andartes » à

1. Guérilleros monarchistes.

environ mille cinq cents hommes. Scobie donna ordre immédiatement à la 3rd Brigade ainsi qu'à une unité de la 7th Armoured Division, de désarmer les « Andartes ». Ceux-ci, qui attendaient toujours les ordres du comité central communiste, pris par surprise, n'offrirent pas de résistance.

A l'interrogatoire, il fut révélé qu'ils avaient reçu l'ordre de descendre des montagnes en direction d'Athènes et d'y attendre les ordres. Je ne doute pas qu'il s'agissait d'occuper la place de l'Université et l'Omonia, en contradiction avec la décision du général Scobie.

Le même jour, la fusillade éclata dans tous les faubourgs d'Athènes.

La guerre civile avait commencé.

Les forces alliées qui n'étaient pas venues en Grèce pour ce genre d'hostilités, n'étaient ni préparées, ni assez nombreuses. Bientôt, tout ce qui demeura entre les mains des Britanniques, fut la place de la Constitution et une partie de l'Omonia, dont plusieurs immeubles abritaient des francs-tireurs. Il y eut beaucoup de victimes : les guerres civiles sont sans pitié.

Mon groupe se trouva encerclé dans son immeuble du boulevard « Vassilia Olga ». Nous dûmes repousser trois attaques des communistes, qui arboraient un mouchoir rouge autour du cou pour se reconnaître. Nous employâmes grenades, revolvers et carabines.

Après deux jours de ce siège, les tanks des K.D.G. [1] vinrent nous sauver, mais le lieutenant Williams et le sergent Crawley avaient été tués.

Pour venir à bout des communistes, il fallut dégarnir le front d'Italie et faire venir le 10th Corps avec le général Horrocks. Cela prit plus de trois mois de combats de rues et coûta mille deux cents morts aux troupes qui étaient venues pour libérer la Grèce.

La guerre contre les nazis n'en continuait pas moins. Les organisations de sabotage n'avaient pas abandonné. La plus difficile à détruire, fut celle que nous appellerons le « réseau arménien ». C'est lors du dernier acte de cette poursuite, que je faillis être tué.

Nous venions de faire irruption dans une villa d'un quartier voisin de l'Acropole, occupée par cinq hommes et une femme

1. King Dragon Guards.

du réseau. Le chef de la bande était couché sur une espèce de grabat dans la dernière chambre de la villa. J'avais reçu l'information que les fonds du réseau étaient cachés derrière un tableau. Je commençais à retourner les tableaux dans la chambre où était couché le soi-disant malade, quand un mouvement de l'homme sur le lit me fit faire instinctivement un bond de côté. Au même moment une détonation claqua et une balle s'enfonça dans le mur près de ma tête. Freddy Keun, qui était chasseur à Ceylan, tira sur mon agresseur et lui traversa l'épaule du bras qui tenait le revolver. Je crois que je lui dois la vie. J'ai gardé le revolver de l'Arménien : c'est un Luger 17... J'ai appris depuis à me méfier de tout et de tous, même quand ils ont l'air mourant.

Une autre fois, nos moniteurs de la radio nous informèrent que, très probablement, une très forte somme d'argent en sterlings allait être transportée hors d'Athènes pour payer un agent dans le nord de la Grèce. Le message intercepté nous donnait le jour et la route.

Nous mîmes un faux poste de contrôle routinier sur la route de Lamia, et bientôt une vieille auto apparut. Elle était conduite par un homme âgé qui avait avec lui une bonne vieille dame. Nous fîmes descendre le couple, sous le prétexte de vérifier leurs papiers d'identité et le carnet de l'auto. Nous fouillâmes de fond en comble l'auto et ses passagers, pour découvrir enfin, que la roue de secours était pleine de billets de 10 et 50 sterlings. La vieille dame avait aussi une forte somme attachée entre ses cuisses! En tout, il y avait près de 50 000 livres sterling admirablement falsifiées.

Les commandos que j'avais formés avec des francs-tireurs et des résistants grecs, luttaient avec une réelle efficacité. Les hommes... ils étaient rudes, sévères, cruels.

Mais aucun n'a approché Georges Tsoucas en courage et en cruauté!

23

GEORGES

Georges Tsoucas faisait partie de mes commandos. C'était un homme grand et brun, au corps massif, aux tempes grisonnantes. Il était aussi mon ami...

Depuis notre enfance commune à Alexandrie, je savais que Georges était un dur, mais jamais je n'aurais pu imaginer que sa rudesse atteindrait un jour un tel degré d'intensité!

Engagé volontaire, Georges s'était distingué dans des opérations en Méditerranée. La dernière de celles-ci devait changer sa vie. C'était une opération très risquée. Il s'était agi, avec un petit groupe de spécialistes, de débarquer d'un sous-marin sur la côte de l'île de Rhodes, pour détruire au sol les avions sur deux aérodromes militaires.

On revient difficilement de ce genre de mission surtout, comme c'était le cas, lorsqu'il s'agit d'une île.

Frappé par une crise subite de malaria, cette fois-là Georges n'avait pas pu s'échapper.

Les Italiens se vengèrent sur les prisonniers, des destructions commises sur leurs avions.

Quoique malade, Georges fut donc roué de coups, mais ce qui le marqua plus que les coups de crosse et les coups de poings, ce fut que l'on déchira la photographie de sa femme et que l'on piétina ses doigts chaque fois qu'il avait essayé d'en ramasser les morceaux!

Georges, je vous l'ai dit, était un dur. Dès lors, il n'eut qu'une seule pensée, s'échapper et se venger.

La vie dans les camps de prisonniers affecte diversement les hommes. Certains se laissent aller au découragement. D'autres au contraire, se cabrent contre le sort qu'ils continuent à défier coûte que coûte. Mais personne n'en sort indemne.

Georges n'était pas une exception, tant s'en faut. Sa capture, et trois camps, allaient en faire un « tueur »!

Georges s'évada trois fois!

La première fois du bateau-prison qui faisait escale à Patras. La seconde de la forteresse près d'Ancona, où l'on n'enfermait que les mauvais garçons. La troisième fois de Regensburg.

La troisième fut la bonne!

Ayant assommé un gardien et ayant, avec l'aide d'un autre évadé comme lui, étranglé deux « Hitler Jungend » qui avaient essayé de les arrêter à quelques kilomètres de Regensburg, Georges erra longtemps dans la forêt Noire, se nourrissant de racines et passant ses nuits dans les arbres pour dérouter les gardes qui le poursuivaient. Après vingt jours de ce régime... il arriva à la frontière française et la chance décida enfin de lui sourire. Il fut recueilli par la Résistance qui le fit passer en Espagne, d'où il regagna l'Angleterre par Gibraltar...

Je m'excuse d'avoir résumé en quelques lignes ce qui ferait le sujet d'un livre passionnant, mais cette histoire est la sienne... et j'espère bien qu'il se décidera à l'écrire un jour!

Georges est enfin libre! Son premier but est atteint, mais il en a maintenant un autre auquel il va se consacrer tout entier.

Son plan est fait. Ayant recouvré la santé, après avoir dû subir l'amputation de deux orteils, souvenir de son passage à travers les neiges des Pyrénées, il passe son brevet de parachutiste... et, un beau jour... ou plutôt par une belle nuit, il nous tombe du ciel en Grèce occupée et, plus précisément en Épire!

J'étais enchanté de retrouver le compagnon de mes jeunes années, mais quelque chose était changé : le capitaine Georges T. était très différent du compagnon que j'avais connu. Il était morose et renfermé...

Enfin, un jour, il me dit sans vouloir préciser d'avantage, qu'il avait de mauvaises nouvelles de sa femme, et sur ce, il développe une théorie qui me fait comprendre qu'il n'est plus tout à fait normal.

D'après lui, la destruction de la photo de sa femme, jeune mariée, était la cause de la destruction de son ménage! Les responsables étaient par conséquent les Italiens! Ils allaient lui payer ça le plus cher possible!

En voyant son expression tandis qu'il me parlait, je compris qu'il était inutile d'essayer de lui faire entendre raison.

Dorénavant, les occasions n'allaient pas lui manquer.

Quand elles ne se présentaient pas, il les recherchait et même les inventait. Nous étions épaulés par les « Andartes » [1] de l'Épire. Il devint en quelque sorte leur chef. Dans les coups de main pour intercepter les convois, ou faire sauter des ponts, il insistait toujours pour être celui qui neutraliserait la sentinelle. Faire des prisonniers, ne l'intéressait pas, mais il ne manquait jamais de leur demander si, par hasard, ils n'avaient pas servi à Rhodes. Heureusement pour eux, aucun ne lui répondit jamais par l'affirmative!

Il était un arsenal vivant : deux couteaux de « commando », un dans la manche et l'autre placé dans le col de son « battle-dress », une matraque plombée à ressort, de son invention, qui pouvait se projeter, une grenade dans chaque poche dont l'une pouvait se dégoupiller par simple pression sur le bouton de la poche, deux chargeurs pour son revolver 45, etc.

Quand je lui avais fait remarquer qu'il était aussi un danger pour tous ceux qui l'entouraient, il m'avait dit :

– On ne me reprendra plus vivant, et comme cela j'en prendrai quelques-uns avec moi!

Une autre fois, je dus lui donner l'ordre à plusieurs reprises de se mettre à couvert, car debout il continuait à tirer sur tout ce qui bougeait, insouciant du fait qu'un de nos hommes avait été abattu à ses côtés d'une balle en plein front.

Comme toute excuse, il m'avait dit :

– Ce sont des Italiens!

Je vous ai déjà dit que la chance l'avait adopté, elle ne le lâcha plus. Georges passa toujours entre les balles, et nous étions de nouveau en Grèce en 1944, quand il vint me demander une semaine de congé! C'était la première fois qu'il le faisait et j'étais plein d'espoir que sa crise, sa crise de haine était passée.

– Où comptes-tu passer la semaine? lui demandai-je.

– A Patras, me répondit-il, un contre-torpilleur américain part ce soir et le capitaine accepte de me prendre à son bord.

1. Guérilleros monarchistes.

– Blonde ou brune? lui demandai-je.

Il se contenta de sourire. Un sourire dont je ne compris la signification que plus tard, mais beaucoup plus tard.

Dès le troisième jour il était de retour... et de fort méchante humeur...

– Alors, pas eu de veine, mon pauvre vieux, lui dis-je.

– Non, me répondit-il... Je n'ai pas eu de veine et dire que j'ai rêvé si longtemps cette rencontre...

J'étais navré pour lui, mais beaucoup moins quand il me raconta son histoire.

Quand il avait sauté à la mer du bateau-prison qui avait fait escale à Patras, à cause de la tempête, il s'était réfugié dans la montagne. Mais sans carte et sans provisions d'aucune sorte, confiant dans la tradition qui veut que les serviteurs consacrés du Seigneur soient gens charitables, il avait frappé à la porte du Pope d'un petit village perché sur la montagne. Or ce Pope était un « vendu » qui l'avait donné aux Italiens pour la somme de 10 000 lires!

Le but de son voyage à Patras était de retrouver son Pope et de lui couper lentement la gorge! Hélas cette joie lui avait été refusée! D'autres s'étaient chargés de tuer le traître!

– Il fallait s'y attendre. J'ai trop tardé! Non je n'ai pas eu de veine et dire que j'ai si souvent pensé à cette rencontre me dit-il.

Quant à moi, je pensais que mon ami Georges avait eu beaucoup de veine, au contraire. C'est une chose de tuer un ennemi au combat et une autre d'avoir sur la conscience le meurtre d'un homme sans défense. Être soldat ne donne pas le droit de s'ériger en bourreau. Georges n'a heureusement pas sur les mains le sang de ce Pope!

Cette histoire a d'ailleurs eu un heureux dénouement : Georges a fini par remiser ses couteaux, sa matraque et ses grenades! Il est revenu à la civilisation et sa femme lui est revenue, au bout de ving-cinq ans...

24

« PATER EVYENIOS »

Juillet 1944 pesait lourdement sur Athènes et ses environs. La chaleur accablait l'agent 20.T. et augmentait sa nervosité. Il avait débarqué la veille au soir d'un sous-marin à la pointe même du promontoire de Tsourgueli, promontoire baigné par la Kakia Thalassa, la méchante mer. Profitant de l'obscurité, l'agent 20.T. avait atteint sans difficulté, le lieu du rendez-vous sur le sommet de Mavrinora, une petite montagne où il était censé trouver son guide. Mais le guide n'y était pas et il était déjà midi passé. A plat ventre, caché derrière un gros buisson, l'agent 20.T. scrutait anxieusement la petite plaine qui s'étendait à ses pieds, pour remonter en pente douce jusqu'à la colline Havossi, derrière laquelle se trouve le village de Kouvaras. D'après ses renseignements, c'était du village de Kouvaras que devait venir son guide pour le conduire à Athènes. A cause de ce retard, l'anxiété et la soif se partageaient l'agent 20.T. Soudain il crut percevoir sur sa droite un mouvement venant de la plage d'Avlaki, une plage de sable qui prolongeait la côte rocheuse et inhospitalière où il avait débarqué. Bientôt il distingua des hommes en uniformes. C'était des Italiens. Ceux-ci s'avançaient sans se presser, ils étaient sans armes et portaient de grands seaux. Fausse alerte! C'était une corvée d'eau. L'agent savaient que des Italiens campaient à quelques kilomètres de là et qu'un puits se trouvait à quelques mètres de la plage sablonneuse. Les Italiens se mirent à remplir leurs récipients... et ce spectacle aviva la soif de l'agent 20.T. Enfin ayant fait le plein, les Italiens reprirent le chemin du retour vers leur camp et l'agent se trouva de nouveau seul.

L'attente et la chaleur, à mesure que le temps passait, devenaient de plus en plus insupportables, et l'agent se prit à penser à l'alternative en cas d'urgence, que lui avaient fournie les Services. En fait, sa mission était double. Il s'agissait d'infiltrer l'agent 20.T. dans le réseau Carayannis à Athènes et d'embarquer trois Anglais évadés d'un camp de prisonniers sur le même sous-marin qui avait débarqué l'agent et qui viendrait chercher les évadés les nuits suivantes au même point près duquel dans une grotte, l'agent avait caché le canot pneumatique dont il s'était servi pour atteindre la terre.

Jusque-là, tout avait été facile, mais l'absence du guide compliquait les choses. Sans lui, aucune des deux missions ne pouvaient s'accomplir. A mi-chemin entre Mavrinora et le village de Kouvaras, il y avait un monastère, le monastère de la « Vangelistra ». Un monastère de nonnes dont l'aumonier était le Pater Evyenios et le sacristain Nikita Gidopoulos. Ces deux derniers travaillaient pour l' « Intelligence Service ». C'étaient le sacristain qui était censé être le guide de l'agent 20.T. et des évadés. L'alternative, en cas d'urgence, était de chercher refuge dans le monastère, et de contacter Pater Evyenios. La carte que l'agent 20.T. avait si souvent étudiée avant de quitter Haïffa, indiquait qu'il lui suffisait une heure de marche pour atteindre le monastère. Le temps continuait à s'écouler et toujours pas de guide, mais chaleur et solitude! L'agent ne pouvait plus attendre. Il irait au monastère. L'idée lui fit mieux supporter sa soif. Il ne s'agissait plus que de tenir, le temps nécessaire. Par contre, son anxiété ne diminuait pas et l'idée de réembarquer sur le sous-marin lui parut une solution acceptable. S'il eût été seul dans le « coup », il n'aurait pas hésité, mais il ne pouvait pas « laisser tomber » les trois évadés qui, d'après ses informations devaient déjà être à Kouvaras... ou peut-être même dans le monastère. Il irait donc au monastère... mais il n'osait plus regarder en direction du puits. Pour tromper sa soif, il se mit à mâcher des herbes... mais elles étaient desséchées.

Cinq heures, six heures, sept heures. Toujours pas de guide. Déjà l'agent n'attendait plus que la nuit. Enfin le ciel bleu de l'Attique commença à s'assombrir. Onze heures! avec mille précautions, l'agent 20.T. se leva et se mit en marche, recherchant le couvert des arbres et des buissons... Au loin, des lumières scintillaient. Elles s'éteignaient et se rallumaient selon que les phares des autos pointaient dans sa direction ou dans l'autre, au rythme des tournants de la route principale, qui conduisait à Athènes : la route lui était interdite. Malgré l'obscurité, l'agent trouva assez vite le petit sentier qui devait le mener aux portes du monastère et avant minuit il frappa à la poterne de service. Après un temps qui lui parut un siècle, la porte s'entrouvrit et une nonne lui demanda ce qu'il voulait.

– Je veux parler au Pater Evyenios, dit-il.

Sans un mot dire, la nonne le fit pénétrer dans le monastère, le conduisit au premier étage et le fit passer dans une cellule. La cellule était à peine éclairée par une veilleuse à l'huile, mais habitué à l'obscurité, l'agent 20.T. put discerner trois silhouettes. L'une d'elles s'approcha et lui dit sur un ton assez rogne : Pourquoi ce retard? Quand partons-nous? L'agent répondit : « Je ne suis pas votre guide. Où est ce guide? Est-il au monastère? Je n'en sais rien » lui répondit son interlocuteur.

– Nous sommes ici depuis plus de deux jours... et celui qui nous a conduits ici, nous a quittés immédiatement. Depuis, plus rien. A ce moment la porte s'ouvrit et Pater Evyenios entra dans la cellule. C'était un homme assez majestueux, avec une barbe qui arrivait jusqu'à sa poitrine. L'agent 20.T. parlait le grec, il lui demanda pourquoi le guide n'était pas venu au rendez-vous; Pater Evyenios eut un geste évasif.

– Ce sont des jours difficiles, dit-il, il aura été retenu, je ne m'explique pas son absence. Nous ne pouvons qu'attendre. Je n'avais pas été averti que vous viendriez au monastère. Qui êtes-vous?

Déjà l'agent ne l'écoutait plus, il avait aperçu une carafe sur la table. Il s'en empara, but au goulot avec avidité et faillit s'étrangler... C'était de la Rézina. « Pater Evyenios » n'insista pas, il dit simplement avant de quitter la cellule :

– Dès que Gidopoulos sera ici, je vous l'enverrai.

Après son départ, un lourd silence régna dans la pièce. Un des officiers se coucha par terre et mit sa veste sous sa tête. Personne ne l'imita. Il y a des circonstances où l'on attend mieux debout! Le temps passa lentement. Quatre hommes avec les mêmes pensées et qui n'avaient rien à se dire. Le jour allait se lever, ce qui signifiait un jour de plus en cellule.

Si près du but, ces hommes supportaient mal l'attente, les retards et l'incertitude. L'un d'eux rompit le silence : « Combien de temps le sous-marin nous attendra-t-il? » demanda-t-il. « Il vous attendra » répondit l'agent. Il n'en savait rien... mais l'atmosphère dans cette cellule était déjà assez pénible.

Trois heures du matin. Toujours rien. Soudain des bruits venant du dehors firent sursauter les occupants de la cellule. C'étaient des bruits de moteurs, ponctués d'ordres dans une langue gutturale... suivis par des coups violents sur les deux portes du monastère. Le couvent était encerclé. Ils étaient « faits ». Mitraillettes au poing, les Allemands firent irruption dans la cellule où l'agent et les trois officiers anglais attendant sans espoir. Les formalités furent rapides. On embarqua les Anglais avec les brutalités habituelles de la Gestapo. L'agent 20.T. qui parlait l'allemand entendit un « Feldwebel » dire à l'officier : « Ils sont quatre, pas trois. » La trahison était évidente... Et elle émanait du monastère, puisque les Allemands et le monastère ignoraient l'existence de l'agent 20.T. Les prisonniers virent que l'on embarquait aussi « Pater Evyenios »... dont le départ fut salué par les lamentations des nonnes...

Quelqu'un avait trahi? Mais qui? Tout semblait désigner le grand absent : Nikita Gidopoulos... et cependant! Pourquoi vous ai-je raconté cette histoire, que je n'aie apprise que par des tiers, car aucun de ceux que j'ai mentionnés n'a survécu? Voici ma raison : lorsque je rencontrais les survivants du réseau Carayannis... parmi ceux-ci, il y avait ce même Nikita Gidopoulos, l'ex-sacristain du monastère « la Vangelistra », le guide qui avait fait défaut. Le seul survivant du drame, présumé coupable de la trahison.

Je pris à part Georges Carayannis pour lui demander de m'expliquer la présence de Nikita Gidopoulos dans son groupe, étant donné la présomption qu'il était le traître responsable du drame du couvent de la Vangelistra? La réponse de Carayannis fut aussi nette que catégorique : « Vous vous trompez, major Bally, le traître était « Pater Evyenios »! Nous l'avons appris trop tard pour sauver vos hommes. C'est nous qui avons empêché à temps Gidopoulos de quitter le village de Kouvaras, car la Gestapo avait déjà placé ses hommes à tous les points stratégiques. « Mais, protestais-je, selon nos renseignements Pater Evyenios a été arrêté en même temps que nos hommes! ». « Une combine, puisque le « Pater Evyenios » était de nouveau en circulation moins de deux mois plus tard. Trouvez-vous normal qu'on l'ait relâché si vite après un tel flagrant délit d'aide à l'ennemi? C'est ne pas connaître la Gestapo. Son arrestation n'était que de la poudre aux yeux pour ne pas le compromettre et lui permettre de continuer à travailler pour les nazis. »

J'insistai : « Mais Pater Evyenios n'a-t-il pas été arrêté une seconde fois et éventuellement fusillé à la veille du départ des Allemands, avec grand nombre d'otages? » Carayannis avait réponse à tout : « Plusieurs de ceux qui furent fusillés, la veille du départ des Allemands, dit-il, étaient des collaborateurs qui étaient sur nos listes, et qui en savaient trop long. Ayant trahi une fois, un traître peut trahir de nouveau. Pater Evyenios devait savoir qui étaient les agents et les contacts que les nazis laissaient en Grèce. Croyez-moi, nous avions des intelligences à l'intérieur de la prison Averof. Nous fûmes informés que pendant que l'on interrogeait les prisonniers, Pater Evyenios déjeunait avec le chef de la prison. Non, Nikita Gidopoulos n'a pas trahi... Je le répète. C'est nous qui l'avons empêché de quitter le village de Kouvaras, afin qu'il ne soit pas lui aussi victime du guet-apens du monastère. Le lendemain de l'affaire, la tête de Nikita Gidopoulos était mise à prix par la Gestapo, très probablement sur les informations de Pater Eveyenios. Les Allemands ont été très étonnés de trouver quatre hommes, alors qu'on leur avait indiqué qu'ils n'en trouveraient que trois. Pater Evyenios ignorait l'existence de l'agent 20.T. Mais Nikita la connaissait. Si c'était nécessaire, cela apporte un élément supplémentaire en faveur de Nikita. Croyez-moi, le traître a été Pater Evyenios. S'il avait échappé aux Allemands, il ne nous aurait pas échappé!

Ce que nous ne savions pas, c'était que les services avaient donné à l'agent, l'alternative de se réfugier dans le monastère. Nous espérions que ne voyant pas venir le guide, il réembarquerait sur le sous-marin. Hélas, ce ne fut pas le cas. Et les Allemands avaient bloqué toutes les issues. Il était impossible d'avertir 20.T. Durant tout le temps qu'avait duré la défense par Carayannis de Nikita Gidopoulos, j'avais regardé Gidopoulos. Il était resté impassible et ne se rendait pas compte que son sort s'était joué pendant notre conversation. Je dois avouer que Carayannis m'avait presque convaincu. Ses arguments semblaient bien fondés. Je voulais quand même être plus sûr que nous ne nous trompions pas. Je fis une enquête avec Georges Carayannis à Kouvaras, où il fut confirmé que Gidopoulos se préparait à partir avec des vêtements de civil pour l'agent 20.T. quand Carayannis l'en avait empêché! J'attachais Gidopoulos à mon groupe durant toute la campagne contre les communistes et je n'eus pas à le regretter. Je le vois encore à Eleusis, revolver au point marmonnant des prières, exaltant la Sainte Vierge et maudissant les impies et les athées. Nikita Gidopoulos ne fumait pas, ne buvait pas, il ne demandait jamais rien et était toujours prêt à servir. Nous étions en plein hiver et mon élève-pope n'était pas assez vêtu pour un hiver aussi rigoureux que celui qui sévit en Grèce en 1944. Je lui procurai un pardessus militaire et un béret noir du « Tank Corps ». Ainsi nippé Nikita Gidopoulos fut encore plus convaincu du rôle qu'il croyait devoir jouer pour la sauvegarde de son pays. Je ne l'ai jamais vu sourire. Sancho Pança, mais avec le physique et l'allure du Chevalier à la triste figure, barbe grisonnante, cheveux épars sur la nuque dans la tradition des prêtres orthodoxes, il était dans une jeep, un anachronisme vivant. Je crois que son passage dans le réseau Carayannis, puis dans les forces de libération demeureront pour lui la grande époque de sa vie et qu'il en garde un souvenir inoubliable, maintenant qu'il est retourné à la routine de sonner la cloche d'un couvent et d'aider un pope consacré à passer sa chasuble.

Malgré toutes les explications de Carayannis, peut-être en raison de la mort tragique de Pater Evyenios, pour moi, le drame du monastère ne sera jamais complètement éclairci. Pourquoi Pater Evyenios avait-il trahi? Quelle raison avait-il de le faire? Tous ceux qui auraient peut-être pu jeter de la lumière sur ce mystère : Pater Evyenios; l'Agent 20.T., les trois officiers anglais qui ne retrouvèrent la liberté que pour la reperdre avec la vie, ne sont plus.

Longtemps après la guerre, alors que je revisitais les lieux grâce à mes grands amis les Georgiadès, Hariclia et Jason, qui avaient un châlet près de la plage où les Italiens étaient venus puiser leur eau, Hariclia me dit que les dix-huit nonnes du monastèrent émettaient en ce qui concernait Pater Evyenios, des opinions diamétralement et violemment opposées. Pour les unes, le Pater Evyenios était un saint homme, pour les autres c'était un débauché capable de toutes les infamies. Le drame de la « Vangelistra » aurait-il été un drame de la jalousie? Le traître a-t-il vraiment été le Pater Evyenios ou faut-il chercher une coupable sous le voile d'une nonne qui a voulu se venger d'un pope infidèle?

Saura-t-on jamais toute la vérité? La clef de l'énigme est perdue. Les morts ne parlent pas!

25

LA COURSE A LA FRONTIÈRE

L'arrivée des troupes du 10th Corps renversa les rôles. Après des semaines de défense à outrance, à un contre dix, pour conserver un îlot dans le centre d'Athènes, on passa à l'offensive!

La première opération de nettoyage eut lieu contre le quartier général communiste d'Athènes, un immeuble de trois étages dans « Syndagma Square ».

Un tank enfonça la porte d'entrée et les rares occupants de l'immeuble, car les gros bonnets avaient déjà prudemment quitté les lieux, se rendirent immédiatement.

Le butin fut surtout avec les archives et les directives du K.K.E. la preuve évidente de l'aide soviétique au soulèvement.

Athènes dut être libérée quartier par quartier et partout nous trouvions les mêmes affreux vestiges de la cruauté d'une guerre civile. Ainsi « Peristeri » était un véritable charnier. A « Kifissia » nous capturâmes une espèce de Quasimodo, qui se faisait appeler Stuka et qui avoua avoir exécuté plus de cent personnes. Pour sa défense, il me dit qu'il tuait d'une façon humanitaire *(sic) :* il demandait à ses victimes d'enlever leurs souliers, et quand elles se baissaient pour le faire, il leur fracassait le crâne!

Il est intéressant aussi de rappeler que pendant ces combats de rues, nous reçûmes un soir un appel désespéré d'un groupe d'anticommunistes, retranchés dans un immeuble de « Nea Smyrnia », quartier assez éloigné du centre de la ville, qui nous demandaient secours, car, encerclés, ils en étaient à leurs dernières cartouches.

Nous envoyâmes immédiatement un détachement d'autos blindées qui sauvèrent « in extremis » ce groupe dont le signe distinctif était un X majuscule, ce qui indiquait que ces membres étaient royalistes. Le chef de ce groupe s'appelait Grivas, qui devait prouver sa reconnaissance aux forces britanniques d'une façon plutôt négative, lors des événements de Chypre.

Sentant la partie perdue, les rebelles se retirèrent progressivement de la capitale et bientôt les opérations ne consistèrent plus qu'à faire la chasse à des groupes de francs-tireurs, car le gros des forces rebelles avait fui pour atteindre la frontière bulgare, où ils savaient pouvoir trouver refuge. Ils emmenaient de nombreux otages civils et même quelques militaires.

Athènes libérée, la poursuite pour libérer le reste du territoire et sauver les otages, avant qu'ils n'atteignent la Bulgarie, commença aussitôt.

Pour retarder notre poursuite, les communistes montaient des opérations d'arrière-garde en certains points stratégiques. Quant aux otages qui ne pouvaient pas suivre le train sur le chemin de l'exil, ils étaient liquidés et laissés sur place. Nous trouvions leurs cadavres dans les fossés qui bordaient la route.

Je fais partie du fer de lance de la poursuite : un escadron d'autos blindées type « Stag » des K.D.G., des jeeps et des « half-tracks ».

Il fait un froid glacial lorsqu'à l'aube, nous prenons la route qui longe la baie de Salamis, en direction d'Éleusis.

La distance est courte. Aucune opposition, et bientôt Éleusis apparaît. Nous traversons la ville et soudain nous apercevons une barricade de tables et de chaises, qui barre la rue, au bas d'une montée assez raide qui mène aux dernières maisons de la ville. Cette barricade est minable, et je n'en crois pas mes yeux quand un homme en civil apparaît et fait feu. Je crus à un « baroud d'honneur ». Je me soulevai sur mon siège et avec l'aide d'un porte-voix, je lui enjoignai de jeter son fusil et de se rendre. Pour toute réponse, le forcené tira de nouveau et cette fois sa balle coupa net l'antenne de ma radio, à hauteur de mon visage. Sur ce, mon mitrailleur arrosa la barricade et le pauvre type fut littéralement coupé en deux, alors que son feutre gris s'envolait, comme un dernier coup de chapeau à la vie!

Je n'arrivais pas, je l'avoue, à comprendre la raison de cette ridicule barricade, ni le sacrifice inutile de ce « Kamikaze grec », mais une plausible explication me fut donnée, lorsque nous découvrîmes, embusqués au haut de la rue, une pièce d'artillerie de marine qui tira sur notre convoi. La barricade avait donc comme but, de nous arrêter momentanément pour donner à cette artillerie une cible plus facile. Miraculeusement, il n'y eut pas de casse, mais le blindage de nos « Stag » étant de la pelure d'oignon, pour une pièce de ce calibre, nous fîmes rapidement marche arrière et alertâmes l'avion qui survolait notre convoi.

Dès la première fusée de notre « Hurricane », nous vîmes le canon voler en pièces détachées, par-dessus le toit de la petite maison derrière laquelle il était embusqué. Mais les servants avaient eu la bonne idée, en voyant l'avion piquer, de se mettre à couvert. En définitive, à part l'homme suicide, la seule victime de la bataille d'Eleusis fut un vieux canon de marine, qui devait se sentir dépaysé sur le sol du village, dont les servants étaient fort heureusement très malhabiles.

Après un détour jusqu'à « Megara », où nous passâmes la nuit, et où j'eus droit à une table pour lit, dans la centrale électrique, la poursuite continua, sans rencontrer d'opposition jusqu'aux abords de Thèbes. La région est belle et sauvage. Nous couvrîmes environ quatre-vingt-quatre kilomètres sans voir de village. Depuis l'antiquité, Thèbes avait connu la guerre. Pour arriver à la ville, il fallait traverser un défilé assez étroit encadré par des collines. Sur la plus haute de ces collines, les ruines d'un Acropolis dominent encore le défilé. Ces sommets étaient occupés par des rebelles et, à peine engagés dans le défilé, nous fûmes salués par une grêle de balles, dont certaines claquèrent désagréablement sur nos blindages. On me signala qu'une jeep avait deux blessés. Comme nos « Stag » ne pouvaient grimper ces pentes rocheuses, il fut décidé de faire attaquer les collines par l'infanterie, et plus exactement, par le Ier bataillon de la « brigade hellénique de montagne » qui s'était distinguée en Italie à la bataille de Rimini. Mais en attendant, nos canons sur « Half-tracks » tirèrent au « Schrapnel » sur les positions ennemies. Nous pouvions voir les « Schrapnels » éclater avec précision sur les sommets.

Il était déjà tard, les Grecs arrivèrent après minuit et ils décidèrent de ne passer à l'attaque qu'aux premières lueurs du jour. Dès l'aube, ils attaquèrent. Je pus suivre l'assaut avec mes jumelles.

Les Grecs sautaient de rocher en rocher comme des chèvres. Déjà à mi-chemin des sommets, il n'y avait encore aucune réaction de l'ennemi. Je m'attendais à tout moment à cette réaction, et je redoutais de voir nos hommes décimés à bout portant, avant les inévitables corps à corps sur les plates-formes. C'est le cœur battant que je suivais l'escalade, déjà avancée, à proximité des sommets, quand ma radio capta le message suivant :

– Toutes les positions évacuées par l'ennemi, sauf par quelques cadavres... Nous sommes une unité de combat... pas des fossoyeurs.

Je poussai un soupir de soulagement. Si les rebelles s'étaient défendus avec la même détermination que mon homme-suicide d'Éleusis, nous aurions eu de fortes pertes et j'avais beaucoup d'amis parmi ceux qui avaient attaqué les collines de Thèbes.

Le plan des communistes de retarder notre poursuite, pour permettre au gros des fuyards de gagner du temps, avait quand même réussi à nous arrêter pendant vingt heures.

Il s'agit donc de rattraper le temps perdu. Pour cela, nous divisâmes notre troupe en deux groupes. Le premier, le nôtre, ne consistant qu'en quatre « Stag » et trois jeeps, forcerait la marche indépendamment, gardant uniquement le contact avec le second groupe par radio, de même qu'avec l'aviation, dont le rôle consisterait à nous tenir au courant de la position des rebelles, car elle ne pouvait intervenir en raison des otages. Malgré tous nos efforts, sur des routes exécrables, les communistes avaient déjà dépassé « Livadia » et même « Petra » quand nous y arrivâmes.

Notre premier succès eut lieu à Lamia. Nous le dûmes à notre vitesse, au fait que les communistes se rendirent compte que les otages les retardaient, mais surtout au vieux Pope de Lamia, car quand nous arrivâmes à Lamia, nous y trouvâmes trois cents otages que le Pope avait enfermés dans l'église, où les rebelles, dans la précipitation de leur départ, les avaient laissés.

L'histoire de ces rescapés, dont la femme d'un ex-ministre, était une suite de mauvais traitements, de menaces et même d'exécutions. Parmi les libérés, il y avait aussi quelques militaires anglais de la R.A.F. qui avaient été faits prisonniers au début des hostilités, lors de l'attaque du camp de Kefissia par les communistes.

Ces militaires ayant appris que nous n'étions pas loin, grâce au lieutenant Kedris du « B.C.I.S. [1] » qui, parlant le grec avait entendu la nouvelle commentée par les communistes, avaient réussi à tromper la surveillance de leurs gardiens à un arrêt de nuit et s'étaient réfugiés dans la montagne. Ils étaient sans souliers, affamés, exténués, mais débordaient de joie après des mois de captivité.

Toujours dirigés par l'aviation, nous reprîmes la poursuite vers Larissa. Mais avant d'y arriver, sur les indications de villageois, nous attaquâmes une ferme occupée par un fort groupe de rebelles près du village de Farsala.

Après un échange de tirs, nos véhicules furent arrêtés par la boue et les rebelles purent s'enfuir dans la montagne, laissant un blessé.

La fuite des rebelles vers la frontière n'était plus qu'un sauve-qui-peut, les chefs accaparant les moyens de transport encore disponibles, et nous commençâmes à ramasser sur la route des groupes disparates qui avaient beau jeu de prétendre être des otages libérés. Le triage était difficile, sinon impossible, et il faut avouer que nous nous en souciions fort peu. Tous étaient sans armes. Que les services grecs s'en occupent si ça leur chante, nous n'étions pas des geôliers.

A partir de Larissa, où nous passâmes la nuit chez l'habitant, au coin du feu, avec une soupe chaude et un verre « d'Ouzo », ce fut une véritable promenade, mais sur de bien mauvaises routes! Il faisait toujours très froid, bien que le temps se fût un peu amélioré et que le soleil soit arrivé de temps en temps à percer les nuages qui ne déversaient plus de pluie. Les routes passaient de la boue à la poussière. Nous traversions de petits villages qui nous acclamaient en libérateurs, nous offraient à boire et nous racontaient les malheurs d'abord de l'occupation italienne et allemande, puis de l'occupation communiste.

Notre marche en avant avait ralenti, car notre mission, depuis la libération des otages, ne consistait plus qu'à refouler les rebelles hors du territoire et annoncer le retour de l'ordre dans les villages.

1. Balkan Counter Intelligence Service.

Ainsi, nous arrivâmes à Nikea, village de la province de Larissa, quand notre jeep en éclaireur signala un convoi de trois autos qui venaient à notre rencontre. Je fis stopper et bientôt je pus distinguer en effet trois autos qui roulaient lentement dans notre direction et dont celle de tête arborait un immense drapeau blanc!

Les autos s'arrêtèrent à une cinquante de mètres de nous et se vidèrent d'une douzaine d'occupants, qui se rangèrent sur le bord de la route, toujours sous la protection de leur immense drapeau blanc!

Je fis avancer mon Stag : c'était l'état-major rebelle et je fis la connaissance du chef communiste du K.K.E. le très notoire Dimitri Partsalidis et du non moins notoire Makridas.

Partsalidis se présenta comme le Général *(sic)* du « Parti antifasciste hellénique » et me dit avec une certaine arrogance, qu'il exigeait une entrevue avec le général Scobie pour arriver à un accord *(sic)*. Je lui fis remarquer que le général Scobie était à Athènes, à environ 400 kilomètres, et que à toutes fins utiles, je lui ferai rencontrer le brigadier général Armstrong de la colonne blindée, dont nous n'étions que l'avant-garde.

Il faillit y avoir un petit incident, lorsque je donnai l'ordre de désarmer ces Messieurs, avant de les faire passer à l'arrière.

Partsalidis, dans la poche duquel se trouvait un revolver du type employé par la N.K.V.D. pour tirer une balle dans la nuque des condamnés, en me le montrant, me demanda ironiquement :

– Mon revolver fait-il peur à votre tank?

Je lui répondis :

– Pas à mon tank... à mon dos! Ce n'est pas l'arme d'un soldat, c'est l'arme d'un assassin!

Partsalidis, chef redouté, ne devait pas être habitué à ce genre de riposte. Je crus qu'il allait se jeter sur moi, mais l'incident s'arrêta là, et j'envoyai un message pour demander du transport et informer le brigadier Armstrong qu'il aurait bientôt des invités de marque.

Je me demandais pourquoi ces membres de l'état-major communiste avaient décidé de se rendre au lieu de continuer vers la Bulgarie, dont ils n'étaient plus très éloignés? J'eus une réponse plausible, lorsque je fis l'inventaire des autos du groupe Partsalidis. Elles n'avaient plus d'essence que pour quelques kilomètres et mécaniquement elles étaient arrivées à la fin de leur aventure. Partsalidis avait préféré prétendre demander audience qu'être capturé!

Et nous continuâmes à rouler allègrement et sans opposition. Athènes nous fixa le point du retour au village d'Élasson, presque au pied du mont Olympe.

En chemin, nous apportâmes la bonne parole aux villages de Trikala et de Karditza.

Au retour nous brûlâmes les étapcs et ce fut avec joie que je retrouvai enfin Athènes, un bain et un lit!

26

PASSION SANS DRAPEAU NI FRONTIÈRES

« En temps de guerre, l'être humain se révèle de façon
« imprévue : le Patriotisme et la Trahison vont
« quelquefois de pair, quand un sentiment s'en mêle. »

Il ne devait pas être plus de cinq heures du matin quand la sonnerie du téléphone me réveilla dans l'appartement que j'occupais à l'hôtel de « Grande-Bretagne », à Athènes.

Je m'attendais à toute autre chose, quand une voix féminine me demanda si j'étais le « Major Bally, de l'Intelligence ». Cette précision ne m'alerta pas outre mesure, mais je répondis assez agacé, que si en effet j'étais bien le Major Bally, je trouvais l'heure de cette communication un peu trop matinale et que dans tous les cas, je n'étais pas intéressé par une aventure, même avec une femme dont la voix était si charmante. Je m'apprêtais à raccrocher, quand la phrase qui suivit me réveilla complètement. La voix me disait : « il ne s'agit pas d'une aventure, commandant, mais d'un renseignement très important pour le Service que vous représentez. Je ne puis vous en dire plus long au téléphone.

Je demande à vous voir le plus vite possible, mais je ne puis venir à votre hôtel, et je vous assure qu'il ne s'agit pas d'une aventure, du moins dans le sens que vous imaginez. Tout ce que je puis vous dire, en ce moment c'est que c'est très important et très urgent ». J'étais alors tout à fait réveillé et je donnai rendez-vous à cette mystérieuse dame à huit heures, au café en face de l'hôtel.

La voix n'était pas vulgaire.

Sans grande conviction, mais avec une curiosité compréhensible, j'entrai dans le café à huit heures précises.

Étant donné l'heure matinale, le café était presque vide. Il n'y avait qu'une cliente. Elle était bien habillée et devait avoir une trentaine d'années, peut-être moins.

A tout hasard je m'approchais lentement de sa table et nous nous regardâmes un long moment en silence. La dame jeta nerveusement un regard vers la porte. J'imagine qu'elle voulait s'assurer que j'étais seul. Cela fait, elle se décida soudain à parler.

Elle me dit :

– Oui, c'est moi la dame du téléphone.

Comme elle s'était tu, je la dévisageai encore pendant une seconde, puis je lui dis « Re-bonjour, madame. Avez-vous déjeuné? Moi pas ».

Elle voulut bien accepter un café qu'elle toucha à peine. Je remarquais que ses mains tremblaient et j'en conclus que ce n'était pas une professionnelle. J'étais de plus en plus intrigué et même assez intéressé.

Je lui dis alors :

– Madame, puisque vous connaissez mon nom... puis-je apprendre le vôtre?

Elle hésita un instant puis me dit :

– Je m'appelle Elly.

Et elle s'arrêta.

Je compris qu'elle préférait garder un certain anonymat, car elle enchaîna :

– Je vais vous rendre un service à condition que vous m'en rendiez un aussi, en compensation. Ce sera à prendre ou à laisser.

– Si vous le permettez, madame, lui dis-je, je vais m'asseoir pour mieux écouter ce que vous avez à me proposer.

– Je vous demande pardon, dit-elle, je n'ai pas l'habitude de ces situations et il faut que je vous parle tout de suite sinon je n'en aurai plus le courage. Voilà, commandant, le nom de Conrado Corelli vous dit-il quelque chose?...

Je réprimai avec difficulté un mouvement de surprise. Oui! le Maggiore Corelli nous était bien connu, comme le chef des services italiens d'écoute et de détection, en termes plus exacts, du Service de Radiogonométrie italien, qui avait opéré en

Grèce avec un certain succès, causant l'arrestation de quelques-uns de nos agents.

Je rompis le silence qui avait suivi la déclartion de mon interlocutrice.

– Madame, en efet, dis-je, le Maggiore Corelli n'est pas un inconnu pour nous. Je vous prie donc de continuer.

– Eh bien, dit-elle, Conrado n'a pas quitté la Grèce avec les troupes italiennes. Il est toujours à Athènes parce qu'il a décidé de se rendre, mais seulement aux autorités britanniques et non aux Grecs. Voici ce que je vous demande : la garantie, avec votre parole d'honneur d'officier, qu'il ne sera pas livré aux Grecs. Pouvez-vous le faire.

Je compris tout de suite que le cas, pour intéressant qu'il fut, posait un véritable problème. Les renseignements que pouvait nous révéler le « Maggiore Corelli » étaient de grande importance, car il ne faut pas oublier que la guerre continuait et que ses informations pouvaient éclaircir les raisons de certaines arrestations de nos agents, dont le mystère Tsigantes.

Maintenant, mon interlocutrice était lancée, « Major Bally » dit-elle, je puis vous dire où se trouve Conrado. Je suis ici sur son ordre. C'est un risque que nous avons décidé de prendre, mais je vous le répète, je veux votre parole d'honneur que Conrado sera sous la protection britanique. Si ma démarche échoue, nous avons décidé de nous suicider. Nous avons tout ce qu'il faut.

Elle était devenue véhémente : « Alors Major Bally, est-ce oui ou non? Et il est inutile que vous me fassiez suivre. Si dans 48 heures Conrado n'est pas, par votre entremise, sous protection britannique, nous saurons qu'il est inutile d'attendre. »

Je réfléchis un bon moment. Mon silence dura quelques minutes, et des larmes se mirent à couler sur le visage de la pauvre Elly.

– Madame, lui dis-je enfin, je ne puis vous répondre ni oui ni non. Tout ce que je puis vous promettre c'est d'approcher l'autorité responsable, la plus haute autorité et de lui présenter ce cas avec mon opinion qui est celle que vous espérez, mais je le répète, cela doit venir de plus haut que moi. Ne craignez pas que je vous fasse suivre. Je vous demande de venir chercher la réponse demain au même endroit et à la même heure. Et maintenant laissez-moi partir le premier. Comme vous l'avez dit, le temps presse. Toujours assise, alors que je m étais levé, elle essuya ses joues où un peu de rimmel avait laissé des traces et elle me dit à deux reprises : « Commandant, c'est urgent, très urgent! » Je devais bientôt connaître la raison de cette urgence car je ne perdis pas une minute et je demandais audience au général Scobie, qui voulut bien me recevoir. J'expliquai au général que le Maggiore Corelli n'apparaissait pas sur nos listes comme criminel de guerre et que ses révélations seraient d'un intérêt primordial pour nos services. Il finit par accepter.

– Le plus difficile dans cette histoire est de garder le secret envers nos alliés, me dit-il, mais si c'est aussi important que vous le dites je veux bien prendre ce risque. Je vous laisse les mains libres, mais tenez-moi, sans retard au courant de l'opération.

Je quittai le quartier général assez satisfait et le lendemain je donnais la nouvelle à Elly. Elle éclata en sanglots. Je ne sais pas si c'était de joie ou à l'idée de perdre Conrado.

J'essayais de la consoler de mon mieux, mais dans le café on me regardait méchamment.

– Encore un sale Anglais qui fait pleurer une pauvre Grecque!

Enfin Elly se décida à me donner l'adresse où je pourrai trouver Conrado Corelli. Je devais frapper cinq fois sur la porte, mais cinq coups très espacés.

Je décidai de tenter l'opération de nuit.

Je pris ma jeep et je me fis accompagner par deux de mes hommes. La jeep s'arrêta avec mes hommes à une certaine distance de l'adresse que m'avait donnée Elly, afin de ne pas attirer l'attention et continuant à pied, j'arrivai devant l'immeuble n° 15 de la rue Tricoupis et au premier étage, je frappais cinq fois comme me l'avait indiqué Elly. J'entendis des pas mais la porte resta fermée, alors je répétai le signal convenu et cette fois la porte s'entrebâilla. Pour l'empêcher de se refermer, je passai mon pied entre la porte et la paroi et je dis : « Elly ». Cette fois, la porte s'ouvrit pour me laisser passer et j'entrais. L'appartement était dans l'obscurité la plus complète, mais je pus apercevoir un homme en bras de chemise. Il recula et me dit : « Je suis le Maggiore Corelli. » Je répondis : « Et moi je suis le Major Bally ».

– Excusez-moi de vous recevoir ainsi, me dit-il, mais pour des raisons que vous comprendrez facilement, l'électricité, le gaz et l'eau ont été coupés depuis plusieurs jours, car l'appartement est censé avoir été abandonné. Il eut un petit rire. Je ne vivais pas ici, mais j'ai préféré aller où je n'étais pas connu. Habitué à l'obscurité, je pus voir qu'il avait une barbe de plusieurs jours, et l'odeur dans l'appartement me confirma que l'eau avait été supprimée dans tous ses domaines habituels.

Je me rappelais alors les paroles d'Elly : « C'est urgent, très urgent ». Le Maggiore Corelli était au bout de son rouleau. Je lui expliquai mon plan :

– Il faut faire vite. J'ai arrangé de vous embarquer sur un destroyer, qui fait la navette entre le Pirée et Bari. Pour cela, il faut que je vous déguise un peu.

J'avais apporté un gros pardessus militaire anglais et une casquette. La vue de son éventuel déguisement sembla calmer les inquiétudes, et la nervosité du « Maggiore ».

Je lui demandai d'endosser le manteau et d'enfoncer sa casquette et de ne descendre que dix minutes après mon départ, le temps d'alerter ma jeep et de la faire passer devant l'immeuble.

A ce moment Corelli eut un geste assez théâtral. Ayant passé le pardessus et bien enfoncé sa casquette, il me tendit un revolver Beretta, qu'il avait gardé dans sa poche, ainsi que les clefs de l'appartement et me dit : « Prenez, je n'en ai plus besoin. »

– Contre qui comptiez-vous employer cette arme, lui demandais-je?

Il haussa les épaules et me répondit :

– Contre moi-même.

C'était donc le moyen dont m'avait parlé Elly. Tout se passa sans heurt ni accroc.

Ayant mis Corelli à bord, je lui demandai s'il avait une commission pour Elly.

– Dites-lui merci et que j'espère la retrouver en des jours meilleurs.

La courtoisie italienne du « Gentilhuomo », apparut de nouveau quand avant de me quitter, Corelli me dit :

– Et merci de votre aide, d'un ennemi vous avez fait un ami.

Plus tard, je fis fouiller la garçonnière de Corelli. Je n'y trouvais aucun secret militaire, mais une quantité de photos de femmes, avec des dédicaces enflammées. Elly avait donc des rivales.

J'appris aussi que Corelli collabora pleinement avec nos Services, au point que n'osant pas retourner dans son pays, il obtint l'autorisation de passer en Angleterre et quelques années plus tard, la naturalisation britannique, et j'imagine que « l'ex Maggiore Conrado Corelli », s'appelle maintenant Conrad Corel Esquire!

27

INTERMÈDE A BEYROUTH OCTOBRE 1945

La vie à Athènes reprend son cours. Un gouvernement provisoire est formé en attendant le plébiscite qui doit décider du régime que désire le peuple grec.

Je suis enfin rappelé au Caire pour apprendre que j'ai été nommé chef de la Mission Militaire Britannique auprès des Forces Françaises du Levant et de l'armée libanaise. Destination Beyrouth.

Je suis promu lieutenant-colonel. Je suis enchanté. Mais je déchante à peine arrivé dans la capitale libanaise.

Je ne savais pas que les relations franco-britanniques au Levant étaient au plus mal, car le Deuxième Bureau français et « l'Intelligence Service » en étaient venus aux mains. Ce n'est pas à moi de juger la politique de mon gouvernement.

Depuis plus de vingt ans, il y avait un fort antagonisme et des haines personnelles entre les services mentionnés plus haut.

Nos services jouèrent la carte de l'indépendance libanaise et syrienne. Des excès s'ensuivirent et lorsque je fis mon apparition aux quartiers généraux français à Beyrouth, pour présenter mes lettres de créance, la vue de mon uniforme suscita des manifestations fort désagréables de la part de mes collègues français. Or, je suis d'éducation française, la plupart de mes amis sont français. J'aime et j'admire l'histoire de la France, comme si elle était mon histoire nationale.

M'étant immédiatement rendu compte de la situation, je décidai de donner ma démission de ce poste que j'avais tant désiré. Je retournai donc au Caire pour demander au général Paget, Commandant en Chef au Moyen-Orient, de me remplacer.

Le général Paget ne me laissa pas le temps de terminer mon discours. Rouge de colère, il me demanda si je croyais être un employé de banque plutôt qu'un officier de sa Majesté Britannique.

– Retournez immédiatement à votre poste, me dit-il, et faites votre devoir. Rideau.

Il y eut un incident regrettable dès mon retour à Beyrouth. Alors que j'entrai au Mess des Officiers du Grand Sérail, un officier français s'exprima suffisamment haut pour que je l'entende :

– Le seul ordre que j'ai aimé exécuter ces dernières années, dit-il a été celui de tirer sur cet uniforme, et maintenant il parade chez nous.

Je m'avançais vers lui, car j'étais outré et je lui dis :

– Merci d'avoir éclairci pour moi un véritable mystère. Je me suis toujours demandé pourquoi certains, comme vous, avaient si mal tiré sur un autre uniforme.

A ce moment, des officiers intervinrent et firent sortir mon interlocuteur. Le vide se maintint autour de moi. Je finis mon verre et me rendis immédiatement chez le général Monclar, héros de la guerre, gaulliste de la première heure et qui avait reçu dix-sept blessures durant sa merveilleuse carrière. Je lui racontai l'incident et mon entrevue avec le général Paget. Pour me calmer, il m'invita à déjeuner chez lui. Un détail de cette visite vaut la peine d'être conté et vous montrera à quel point la situation était tendue.

En arrivant devant la grille du jardin de la villa du général Monclar, je fus étonné de l'y trouver. Il me pria de le suivre sans m'écarter du sentier qu'il allait prendre. Vous ne devinez pas? Son jardin était miné! De qui se méfiait-il tellement?

Les Français étaient au courant de ma démarche tendant à quitter mon poste. Ils y virent une protestation. En outre, mon grand ami, Pierre Gilly, était le conseiller commercial français à Beyrouth. Il ne cessa de proclamer que j'étais pro-français et que si on me remplaçait, ce ne pouvait être qu'au détriment des intérêts français au Liban.

Mes actions remontèrent, mais l'atmosphère était loin d'être plaisante. Cela m'amusait de saluer le premier, dans les couloirs du Grand Serail, même des officiers d'un grade inférieur, je les obligeais ainsi à ne pas m'ignorer.

Je priai Monclar de m'indiquer quels étaient les officiers du

Blu [1] (il y en avait trente-neuf sous mes ordres) dont les Français avaient à se plaindre. Il m'en nomma trois avec de bonnes raisons. J'obtins du Caire, en vue de meilleures relations, que ces trois officiers fussent déplacés.

Pierre Gilly et Monclar firent du bon travail en ma faveur et je commençais à entrer en grâce. Mais...

Nouvel incident à la Résidence des Pins, où je suis invité par le général Beynet, Haut Commissaire. Le Général faisant passer ses invités en indiquant leur grade, me dit :

– Passez, parachutiste, je ne connais pas votre grade!!!

Devant les invités libanais, c'était une insolence gratuite au seul invité britannique.

– Dans ce cas, mon général, dis-je en élevant un peu la voix, il doit y avoir une erreur. Vous ne pouvez pas avoir invité quelqu'un qui ne vous soit pas connu.

Je tournai les talons et quittai la Résidence des Pins, poursuivi par Monclar, auquel j'expliquai que je ne pouvais accepter cette insulte à l'uniforme que je portais.

L'incident fit grand bruit. J'eus droit à des excuses que me fit l'aide de camp de Beynet.

La vie sociale était très agréable. Les Libanais sont des hôtes parfaits et les Libanaises ont un charme tout particulier.

Je joue au tennis au club « Alunni », des dîners et des cocktails ont lieu chaque jour de la semaine : on finit aux petites heures du matin.

Six mois passent ainsi jusqu'en 1946!

La guerre est finie en Europe, et même en Asie et je suis toujours dans l'Armée.

Je commence à en avoir assez de la couleur kaki et j'ai la nostalgie de ma bonne ville d'Alexandrie.

Par ailleurs, on commence à démobiliser et lorsqu'on me demande en tant que Chef de la Blu, quelle diminution du personnel je propose pour notre unité, je fais un rapport dans lequel je dis que, l'unité une fois réduite selon mon projet, le Chef de la Mission pourrait être d'un grade inférieur à celui de lieutenant-colonel. Mais je suis déçu dans mes espoirs. le colonel Hobbs, mon chef, réduit les cadres, mais en profite pour me donner une nouvelle mission.

1. Britsih liaison Unit.

28

LE PLÉBISCITE ROYAL - 1946

Calme en apparence, la situation en Grèce n'est pas claire. Le peuple grec doit décider du régime qu'il désire : république ou monarchie?

Or on ne peut nier que toutes les tendances existent en Grèce. On a bien maté, pour le moment, les extrémistes de gauche, dont les chefs ont émigré en Bulgarie et en Russie, mais le Grec est né politicien. Si tout soldat a un bâton de maréchal dans sa giberne, tout Grec est un Premier Ministre en puissance.

Le Roi George II est toujours en Égypte et ne retournera en Grèce que s'il est demandé par son peuple. Il faut donc avoir recours à un plébiscite.

Ce plébiscite sera contrôlé par les alliés : l'Angleterre, l'Amérique et la France, par le truchement d'officiers de ces trois Nations. J'en suis.

La délégation alliée a divisé son travail en deux :
1°) le recencement
2°) le plébiscite.

Mon secteur est l'Épire. Nous quittons Athènes pour Janina avec six jeeps. Mon adjoint est un major Thomas, Sud-africain de Durban. La route est très mauvaise, car la guerre italo-grecque a passé par là. Elle est également très montagneuse.

L'Épire a connu une belle époque, quand elle était un royaume sous le fameux Ali Pacha de Tepeleni. Actuellement elle est pauvre et délaissée, avec quelques vestiges de son ancienne splendeur, mais surtout avec les marques de la guerre qui s'est déroulée sur son sol.

Il y a quand même un hôtel acceptable : « l'Acropolis Palace », où nous logeons après avoir passé une nuit à Missolonghi, car notre progression a été plutôt lente en raison de l'état des routes.

Les Américains ont une méthode pour le recensement. Chaque officier prend une rue, fait le compte des apartements qui s'y trouvent et en visite trois en prenant note du nombre de ses occupants. On multiplie ce chiffre par le chiffre des appartements. Cela simplifie la besogne et donne à ce qu'il paraît des résultats assez précis.

Dans ma rue, il y avait une grande synagogue, car les artisans de la cour d'Ali Pacha étaient des juifs. On dit que ces derniers étaient des spécialistes de la broderie avec fils d'or, très à la mode dans les cours orientales.

Mais pour en revenir à la synagogue, je me suis dit que c'était la meilleure manière de connaître le nombre des juifs de Janina. Je ne trouvai qu'un vieillard à l'intérieur de la synagogue. C'était le gardien. A ma question, il répondit qu'il était le seul survivant. Tous les juifs, environ cinq cents hommes, femmes et enfants, avaient été déportés et on n'en avait plus entendu parler.

Les frontières n'étaient pas sûres. Des bandes de communistes attaquaient les postes frontières grecs, en partant de l'Albanie.

Par ailleurs, un seul escadron des « King's Dragon Guards » était censé faire la police sur tout le territoire. C'était une unité d'autos blindées, mais l'état des routes et la conformation montagneuse de l'Épire, rendaient leur mission très difficile. En effet sans communications par radio avec les petits postes frontières, ils arrivaient toujours lorsque ceux-ci ne contenaient plus que des cadavres.

Dans un de ces cas, je pus voir sur un écriteau, en caractères tracés avec le sang des victimes, la phrase suivante :

– We were hoping to meet the English too! [1]

Deux têtes avaient été fichées sur des poteaux, à gauche et à droite de l'écriteau.

Avec les K.D.G., nous décidâmes d'un plan d'action. On plaça des radios dans deux postes frontières, avec ordre de donner immédiatement un signal convenu en cas d'attaque.

1. « Nous espérons aussi rencontrer les anglais »

Quant à nous, nous plaçâmes des autos blindées en position d'intercepter la bande lors de son retour vers l'Albanie.

Deux nuits plus tard, le signal crépita sur la radio de notre poste d'écoute et nous nous lançâmes dans la direction de l'appel. Les agresseurs étaient à mi-chemin de la montagne quand ils nous virent. Ils essayèrent de bifurquer, mais nos mitrailleuses en tuèrent quelques-uns, le reste essaya d'atteindre la frontière et nous les poursuivîmes. Il y eut un second engagement quelques kilomètres plus loin et nous en descendîmes encore une dizaine près d'un village avant de faire demi-tour.

Cette bataille eut des suites. Le gouvernement albanais se plaignit que nous avions violé l'intégrité de son territoire et je fus convoqué à Athènes pour répondre de cette accusation. Le comité disciplinaire était composé d'un général et de deux colonels.

Ma défense était simple. J'avais les photographies des cadavres, des têtes coupées et de l'écriteau. Ensuite, je déclarai qu'aucune carte n'indiquait où commençait et où finissait la frontière albanaise, et que je ne demandais qu'à me faire accompagner par les membres du comité pour le prouver. Ils préférèrent rester à Athènes. Ils avaient été très impressionnés par les photos et on envoya une note très sévère au gouvernement albanais, les accusant d'abriter des criminels de droit commun. Les attaques des petits postes-frontières cessèrent.

Notre travail de recensement était terminé. Nous avions aussi visité la superbe île de Corfou, ainsi que Igoumenitsa et Metsovo, la patrie des Averoff, perchée comme un nid d'aigle et isolée pendant au moins trois mois d'hiver.

J'avais été invité par le maire de Metsovo.

Lorsque j'arrivai à la mairie, je fus étonné de voir un déploiement de police et même des civils armés.

Durant le déjeuner, je m'enquis de cet état de choses, car à chaque porte du restaurant, il y avait un garde armé. On me donna alors la clef de l'énigme. Le maire qui m'avait invité avait été assassiné la veille. Celui qui me recevait était le nouveau maire.

Comme vous le voyez, l'agitation continuait.

Notre travail était terminé, car le plébiscite devait être fait par les services grecs sur la base de notre recensement.

Je restai quelques jours à Athènes avant de retourner en Égypte, où j'avais demandé à être démobilisé.

Trois mois plus tard, je pouvais choisir la couleur de ma cravate. J'étais enfin un civil.

LE CRÉPUSCULE ET MEA CULPA

Surtout ne nous plaignons pas. Les lueurs d'un crépuscule sont souvent les plus belles. Tant pis si les grands festins sont terminés pour moi; nous dînerons à la lueur des chandelles, leur douce clarté cachera mes rides.

Il n'y a pas longtemps, j'ai souffert d'une forte dépression. Mon caractère déjà plutôt disposé au pessimisme, s'est empreint d'une profonde tristesse. J'ai dû faire un gros effort pour remonter à la surface; mais puisque le cœur est à l'origine de toutes nos peines, comme de toutes nos joies, je suis toujours fragile.

Dans quelle direction dois-je regarder?

Les horizons maintenant se rapprochent et la nuit commence à tomber avec la fin du jour. Je pense beaucoup à cette fin, sans effroi ni amertume. L'éternité s'impose chaque jour davantage quand, comme moi, on la touche déjà du doigt. Aussi, je ne m'étais jamais inquiété du choix de ma dernière demeure. A Alexandrie j'avais notre caveau familial. En Angleterre j'avais droit à un coin paisible sous l'ombrage des arbres séculaires du cimetière militaire anglais. Mais ici! en Espagne, que sais-je?

Vieillir, c'est avant tout regretter ce que l'on ne peut plus faire et déprécier par comparaison, ce que l'on peut encore faire. Alors essayons de réagir. Sachons soulever l'aiguille sur nos disques préférés chaque fois qu'ils donnent des signes d'épuisement. Un disque qui s'étire a des accents pitoyables, mais son tonus une fois remonté, la chanson redevient mélodieuse.

J'ai payé, parfois assez cher, pour apprendre que le tact consiste à savoir ce que l'on peut dire, quand on peut le dire et surtout quand il faut se taire.

A part cela, je voudrais savoir garder mon sang-froid. Je suis né soupe au lait, et cela m'a joué plus d'un vilain tour. Avec l'âge, j'ai quand même fait quelques progrès, mais cela n'est pas encore ce que cela devrait être. Ainsi, l'injustice et l'intolérance continuent à m'exaspérer. Je suis sûr que je marcherais calmement à l'échafaud si je jugeais avoir été justement condamné, mais un simple pensum que je crois n'avoir pas mérité me met hors de moi!

Que me reste-t-il à dire? Dois-je faire amende honorable pour mes défauts? Non. D'abord parce que cela serait trop long et puis, depuis le temps que nous cohabitons – mes défauts et moi – nous avons trouvé toutes sortes d'excuses. Les chromosomes sont les grands responsables et l'hérédité a aussi son mot à dire pour le meilleur et pour le pire.

Ceci, Messieurs les jurés, concluera ma plaidoirie en faveur de l'accusé qui refuse de se pourvoir en cassation.

Seigneur, évitez-moi les laideurs de la mort
Laissez-moi m'en aller comme l'enfant s'endort!

Max BALLY.

TABLE DES MATIÈRES

LE JOUEUR A LA GUERRE

DE LA COUPE DAVIS AUX CANONS DE NAVARONE

QUATRIÈME PARTIE
LES CANONS DE NAVARONE

CINQUIÈME PARTIE
LIBÉRATION

Cet ouvrage a été réalisé sur
Système Cameron
par la SOCIÉTÉ NOUVELLE FIRMIN-DIDOT
Mesnil-sur-l'Estrée
pour le compte des Éditions France-Empire
le 23 août 1984

Imprimé en France
Dépôt légal : août 1984
° d'impression : 1219